POSSÉDÉES

FRÉDÉRIC GROS

POSSÉDÉES

roman

ALBIN MICHEL

TROIS COUPS FRAPPÉS, trois petits coups contre la porte.

La chambre est moyenne, un grand lit de chêne noir, Grandier dort encore ; des murs blancs et un crucifix sombre au-dessus du lit, cloué.

Trois, quatre, cinq coups bientôt frappés plus fort, et une voix d'enfant qui chuchote d'abord : « Monsieur le curé, monsieur le curé, monsieur le curé. »

Une grande armoire en noyer dans un coin, et contre la fenêtre un bureau où des papiers amoncelés se mêlent ; quelques longues fines plumes, un gros encrier sombre.

Parlé cette fois, puis crié : « Monsieur le curé, monsieur le curé ! », et les coups redoublant en annonce de tambour.

Grandier se réveille alors, se défait tout à fait du sommeil. « Oui, oui, je suis là, c'est moi, mais quoi alors ! » Il se lève maugréant, soulève d'épaisses couvertures – ce sont les dernières heures de la nuit, il ne reste que des cendres froides dans la cheminée de la chambre –, enfile sa soutane, traverse le couloir, ouvre la porte et là se trouve nez à nez avec Mariette, la petite servante des Sainte-Marthe.

Elle se tient debout, un bougeoir à la main ; la flamme vacille. Elle a jeté sur ses épaules un gros châle de laine, ses mains tremblent de froid, des mèches brunes s'échappent d'une coiffe rapidement ajustée. La petite Mariette, neuf ans, les joues rouges à la porte du presbytère. C'est plein hiver à Loudun.

– Eh bien, que se passe-t-il enfin ?

– C'est que, on vous appelle, mon père. On vous presse bien fort. Ce sont les messieurs de Sainte-Marthe qui m'envoient vous chercher. Notre maître se meurt. Ils vous implorent de venir.

– Seigneur Dieu !

Un signe de croix, le prêtre bouleversé murmure : « Je viens, je suis là, je pars. »

Il faut le manteau, la calotte, il faut les saintes huiles aussi. Ses gestes sont inquiets et les voilà en route dans les rues noires de Loudun, étroites, tortueuses. L'aube est glaciale encore. Grandier marche vite, la fillette avec peine le suit. Or la faible lumière d'aurore dessine les coins de rue, les carrefours. Le pavé est dur, cela fait un boucan formidable le choc de leurs pas dans la ville en sommeil. On entend grincer des volets. Tout en murmurant d'automatiques prières, Grandier se dit en lui-même : Pas lui, pas lui ! Mais plus vite ! Il adore sincèrement le vieillard.

Scévole de Sainte-Marthe se meurt, un matin de mars 1623.

Le grand homme, le « Père de la Patrie », était revenu finir à Loudun ses jours depuis 1618, un an après la propre installation de Grandier dans l'église Saint-Pierre. Le grand homme : c'est lui qui avait arrêté autrefois les troupes catholiques, les troupes royales du duc de Joyeuse qui s'apprêtaient à saccager la ville. Loudun la superbe, Loudun l'arrogante se croyait réformée, elle affichait avec morgue sa dissidence, Loudun devenue la proie des huguenots. Les royalistes voulaient mater sa suffisance. Sainte-Marthe était accouru depuis son château de Chandoiseau plaider la cause de sa ville, l'excuser, la sauver, empêcher le désastre. Il fit ses regrets avec tant de justesse, de bon sens et de discours qu'on épargna la cité. Henri III, Henri IV, les rois avaient aimé cet homme intègre, courageux, équitable, savant. Il avait été poète et capitaine, puis grand contrôleur des finances. Il avait servi le roi, la France. Puis il était retourné passer les années de vieillesse dans sa « chère ville », comme il disait. Et depuis, en vieillard sage, affable adorateur des Muses, il organisait chez lui des soirées réputées. À quatre-vingt-sept ans, dans Loudun, il donnait le ton. Et cela avait été comme un enchantement. Scévole avait le génie de faire régner chez lui un esprit qui faisait, à chacun, sentir sa chance d'être là. On récitait des vers latins ou grecs, on parlait poésie, on faisait de l'histoire savante, on riait. Mais aucune moquerie inutilement méchante, jamais. Les calomnies étaient bannies. Et quand, le jour, on avait trouvé un intérêt de culture ou d'histoire, on se promettait : Je le dirai ce soir au cercle de Sainte-Marthe. On le gardait comme une provision d'écureuil.

Le vieillard était, dans sa ville, vénéré autant qu'un monument. En lui catholiques et huguenots, toujours prêts à s'étriper, trouvaient un terrain commun d'admiration et d'entente. Grandier, le nouveau curé de Loudun, était adoré du vieillard pour sa vivacité et son esprit moqueur, sa jeunesse et ses enthousiasmes. Qui pouvait dire : « Je suis reçu aux soirées de Sainte-Marthe » en retirait une fierté sans arrogance. Mais il fallait se montrer à la hauteur. On ne plaisait au vieillard qu'avec un mélange d'éducation et de franchise.

Le prêtre et la petite servante bientôt franchissent le seuil de la bâtisse immense. Ils montent jusqu'à la chambre où le vieillard demeurait allongé. Des chandelles partout étincellent. Une agitation triste, morne, discrète s'étale comme une mer malade : chuchotements graves, froissements retenus, palpitations. Grandier va jusqu'au lit du mourant. Le vieux maître gît là au milieu de couvertures inutiles, entassées, les yeux clos. Ses deux grands fils se tiennent les yeux mouillés de larmes en se tordant les mains. Ils se précipitent en voyant le jeune prêtre.

– Vous voilà, ah, cher homme ! Mais il n'a plus sa conscience déjà. Tout s'est passé si vite.

Il y a le médecin dans un coin, sur une chaise, qui lève bien haut les yeux (« Que voulez-vous ! quatre-vingt-sept ans… ») et repose ses bras sur un ventre replet. Il marmonne. On a bien essayé d'appeler doucement le maître de maison, de le faire revenir au monde des inquiets en lui serrant l'épaule, en lui tournant la tête, en soulevant les paupières. Les yeux restent fermés. Un gémissement parfois se fait entendre, très sourd. La respiration est heurtée, difficile.

Grandier s'approche, s'agenouille, appelle doucement.

– Monsieur de Sainte-Marthe, c'est moi, c'est moi Grandier, votre ami, m'entendez-vous, monsieur ?

Rien n'y fait. Le prêtre se relève et lance aux poutres noires :

– Le laisserons-nous partir ainsi ? Seigneur, Vous savez bien qu'il fut le meilleur des hommes !

On marche dans la chambre, on tourne autour du feu qui projette depuis la cheminée sa lueur vive, immense.

C'est Trincant qui, là, arrive. Trincant le procureur du roi, un fidèle des soirées, l'ami de la famille. Louis Trincant, le catholique rigide, fait irruption comme projeté par la douleur et se jette en sanglots au cou des fils Sainte-Marthe. Ils sont comme frères. Puis se retournant :

– Grandier, vous êtes là, oh mais croyez-vous que notre Seigneur le rappelle déjà vraiment ! Et comment feronsnous sans lui ? Que deviendra notre ville ? Nous étions ses enfants.

« Courage, cher ami, courage », ils se serrent les mains, s'étreignent. Mais que faire ? Ils attendent. Régulièrement le médecin se soulève, prend le pouls, soupire, retourne s'asseoir. Une servante tout en mouchant de grosses larmes vient remuer des braises, ajouter des bûches, faire jaillir des flammes. L'aîné des fils se passe une main sur le visage lentement : « Si nous avions seulement pu nous dire adieu, le mal l'a pris si brusquement. » Et Trincant, catholique intègre, l'homme de foi, ajoute : « Et qu'il ait pu offrir à notre Dieu un cœur totalement purifié. »

Le curé de Saint-Pierre retourne auprès du lit, s'agenouille à nouveau. Il approche ses lèvres du visage du gisant, et lentement, d'une voix claire, sonore (un peu grandiloquente sans doute), récite doucement (mais la voix bientôt enfle) une des premières pièces poétiques autrefois composées par celui qui, là, meurt – sa « Prière à

Dieu », une de ses « Imitations » favorites : « Du Commencement du Dernier Livre ».

Grand Dieu, roi tout-puissant et père plein de bien
Qui par Ta sapience as tout créé de rien
Qui régis toute chose en tout pouvoir enclose,
Et seul commencement et fin de toute chose...

Chacun se retourne incrédule, surpris. La voix de Grandier résonne dans la pièce, se mêle au crépitement du feu. Bientôt les lèvres du vieillard remuent pour se prêter aux vers. Le poète s'éveille à sa propre musique, son chant le fait un peu renaître. À la fin du poème, on entend même un mince filet de voix. Grandier et Scévole récitent ensemble. Tous se précipitent, tournent autour du lit. Scévole, d'une voix brisée et calme, achève seul – c'était la fin du poème :

Pour voir mille beautés et après les redire,
M'honorant à jamais par le bruit de ma lyre.

– Vous êtes là, mes enfants, mes fils, mes amis. Oh je me sens partir, mais quoi, il est temps. Je vous ai bien aimés. Veuillez me bénir, cher jeune curé, accomplissez votre devoir, je me repens bien fort, car nous sommes tous pécheurs devant notre Seigneur. Veillez sur ma ville, maintenez-la unie, je vous confie les clés de sa tranquillité.

Grandier extrait trois gouttes d'huile de la fiole consacrée. Et tout en passant deux doigts humectés sur les mains, le front, les yeux et les lèvres du vieillard, il prononce doucement : « Que le Seigneur pardonne et guérisse tout le mal que vous avez pu faire. Qu'Il vous remette de vos péchés, amen. »

– Je m'en vais voir mon Seigneur Dieu.

La tête lourdement tombe sur le côté. Il est tout à fait mort. Le médecin lève les yeux au ciel, et puis les bras pendant que montent le long des murs très hauts des sanglots de servantes. Elles s'étaient tenues à la porte pendant toute la scène. Louis Trincant, émotif, ami fidèle, bon mari et nerveux patriote, intransigeant paroissien, tombe genoux à terre et, se prenant la tête, fait entendre un sourd gémissement. Les deux fils du mort lourdement s'étreignent. Le curé de Loudun prononce les prières.

Il était mort, le Père de la Patrie. Le 29 mars 1623.

Six mois plus tard. C'est le premier mardi du mois de septembre 1623 à Poitiers, centre-ville, Notre-Dame. Jeanne de Belciel prononce ses vœux. Elle veut mourir au monde. Vœu de pauvreté, vœu de charité, vœu de chasteté. Vœu de clôture.

Jeanne, Jeanne était née de Belciel, fille du baron de Cozes et de Charlotte de Goumard. Ô la figure du père quand Jeanne avait annoncé l'intention ferme, l'intention définitive de rentrer au couvent, au couvent pour toujours, le couvent à Poitiers des Ursulines. Mais après tout, il fallait bien se venger de la bonté du père, se venger aussi de la froideur de la mère, se venger surtout de l'ennui fou du monde. Les quitter, tous, ne plus voir que Sa gloire, s'abîmer dans l'extase, abandonner ces médiocres englués. Vivre vraiment, jouir, se baigner de lumière, épouser le Corps saint, se promettre des voluptés sublimes. Et puis qui au fait, mais qui l'avait envoyée elle à l'abbaye de Saintes apprendre le latin à sept ans ? Or là-bas elle avait subi des vexations, et qu'elle avait aimées même, et des pénitences qu'on lui avait infligées parce qu'elle aurait eu

POSSÉDÉES

trop de visions colorées, des pâmoisons suspectes, des ardeurs – et elle prenait la pose, disaient les autres. Oui, elle avait aimé les gronderies et les coups. C'était au moins une aventure : elle attendait, elle avait peur, la mine sévère des mères supérieures était effrayante, elle se tenait les mains derrière le dos contre le mur, baissait la tête, se caressait doucement sous les reproches les fesses. Adorer Dieu, elle y mettait de la passion, du cran, des hurlements aussi parfois. Je suis Jeanne de Belciel, je suis à Vous, Seigneur, je me donne entière à Votre Fils.

Alors oui, elle était revenue chez ses parents. De force, mais est-ce qu'on peut choisir à douze ans ? On l'avait fait revenir au château. Les religieuses de Saintes ne voulaient plus de cette enfant fantasque, imprévisible, impertinente, qui tournait rouge trop vite, qu'on entendait gémir dans les dortoirs, dont les lèvres gonflaient au moment des prières.

Jeanne, Jeanne de Belciel, elle était Jeanne de Belciel liée à son Seigneur, tremblante de dévotion. Son père l'aimait. Il adorait sa vivacité, il aimait son regard, il adorait plonger dans son œil bleu. Et même sa difformité physique, il la trouvait charmante. Le regard bleu de Jeanne, le bleu vertigineux des yeux. Difforme pourtant, oui. Pas monstrueuse, mais difforme quand même. Elle avait une épaule plus élevée que l'autre – et le même récit qu'on racontait : un matin, elle était encore si petite, une mauvaise chute, vous savez, il faut dire qu'elle récitait ses prières en fermant les yeux, l'escalier, elle ne l'avait pas vu, ou trop tard, elle en eut l'épaule démise, la déformation resta. Elle avait gardé le lit longtemps, si pleuré, on avait tant prié autour d'elle. Alors elle était devenue

17

bossue tellement tôt. C'est après qu'on l'a envoyée à Saintes. À presque sept ans, mais les yeux bleus de Jeanne... Est-ce qu'on prie les yeux fermés à presque sept ans ? Un bleu rare, étincelant au pourtour, avec de petits éclats dorés. Jeanne : de taille moyenne mais forte, infatigable, entêtée, endurante. Et cette épaule qui remontait un peu du côté droit.

L'accueil de sa mère est glacial au retour de l'abbaye aux Dames. Sa mère a honte, si honte de sa fille, elle la trouve déformée avec cette épaule droite cette fois bien saillante, est-ce qu'elle a poussé à l'abbaye, la bosse, à ce point et de quoi elle a l'air maintenant, une petite bossue, pensez-vous : qui voudra d'elle ? Dès qu'il y a au château un peu de compagnie, des visites, la mère lui ordonne de regagner sa chambre. Le regard bleu de Jeanne alors pleurait un éclat dur. La petite priait, demandait à Dieu sa revanche, la petite rêvait flammes, souffrances et puis allongeait ses mains doucement sur ses cuisses. Seule mais décidée à venger sa solitude un jour, elle cessait parfois plusieurs jours de manger, de parler pour sentir des vertiges, mais jamais de passer ses mains sur son corps, et sur un ventre vide c'est encore plus délicieux.

Et sitôt revenue dans sa maison de Cozes, Jeanne se prend à rêver au couvent. Dépit, impuissance, colère, rage. Jeanne pense : Je régnerai, je régnerai un jour. Elle est faite pour décider, imposer, commander, faire peur, jouir de l'angoisse des autres.

Jeanne rêvait dans sa chambre pendant qu'en bas ça riait, discutait. La petite Jeanne aux yeux bleu dur, épaule de bossue, une jolie taille, reste dans son lit et se rappelle les prosternations devant la supérieure. Elle a entendu dire un jour : « Même au roi on ne marque pas tant de respect. » Ces génuflexions interminables, toujours baisser la tête, remercier quand on vous donne des ordres, tout accepter, tout admettre. Obéir ! Le souvenir des sourires mauvais des supérieures donne à Jeanne de doux frissons.

Or on avait raconté à Jeanne les vœux perpétuels. On lui avait dit la cérémonie et la foule. Elle avait longuement dans ses rêvasseries senti le drap mortuaire recouvrir son visage, envelopper son corps nu. Elle s'écriait seule dans la chambre : « Je passerai ma vie à L'aimer, L'adorer, tomber en extase, me réchauffer de la volupté de Sa présence, m'évanouir de bonheur. » Noces mystiques, les joies folles de la prière, son ventre chaud comme un chat près du feu, les ravissements de poitrine : se perdre, en avoir les yeux brouillés et les lèvres fendues, humides. « Je passerai ma vie à gronder, exiger, humilier les pécheresses qui ne pensent qu'au vice et moi je m'abîmerai en Lui. »

Tout cela valait toujours mieux que se marier, être comme sa mère à s'affairer sans cesse, sa mère et ses treize enfants. Le visage triste, soumis, méchant, amer de sa mère. Ses rancunes perpétuelles, la litanie des plaintes tous les jours, un tombereau de récriminations, le visage usé, la jambe lourde. Toujours à se soucier, se plaindre, recevoir comme des averses froides les politesses indifférentes du mari jovial, songer à tout, endurer l'ennui, donner des ordres, gronder les domestiques. Sa mère, sa très vieille mère. Indispensable à tous, nécessaire à personne. Et les hommes ? se disait Jeanne. Brutaux, fainéants, inutiles et stupides. Servante à la maison ou bien reine au couvent.

Jeanne a donc décidé de régner, elle lit sainte Thérèse :

Le Livre de la vie, Le Château intérieur, Le Chemin de perfection. Jeanne lit, elle veut aussi mourir de plaisir, sentir l'effusion mystique lui traverser les reins, sentir les vagues chaudes de la prière. Elle veut défaillir. Elle y passe ses jours, des nuits entières à la chandelle. Elle s'est fait apporter de Paris des biographies, des récits : il paraît que Thérèse était tellement jolie. Jeanne cherche à savoir dans quel couvent exactement la sainte commence à léviter, à quel âge. On a cru longtemps qu'elle était possédée. Thérèse à ce point rayonnait de joie pure, on y voyait la marque du diable. Jeanne rêve à ces morceaux de corps aussi que l'Espagne s'est partagé, arraché, entre-volé après sa mort : les reliques de Thérèse. Jeanne veut connaître l'extase et laisse ses mains chauffer son ventre. Elle crie dans la nuit : « Mon Jésus. »

Elle s'y voyait surtout : de ville en ville, à elle aussi les fondations de couvents. Elle enchaînera les victoires. Elle sera la Thérèse du Poitou, d'Anjou et de Touraine. Elle sent derrière les romans de chevalerie qui avaient enflammé la sainte, elle sent cette virilité dont les hommes sont incapables : résolution dure du cœur, acceptation dure de la souffrance et de l'abîme, ténacité dure, détermination dure au mensonge. Jeanne relit Thérèse et ses jambes en tremblent. Cet amour, ce feu, le cœur au bord des lèvres, la respiration coupée de plaisir, les évanouissements, toute la beauté promise. Elle en frémit, l'épaule difforme tremble, les cuisses aussi. Jeanne veut être Thérèse, imagine une ville suspendue à ses prières, ses visions et ses ravissements.

Ainsi Jeanne vécut, entre treize et quinze ans, de songes presque seule, recluse dans sa chambre. Or à Poitiers, dans ces années, on parle beaucoup des Ursulines, l'évêque leur a même donné une église.

À seize ans Jeanne annonce sa décision, solennellement, au père. Le père proteste. Le baron hurle, refuse qu'on lui enlève sa fille. Il ne supporte pas la voix fière, insolente de Jeanne : « Mon père je veux me donner à Dieu, entrer au couvent, faire mes vœux, chez les Ursulines, mon père, prier pour le salut du monde. » Il est au coin du feu, il apprécie les coups de langue des flammes qui lui réchauffent les pieds, il anticipe le plaisir du cochon de lait qu'il a demandé à manger, confortablement salivant. Et il entend (elle se tient devant lui) : « Mon père, cher père, je suis appelée, tellement appelée... » Le cochon de lait, au-dessus du feu, grillotte.

– Ma fille, vous vous moquez de moi.

Mais enfin quoi, ils avaient commencé par la mettre à Saintes ! Le baron hurle bientôt.

– Quoi ! t'enfermer pour la vie, mais où vas-tu chercher ces histoires ?

Enfermée, elle l'était depuis quatre ans.

Oh tant d'obstination ! Le père a cédé, le cochon de lait allait brûler, alors pourquoi parler, vouloir discuter avec cette entêtée ? Après tout. La mère, elle a souri en apprenant et paraît soulagée.

Le résultat fut le noviciat d'abord, toute une année chez les Ursulines de Poitiers. La première cérémonie avait été courte et sobre dans l'église. Simplement agenouillée au milieu du chœur, un cierge allumé dans la main droite, et le père référent :

– Que demandez-vous, ma fille ?

– Je demande la miséricorde de Dieu, je demande la

charité de mes sœurs, je demande le saint habit de religion.

– Ce simple habit de religion, est-ce de votre mouvement que vous le demandez ?

– Oui, mon père.

Et là, elle avait revêtu la tunique blanche et le long manteau noir. Après, ce fut bien décevant : lecture, écriture, du latin et du chant. Un peu de calcul. Heureusement, il y avait les séances de coulpe auxquelles Jeanne avait droit, qu'elle provoquait même, qui donnaient un plaisir épicé. La ferveur qu'elle mettait là à publiquement s'humilier, se salir, étaler des défauts et des vices... L'énergie qu'elle mettait à dénoncer de pauvres négligences, des distractions misérables, des oublis volontaires... Elle parle en pleurant de ses mains voleuses, de ses doigts incontrôlables, elle hurle qu'il faut la punir, bien fouetter.

La supérieure de Poitiers était outrée, dépassée, mais quelque chose d'électrique passait alors et Jeanne sent, dès qu'elle parle, autour d'elle l'amorce de tremblements. Or pour elle, elle exige de passer à plus grand.

MAIS CERTAINEMENT c'est qu'elle n'était pas encore – elle se le répétait si souvent – tout à fait « morte au monde », au monde des humains et des médiocres. Elle veut mourir le plus vite possible. C'est seulement après, après que ça commencera. On n'a pas toutes le privilège d'assister à son propre enterrement. Mourir alors, mourir devant tous : sa mère, ses frères et sœurs, son père, tous en pleurs et elle la vierge consacrée à l'Époux (et un peu après, assez vite quand même : régner, régner depuis l'écrin fermé d'un couvent).

C'était un mardi, on l'a dit, de septembre 1623, sombre et froid comme une saillie d'hiver dans l'été qui mourait. Trois jours durant, Jeanne avait été enfermée dans une pièce minuscule, obscure, un peu sale, le « Sépulcre ». Dans la pièce un peu d'eau et de pain seulement. Les murs sont humides, le bois de la porte est vermoulu. Elle doit là peser, réfléchir, mesurer, méditer, apprécier, décider. L'engagement à prendre est définitif, irréversible, il est irrévocable. Elle aime ce mot-là surtout : « irrévocable ». Qu'y a-t-il d'irrévocable dans leur monde à eux ? pense-t-elle. Elle se dit : Ma mère aigrie, sèche et mauvaise, toute ridée, et mon père satisfait, bedonnant et rotant, mais que savent-ils eux de l'irrévocable ? Ils ont les mains pleines de lâchetés, de demi-mesures, de mensonges méprisables, de vérités banales. Vies insipides dans leur monde, des plaisirs mesquins pour aider simplement à dormir, attendre la mort, prévoir la semaine, se consoler de n'avoir rien connu vraiment, répéter les saisons monotones. Or Jeanne mourra bientôt elle toute vivante. Car elle est, elle, irrévocable. Jeanne l'irrévocable. Jeanne a prié. Quatre murs sales, un crucifix plus sombre encore que la crasse, un lit de fer horrible. Et bientôt l'ennui, car prier toujours, mais comment faisait Thérèse ? Dans la tête de Jeanne, d'avance tournoient les visages consternés, tragiques, envieux, admiratifs : elle imagine la scène. Dans trois jours, dans deux jours, demain ô leur air impossible ! Et comme je serai habillée, moi reine de la danse des morts, ces chants pour moi, ces pleurs pour moi, ils seront eux glacés de terreur, pâles d'admiration, et moi reine morte je surplomberai mes sœurs inutiles, mes frères déconfits, mes oncles dépassés, toutes les femmes jalouses. Et moi vierge, morte et ressuscitée, la fabuleuse ! Tout sera payé en un jour.

Le jour était venu, comme chaque fois. Tout finit par venir, arriver, commencer. Elle se réveille.

Jeanne sort au matin de sa cellule, ou plutôt on lui ouvre, elle entend le choc des serrures, elle a droit cette fois à du lait, des brioches, deux poires mûres, quelques myrtilles fraîches, trois tranches de lard et de jambon. On apporte sa robe, une robe de satin blanc, de drap d'or et de crêpe. Robe princière, robe d'apparat, robe luxueuse. Elle sait qu'il faudra la brûler tout à l'heure, et jeter même le collier cousu au col, cela la fait déjà jouir ce gâchis que le rituel exige. Elle va sous peu mourir aux bruits vains, aux fausses joies du monde, elle va jeter ces soies colorées comme des feuilles mortes écrasées. Les diamants sont perles de néant, ils noirciront dans les flammes.

Elle se dit en passant la robe étincelante : Dernière fois, elle est heureuse. Mais « dernière fois » aussi le dehors et les gens – on lui dit que l'église est déjà pleine. Elle sort enfin, on l'attend, elle marche dans la rue, princesse du jour. Son père lui tient le bras tout en reniflant des sanglots et en se mouchant fort. Jeanne est belle, rayonnante. La mère suit morose, et juste derrière ses compagnes, des sœurs, quelques sinistres frères. Et puis la société, les gens et les curieux.

Ce monde entre dans l'église de Poitiers. Cela prend un peu de temps, l'orgue enchaîne des fugues joyeuses, il couvre le bruit des pas et des bancs qu'on déplace.

Soudain le silence. Jeanne se trouve seule, face au chœur. Les parents assis sagement, placés au premier rang, attendent. Alors le prêtre prend la parole, d'une voix sinistre remercie le Seigneur pour la présentation de cette fiancée. Son ton est lugubre pour dire qu'elle va sous peu embrasser la vie de lumière, quitter à jamais les ténèbres du monde, pour toujours abandonner les richesses mondaines, sacrifier sa liberté inutile et demeurer prise éternellement entre ces murs qui auront la douceur infinie des bras du Fils.

Et devant lui se tient Jeanne, toute droite. Devant elle, le vieux prêtre qui récite mécaniquement les formules. Elle paraît frêle, les mains jointes, et les vitraux donnent à sa robe des rouges et des jaunes paisibles. Derrière encore éclatent quelques sanglots. Le même jour, pour la même personne, enterrement et mariage. Le silence à nouveau. L'orgue reprend, c'est la musique des morts. De longues notes basses et lasses, traversées par le déchirement plaintif des aigus. Jeanne marche en direction de l'autel. Sacrifiée, mourante. Une nuée d'ursulines qu'on n'avait pas vues, dissimulées dans les transepts, montent soudain en grand ordre, grand mouvement. Cela fait comme un envol d'oiseaux silencieux et noirs dans les travées. Harmonieusement, sans se gêner l'une l'autre, se frôlant doucement, glissant chorégraphiquement, elles forment bientôt autour de Jeanne une muraille sombre. Ces ursulines serrées en cercles comme des livres, mur obscur vivant et Jeanne se tient au milieu, colombe blanche cernée par des corbeaux muets.

L'orgue se tait. On entend le grincement de la porte de l'église, et cela fait entrer un peu du jour morne de septembre, un long triangle gris clair, dont les côtés bientôt se replient comme une blessure qui se referme. Et c'est un clapotement de petits pas dans la croisée. Deux enfants de chœur dans leur soutane blanche glissent sur le pavé de l'église. Le premier porte un coussin rouge où brillent de grands ciseaux, le second une corbeille d'argent qu'il tient par des anses très larges. Au moment d'atteindre l'autel, on entend s'élever le *Miserere* de Josquin chanté par un chœur de moines. Il glace d'effroi la communauté des présents. Derrière le mur formé par les corps des ursulines, Jeanne a dégrafé sa robe. Elle n'imaginait pas cette angoisse et pleure doucement sur elle-même, elle pleure sa mort consentante, soumise, fascinée. Et on chante encore : *Auditui meo dabis gaudium et laetitiam : et exsultabunt ossa humiliata.*

Dans la tête de Jeanne cette danse des os, la relève de Jérusalem, et la joie promise alors qu'on lui coupe les cheveux, ses immenses mèches noires jetées dans la corbeille d'argent. Elle est en chemise, on lui présente ses habits de moniale. La robe noire, le bandeau de lin blanc qui épouse le front. Les chants cessent. Jeanne est debout, en habit. Un prêtre s'avance, perce le mur des sœurs, demande d'une voix forte et sonore : « Ma fille, pensez-vous avoir la force et le courage de porter votre vie durant le joug de Jésus-Christ ? » Jeanne répond « Oui » – un peu précipité peut-être mais c'est qu'elle a peur. Le silence est total, sa voix blême, fragile résonne dans l'église.

La supérieure s'avance à son tour, lui prend les mains. Jeanne prononce les vœux d'une voix qu'elle voudrait assurée mais elle l'entend tremblante : « Entre vos mains, madame, je fais vœu à Dieu de pauvreté, d'obéissance, de chasteté... » Elle s'arrête, respire, la supérieure la fixe d'un œil triste et dur : « ... et de clôture perpétuelle selon la règle de saint Benoît. » Vœux prononcés, indissolubles, définitifs, éternels.

La supérieure lui fait signe alors de se coucher sur le marbre. Jeanne s'allonge, on étend sur elle le drap mortuaire blanc sur lequel est cousue une grande croix noire. Le *Miserere* reprend. *Sacrificium Deo spiritus contribulatus, cor contritum et humiliatum Deus non despicies.* Si bien enfin qu'au moment où les ursulines se retirent comme un rideau de théâtre qui se fragmenterait, l'assistance découvre couché sur le marbre un corps recouvert d'un drap, alors que résonnent les lourds accords mineurs.

L'effet est effroyable. Les chants cessent et on n'entend plus quelques instants que les larmes de pères effarés, de mères déchirées, de jeunes filles rêveuses.

Temps suspendu, le spectacle immobile.

Jeanne se lève, se relève. Elle est Jeanne des Anges, c'est son nouveau nom sur terre. Dès qu'elle est debout, l'orgue fait exploser les accords majeurs. On lui donne un cierge, elle marche lentement, tremblante, pâle, vers la sacristie, accompagnée des sœurs. La dernière fait claquer derrière elle la porte de toute sa force. Cela tonne. L'écho est assourdissant, c'est fini.

CELA DOIT FAIRE quelques heures déjà que Grandier se tient devant un grand miroir en pied disposé en biais, contre le mur et face à la fenêtre. Il a répété à son reflet son texte tout le matin, sait désormais parfaitement quand les montées en puissance, quand les effondrements de la voix, le jeu des timbres et des couleurs. Et maintenant voilà qu'il étudie des poses. Scévole de Sainte-Marthe s'est éteint depuis six mois déjà.

Au moment de l'enterrement, il était incapable d'écrire, de prononcer un éloge funèbre. L'émotion était telle, il savait seulement pleurer. Théophraste Renaudot s'en est chargé – l'enfant du pays était un habitué des soirées. En ville chacun n'avait parlé alors que de cette mort immense. Dès qu'on s'arrêtait dans la rue : « Savez-vous... quelle affreuse nouvelle... » Il faisait froid encore et on se disait en s'étreignant, en se prenant les mains : « Mais que ferons-nous désormais qu'il n'est plus parmi nous ? » Chacun reprenait son chemin, tous essuyaient des larmes. Catholiques et réformés ne se regardaient plus du même œil déjà. Cela maugréait dans les ruelles quand ils se croisaient. Cela avait été une affreuse journée de fin d'hiver :

ciel gris sombre et pluie battante. Renaudot avait fait le travail sobrement.

Mais là Grandier face au miroir reçoit par la fenêtre la lumière. On est à la fin de l'été et c'est un jour unique de septembre : le soleil éclate sans trembler, rien d'accablant dans la chaleur. C'est quelques jours à peine après les vœux de Jeanne, mais à Loudun le temps est devenu meilleur. Il sait son texte. C'est qu'il y travaille aussi depuis cinq jours. C'est qu'il fallait remplir les devoirs de l'amitié, satisfaire un peu aussi aux besoins de l'orgueil. Pensez donc : un office complet à célébrer en l'honneur du poète de la Nation, du magistrat dévoué à son pays, le politique patriote : Scévole de Sainte-Marthe. On avait annoncé la venue de députations de Poitiers, et des marquis, des barons, des autorités de l'Église.

Grandier était arrivé à Loudun à vingt-sept ans, beau, fier, en 1617, un jour semblable de fin d'été. Il s'était même arrangé pour aller voir incognito la ville, deux jours avant son arrivée officielle, l'installation programmée, la venue attendue, accompagné de sa famille : sa mère, ses trois frères, ses deux sœurs en voiture (le père était mort). Mais là simplement, deux jours avant, Grandier s'était offert – comme il était fougueux et jeune, pressé, impatient – une escapade pour voir. Il était parti très tôt à cheval, dans cette nuit timide qui précède juste l'aube. La route était claire, bien dessinée. Et puis il y avait eu, le soleil fraîchement levé, soudain cette vue au détour de la route : Loudun, cette écharpe de neige que lui faisait son château, une forteresse de pierre blanche. Dominants, on pouvait voir dressés le donjon, la tour carrée et la pointe de Notre-

POSSÉDÉES

Dame. Je vous jure, l'effet, au matin, sur un fond de ciel bleu, était admirable. Il s'était répété, approchant : Voilà ma ville. Passé la porte des Martyrs, il s'était enfoncé la tête sous un chapeau à large bord, bêtement car qui aurait pu le connaître ? Il n'était jamais venu : Voilà ma ville. Vite il se trouve face à l'église Saint-Pierre : C'est ma scène, le voici mon théâtre, se dit-il. Mais comme les femmes étaient belles, des teints de pêches roses. Quelle église aussi : le portail large, massif, planté bien net sur une large place. Toujours cette pierre blanche, lumineuse, deux vitraux en arceaux au-dessus de la porte faisaient des yeux immenses, et la flèche du clocher à droite dressée comme son ambition. Ému, battant le pavé, il rêve : bientôt oui, se trouvant là, tous le salueront en passant. Il prendra alors un air concentré, sévère, méditatif. Tout lui avait réussi. Son oncle l'avait tôt repéré : « Un enfant intelligent, il entrera en religion. » Il avait fait ses humanités à l'abbaye de Saintonge, ordonné prêtre à vingt-cinq ans, les Jésuites de Bordeaux pensèrent à lui pour la cure de Loudun, ajoutant même une fonction de chanoine à la collégiale de Sainte-Croix, ce qui devait lui assurer des revenus confortables – quelques inimitiés aussi. Bien sûr ce n'était pas un enfant du pays, mais enfin quoi : Loudun, prêtre de Loudun. Il avait longtemps parcouru les ruelles étroites, un peu sales parfois. Il voulait sentir la ville, *sa* ville.

– Françoise, Françoise !
Grandier continue à prendre la pose, tout en appelant sa sœur. Bien en face du miroir qui reflétait un peu du lit défait par le passage d'une jeune veuve hier. Il essaye les yeux : au ciel, mi-clos, des regards lointains, perdus, les

31

sourires progressifs, de lents dessins avec les mains. À se voir, il se prend à sourire : sa moustache est parfaite, parfaite l'ondulation de ses cheveux noirs, parfaits ses yeux de braise. Grands dieux qu'il était séduisant ! Il a raison de se trouver si beau. Quelle chance, mon Dieu, se dit-il, merci ! Et m'avoir donné en plus de ce visage le don de la parole. Il sait tourner les phrases, connaît l'art de moduler la voix : il la sent dans sa gorge comme une bête domptée, docile. Il est beau et il aime les femmes. Chaque veuve le sent, les femmes mariées aussi et celles qui ne le sont pas encore. Il a de la beauté et de l'esprit. Grandier veut l'amour, l'admiration de tous, et il prend comme louange la haine des grognons, des jaloux, des aigris. Il aime sentir le doux vacillement dans les yeux des dames, mais aussi l'éclair blanc de fureur (la mine *outrée*) dans le regard des hommes, tous ceux qui se donnent une vertu en insultant le bonheur.

Six ans maintenant, six ans déjà qu'il est arrivé à Loudun. Et la ville aujourd'hui adore son curé. Elle aime ses grands prêches, elle aime sa manière de s'arrêter au détour des ruelles pour prendre les nouvelles, sa sollicitude, la douceur et l'esprit. Le 11 septembre 1623 devra lui assurer la gloire ! Il perçoit dans la rue la rumeur, l'agitation déjà. Le monde arrive, se presse, s'agglutine. Bientôt on ne pourra plus faire entrer personne dans l'église, les portes devront rester ouvertes, il faudra parler fort. Il entend faire le plus bel éloge de celui qu'Henri IV avait désigné comme « le mieux disant de mon royaume ».

— Françoise !
— Eh bien oui, je suis là.
— Comment cela se passe ?

– L'église est déjà pleine. C'est à peine croyable. Un monde comme jamais.

Grandier s'oblige à ne pas se dire qu'ils sont venus pour lui, pour l'entendre, l'admirer.

– C'est que, vois-tu, Scévole était aimé à ce point. Il a tant fait pour sa ville. Un poète admirable, un politicien admiré, un homme intègre, un sage...

Il égrène comme de petites perles les qualificatifs, puis changeant de ton soudain, faussement grave, un peu grandiloquent, inutilement peut-être, solennel mais cachant mal la joie des yeux :

– Et imagines-tu, sur moi, cette charge : l'hommage à rendre au plus grand homme qui fût ? Mais Dieu, dans Sa bonté, je crois m'a secouru. Et ce fardeau lourd à porter bientôt m'a paru une offrande à recevoir. Plus j'écrivais et plus je me sentais porté.

C'était là sa fraîcheur, là son innocence, une vanité sans haine qui le rendait heureux. Mais il faut officier. Grandier se regarde, s'admire une dernière fois, s'entend dire tout haut : « Mon Dieu, donnez-moi la force de tenir et que ma voix ne tremble pas quand elle illustrera le grand homme. » Et lentement, après avoir réajusté l'étole et la chasuble dont la blancheur éclate bientôt sous le soleil définitif de septembre, il sort du presbytère, il marche l'air sombre, il traverse bientôt la place du marché, il se dirige droit vers son église, il entre enfin sur scène. Il se produit, à son apparition, un brouhaha énorme de chuts admiratifs. Il traverse des torrents d'yeux de femmes éblouies, et aussi, se tenant en bout de travées, des ennemis l'air mauvais : Hervé et Le Mousnier par exemple, tout prêts à ricaner. Urbain Grandier, le prêtre de Loudun, monte en chaire, respirant profondément sur chaque marche en bois pendant que les longs accords plaqués de l'orgue résonnent. Puis le silence.

« Il nous a quittés ce grand homme, le poète qu'aimèrent Ronsard et M. de Montaigne, l'intendant intègre adoré de son peuple, l'ami qui ne comptait parmi les hommes que des frères. Dieu l'a rappelé à Lui après qu'il a parcouru ce très long chemin parmi nous, lui qui survécut à sept souverains de France. » La voix est nette, précise, ample. Elle descend depuis la chaire comme une pluie d'été.

« Et s'il a été dit avec justice que le Verbe de Dieu sauve, c'est par son verbe très inspiré que Sainte-Marthe a sauvé notre ville du pillage et de la ruine. Quand le duc de Joyeuse accompagné de sa puissante armée se trouva contre les murs de Loudun, laquelle il entendait traiter comme cité rebelle en dévastant toutes choses, semant le feu dans chaque demeure, on était allé chercher Sainte-Marthe. Et c'est par la persuasion douce de sa parole autant que par sa réputation impeccable qu'il remit la désolation de la ville. Le grand homme, de sa main impérieuse, détourna le coup fatal qui menaçait. Ô toi peuple de Loudun, ô toi, autant de fois tu verras le lierre rampant sur tes vieilles murailles, autant tu devras concevoir une religieuse souvenance de celui par qui elles furent conservées. »

Cela dure ainsi de longues minutes, une grande heure finalement où les âmes demeurent suspendues à la musique des phrases. Grandier sait respirer, reprendre, chuchoter, implorer, calmer, gronder. Il prend soin de ralentir sur la fin, prononce les derniers mots dans un demi-murmure. La voix tout à fait s'éteint, secondes de pur silence et l'orgue en ponctuation éclate à nouveau. Grandier descend plus lentement encore de chaire qu'il n'était monté. Hervé et Le Mousnier ont disparu. Ils n'ont pas voulu assister au triomphe. Les mains jointes et levant les yeux au ciel, Grandier traverse les yeux mouillés des femmes.

L ES SOIRÉES LITTÉRAIRES ont repris à Loudun, cette fois chez Trincant, le procureur du roi, le catholique fiévreux, le lettré parvenu, l'inquiet, le fanatique. Bien sûr, la demeure est moins vaste et moins belle. On n'y trouve pas ces armures, livres, tableaux, vases, tapisseries, tout ce qui chez Sainte-Marthe racontait un peu d'histoire de France. C'est plus étriqué, plus bourgeois, un peu tape-à-l'œil. Mais enfin le procureur avait juré, au petit matin de la mort du grand homme, en serrant fort les deux mains de Grandier (toujours ses manies de la grandiloquence, son goût des solennelles déclarations qui agaçaient le prêtre) qu'il continuerait «en souvenance de lui». On avait laissé passer l'été et puis Trincant avait commencé à inviter du monde.

Les premières rencontres ont été émouvantes : il n'avait été question que de *lui*. On s'était rappelé. De l'un on apprend ce qu'il avait pu lui glisser en *a parte*, de l'autre un bon mot public, et toujours c'était un émerveillement, une preuve de son génie : «Il vous conta cela, mon Dieu, quel esprit !», «Quoi, j'ignorais ce trait, mais quelle profondeur !» Mais vite arrive le moment où l'on se répète.

Les souvenirs cent fois reconvoqués n'ont plus aucune fraîcheur, et chacun bientôt se met à parler d'autre chose. Surtout le procureur a de la famille, des cousins qui se sont précipités pour en être, des parents, proches ou lointains, des connaissances qui n'auraient pas imaginé une seconde pouvoir être invités à l'hôtel des Sainte-Marthe. Les soirées chez Trincant néanmoins étaient ce qui se faisait de plus élevé à Loudun hélas ! Faute de concurrence. L'esprit avait tourné : c'était plus lourd, plus gras. Les impétrants avaient moins de culture. Prenant l'air important, quelques-uns s'essayèrent bien à déclamer, avec des fautes, des citations grecques ou latines apprises avant par cœur. Et puis chacun renonce et les ragots bientôt aisément, sans censure, sans filtre, prennent toute la place.

Grandier continue à venir, lui « le grand, le fidèle, le merveilleux ami » du maître de maison. D'ailleurs où aller ? Bien sûr, on ne s'instruit plus, on ne sort plus comme autrefois l'âme plus légère, la tête nourrie de beautés antiques. On ne sourit plus doucement, on rit fort. On commente les on-dit de la ville, on mastique de méchantes rumeurs. Grandier de son côté devient un peu perfide. Il a le verbe aiguisé, l'esprit vif, l'air moqueur. Il faut dire aussi que deux nouveaux habitués des soirées, le chirurgien Mannoury et l'apothicaire Adam, deux parents de l'hôte, méritent bien de se faire renvoyer dans les cordes, tellement ils sont enflés de prétention, tellement leur humour tombe à plat. Grandier les nomme « mes chers matérialistes » avec une condescendance appuyée, et il fait souvent rire à leurs dépens, et parfois même de manière méchante quand leurs plaisanteries bêtes lui ramènent le souvenir des délicatesses anciennes.

Trincant rit fort aux piques du curé de Saint-Pierre, les trouve délicieuses, tandis que les deux somatistes se forcent à afficher des sourires crispés, leurs faces rougies par la colère avalée, la honte bue. Aucun des deux n'a l'esprit assez rapide pour pouvoir décocher d'autres flèches. Tout ce dont ils se sentent capables, ce serait de jeter un verre plein à la tête du moqueur. Mais ils n'osent pas, se contentent d'enfoncer fort leurs ongles dans les fauteuils. Et le cocher, qui les ramène ensemble tard le soir, les entend gronder dans la voiture et s'indigner fort de l'insolence de celui qu'ils appellent en secret « le petit prêtre ». Mais enfin, comme c'est Trincant qui régale, il faut bien supporter.

Un autre parent du procureur du roi, c'est Mignon, le chanoine de l'église Sainte-Croix. Lui non plus ne manque jamais. Premier venu et dernier parti. Il a même un fauteuil attitré. Il est boiteux, disgracieux, il ne parle que pour se plaindre. Son visage est grêlé, il a un ventre imposant, mal dissimulé par sa soutane. Il s'est mis au service de Dieu. Faute de mieux. Comme il n'a pas grande intelligence – le verbe plat et l'esprit lent – mais beaucoup d'argent et comme son physique répugne immédiatement, il a trouvé bon accueil chez les frères. Grandier ne lui trouve que des défauts, Mignon lui voit trop de qualités. Ils se sont détestés instinctivement. Mais comme ils sont tous deux serviteurs du Christ, il leur faut bien paraître un peu proches aux yeux des autres. Aussi s'obligent-ils, quand ils se saluent, à faire voir des formes de charité et de sollicitude, et se contraignent parfois à des discussions un peu théologiques. Entre de grossiers matérialistes et de faux dévots ignares et laids, la vivacité de Grandier se transforme lentement en méchanceté amère.

Mais il y a Estelle, la fille aînée du maître de maison. Estelle n'est pas mariée encore, elle s'emploie à rendre les soirées confortables et goûteuses. Elle évalue la place des fauteuils, fait remplir les coussins, changer les tissus, elle compose les couleurs, ordonne la valse des bouquets, varie la vaisselle. Elle prévoit ce qu'on doit servir, prend garde à ne jamais lasser. Trincant est veuf, il est le procureur du roi. Quand il ne siège pas, quand il n'enquête pas, Trincant passe sa vie à consulter de vieux livres pour étudier sa ville. Sa passion, son existence tiennent dans l'histoire de Loudun qu'il veut très chrétienne, surtout tellement catholique. Loudun, la ville des saints et des martyrs. Trincant déteste les huguenots, dont la présence pour lui est une insulte à ses ancêtres, à l'histoire de sa ville. La marque du diable.

Trincant adore ses filles, il remercie Dieu chaque jour de lui avoir donné ses enfants. Et de se dire que c'est lui qui désormais fait régner le bon esprit dans sa ville achève de lui donner une foi intarissable. Or quand Grandier passait le seuil, faisait ses compliments, Estelle tremblait un peu. Une fois, le prêtre avait eu, quand elle s'était précipitée pour l'accueillir, sur le seuil ces mots : « C'est donc vrai que la perfection de Dieu se reflète dans Ses créatures. » Et il avait, dans ses yeux, appuyé longtemps son regard. Elle avait senti une brise d'air chaud au creux du dos. Elle se rappela longtemps cet instant. Depuis elle avait décidé d'aller plus souvent à confesse. Grandier s'en amusait et la trouvait jolie.

Trincant dans ses soirées trône dans un large fauteuil,

près du feu. « Mon cher Grandier, vous avez vu ma fille »
– prononcé d'une voix satisfaite. Les convives sourient
bêtement. « C'est un don du ciel, répond le prêtre, mais un
excellent père mérite une fille excellente. » Trincant rit
d'aise : « Vous êtes un grand flatteur. » Adam le pharmacien glousse pour donner le change. Frère Mignon avachi,
les yeux petits et gras, pour faire de l'esprit, provoque
l'apothicaire : « Alors quoi, quels épouvantables ragots se
sont répandus entre vos pots remplis de serpents, comme
s'il n'y avait pas assez de leur venin ! » Il paraît ravi de sa
trouvaille, appuyée par un petit hoquet de rire, et tente
sans succès de la prolonger par l'évocation des baves de
grenouille. Mais Adam, qui n'attendait que ça et avait fait
provision de méchancetés tout le jour – les clients, pendant
qu'il préparait les onguents, livraient les nouvelles les plus
viles ; l'endroit était réputé, l'ambiance s'y prêtant : crânes
poussiéreux, pots crasseux, fioles troubles, Adam donc
déballe, d'une traite, sans génie et sans grâce, les histoires
sales qu'il a pu retenir. Puis quand il a tout dit, il s'arrête,
essuie ses verres de lunette et passe sa main sur son crâne
dégarni où trois vilaines mèches se disputent la place. Le
chirurgien le félicite : « Vous nous en apprenez de belles,
et je ne suis pas mécontent d'être passé. » Comme s'il était
venu là par hasard.

Grandier souffrait secrètement parce qu'il se souvenait.
La sagesse de Sainte-Marthe, ce moment où il allait vous
chercher un poème découvert dans l'après-midi et qu'il
s'était promis de lire le soir. Comme il savait attendre le
bon moment, juste une respiration. Théophraste Renaudot venait, qui allait bientôt fonder *La Gazette*, et pour

l'heure médecin très charitable, étonnant par son intelligence et son excellent cœur. Et puis il y avait encore chez Sainte-Marthe le jeune Ismaël, astronome, Ismaël Boulliau dont la voix tremblait d'émotion en parlant des étoiles. Et le bailli Guillaume de Cerisay, magistrat de la ville, dont chacun respectait l'intégrité et la mesure. Ceux-là ne venaient plus aux soirées de Trincant.

Alors quoi, Grandier se retrouve parmi des brutes, des êtres gras. Heureusement parfois, passait le gouverneur de la ville, Jean d'Armagnac. On se sentait alors tenu à davantage de respect, on évitait les mauvaises plaisanteries sur les huguenots. D'Armagnac était le gouverneur de Loudun. C'était aussi le premier valet de chambre de Louis XIII. Le monarque le chérissait, par tradition royale et amitié sincère. C'est avec d'Armagnac qu'on avait traversé Les Ponts-de-Cé, il avait aidé aussi à faire déguerpir la mauvaise reine mère.

Les autres, les autres ne venaient plus. Cerné par des matérialistes prétentieux faisant de l'esprit lourd, des chanoines graveleux épaissis par le vin, Grandier s'ennuie dans ce salon sans âme, repassant vaguement pour lui-même des conquêtes récentes : femmes mariées ou veuves, avides de consolations. Il regarde Estelle. Elle est bien jolie, la fille du procureur du roi. Élancée, charmante, l'air doux, avec une pointe d'insolence : l'insolence fraîche des innocentes. L'air mutin de celles qui ne connaissant rien voudraient connaître un peu. Il se plaît, la regardant, à appuyer ses yeux dans son regard, comme le baiser d'adieu avant un long voyage.

– Mon cher curé, cher Urbain, dites-moi, dit le père, il

faudrait me rendre un service. C'est pour mes recherches sur notre vieux Loudun. Ma fille est bien prête à m'aider, mais elle connaît trop mal le latin.

– Voulez-vous que je lui trouve un clerc qui saura lui donner la leçon ?

– Eh bien, c'est que, voyez-vous, elle est bien jeune, et je craindrais toujours le pire, tandis qu'avec vous, bien sûr...

– Vous dites... le latin, et qu'elle puisse vous aider dans vos recherches.

– Cela même, rendez-vous compte que je ne peux passer mes nuits à lire toutes les chroniques. Il faudrait qu'elle puisse m'en indiquer le contenu général, repérer des épisodes.

Estelle à ce moment passe, avec un plateau rempli de coupes – le père était retenu en arrière –, Urbain l'arrête en lui serrant doucement le bras, et lui chuchote presque :

– Et quand donc commençons-nous alors ?

Elle balbutie, rougissante :

– Commencer, commencer quoi ?

Les verres tintent doucement sur le plateau en cuivre.

– Nos leçons de latin.

ILS SE RETROUVENT chaque semaine dans une pièce moyenne et froide de l'immense demeure du procureur au premier étage, ceinte de bibliothèques alourdies de livres et de grimoires. Une gouvernante dans un coin sur une chaise fait des travaux de couture. Estelle apprend vite et bientôt lit correctement Cicéron et César. C'était utile pour les études du père car Trincant poursuivait encore des généalogies rares, s'attachait à résoudre des énigmes archéologiques, il se faisait copier les manuscrits anciens qui mentionnaient sa ville, c'était plein de termes de droit, d'architecture. Estelle avait d'abord avec le prêtre travaillé des textes ennuyeux et techniques. Les lectures sont fades, laborieuses. Grandier se tient le plus souvent debout, les mains derrière le dos, droit, élancé. À la table, Estelle épelle d'une voix douce, monotone ce qu'elle comprend. Lui s'amuse parfois à prendre un air bien triste, en regardant par la fenêtre la cour, dans le jour gris. Il s'arrête alors de questionner et elle lève vers lui un œil perdu d'amour. Puis il reprend son air dur, rectifie, gronde un peu, et c'est fou de voir comme elle baisse docilement la tête, lui offrant une nuque où jouent ses boucles de cheveux. Les premières leçons sont, malgré l'aridité des textes, étonnantes, tant il y flotte un air traversé par des rayons de désir vague. Trincant, lui, est ravi : il trouve que sa fille fait de grands progrès. Il félicite chaleureusement son ami aux soirées, prenant à témoin la compagnie qui sourit hypocritement, lassée d'entendre les mêmes éloges.

Or le père a décidé depuis peu d'écrire la vie de Salmon Macrin. Jean Salmon avait reçu ce vilain surnom, « Macrin », de François Ier qui moquait sa maigreur. L'homme avait été un poète néolatin (on dira même : « l'Horace français »), grand ami de Marot. Mais surtout il était natif de Loudun (dont il chanta assez platement les grandeurs), ce qui constituait pour Trincant un argument de poids. Il y avait ces vers pas très beaux mais qu'il aimait à répéter : « *Praeclara magni Caesaeris urbs, quibus / ornare possim nominibus satis / te...* » (Splendide ville du grand César, de quels noms pourrais-je t'honorer assez, toi...), une invocation à Loudun (ALLOQVITVR IVLIODVNVM) finalement sans grand charme. Mais le poète parlait un peu d'amour, comme il chantait les charmes de sa Gélonis – une Loudunaise dont il eut douze enfants. Certes l'auteur gardait beaucoup de révérence et d'esprit religieux. Parfois quand même, cela devenait sinon graveleux au moins intéressant, quoique très attendu. Il avait écrit : « *sugis partem animi, venusta, sugis* » (charmante, tu suces, tu suces une part de mon âme ») et déliré beaucoup sur les seins de sa belle (« *porge o porge sinum tuasque mammas* » : offre-moi, oui offre-moi ta poitrine et tes seins). Trincant avait invité le prêtre à faire traduire par sa fille cette sommité locale, en faisant retirer les odes à Génolis, abandonnant à sa fille les poèmes pour sa mère morte ou les épithalames. Mais le prêtre répliqua qu'il fallait étudier les œuvres complètes, et pour les faire entendre il décide d'initier un peu la fille à la poésie amoureuse.

Il ne faut pas aller trop vite pourtant. Grandier a décidé d'être pédagogue, il a prévenu que pour pouvoir entendre Macrin, le goûter, il faut avoir appris un peu les lyriques. « Je vous rassure, je ne ferai entrer dans cette demeure aucun vers répugnant de Catulle ou Properce ; mais il faut que votre oreille s'habitue aux plaintes élégiaques. » Alors un matin – la gouvernante était souffrante, une vieille servante l'avait remplacée, qui dormait sur sa chaise, bras repliés, bouche entrouverte, tête baissée – Grandier sort de sa poche un petit choix d'Ovide : « Martial, qu'on peut croire parfois, assure que c'est une lecture pour jeunes filles. » Et puis surtout, ajoute-t-il, c'était évident que Macrin en avait la tête farcie : « Alors un peu d'Ovide. Des plaintes, des évanouissements. Quelques amours blessées, trahies, comblées, retenues… »

Il flottait un air qui faisait tout entrer en suspension, portait les cœurs facilement aux lèvres. Même la table de chêne paraissait légère. Le matin remplissait la pièce d'une blancheur sans éclat, mais très tiède.

Estelle s'assied et sagement ouvre le petit livre brun. Grandier entremêle ses doigts pour décider la page. « Lisez ici, ma fille. Représentez-vous un peu les choses : une femme et un homme sont au théâtre, au cirque exactement, assis côte à côte. » *Sed nimium demissa jacent tibi pallia terrae : collige, vel digitis en ego tollo meis. Invida vestis eras, quae tam bona crura tegebas.* Trop longue, ta robe traîne à terre : relève-la, ou de mes doigts je la soulè-verai. Tu étais une robe jalouse, pour cacher des jambes aussi jolies... Tu étais une robe jalouse. *Invida vestis.* Estelle tremble un peu en lisant. Grandier prend un ton mélancolique et docte. « Ne prenez pas trop vite le sens matériel. Si le poète veut soulever les plis flottants de la robe, c'est pour éviter surtout qu'ils ne soient souillés. Comme s'il y avait assez, aussi, dans cette attirance pour purifier les cœurs. Ce qui signifie là que le désir toujours élève l'esprit. Tout en fait s'élève ici : le désir, l'esprit, la robe, tout s'élève... Prenez par exemple la même image dans l'*Ars amatoria.* » Le prêtre se saisit doucement du petit livre, tousse un peu. Cela l'amusait bien après tout.

« Je vous lis le début simplement : *Utque fit, in gremium pulvis si forte puellae / deciderit, digitis excutiendus erit* (si un grain de poussière venait à chuter sur le sein de la belle, il faudrait de tes doigts le faire s'envoler). Toujours ce mouvement d'élévation : comme un grain de poussière qui monte doucement. Lisez la suite maintenant. » Il indique exactement le vers, tout en effleurant son épaule et sa main. *Pallia si terra nimium demissa jacebunt.* « Voyez, encore l'image des pans de la robe traînant à terre, et main-tenant poursuivez en écoutant bien. » *Collige, et inmunda sedulus effer humo* : Relève-les, et sauve-les de la terre immonde. « Entendez donc ici et là, partout, combien cette attirance fait aller ensemble la vision d'une jambe et l'arrachement aux pesanteurs de la terre. »

Estelle là se trouve prise de frissons. Elle avait lu d'une voix appliquée et très douce. Il a de son côté pris une voix plus lente et pénétrante. Il est debout et sa main, en expliquant, semble dessiner dans l'air une caresse. Estelle, éblouie, continuait à lire.

Grandier prend soudain un air glacial. «Et maintenant, poursuivons par les plaintes», tout en lui glissant quelques doigts sous sa main pour retrouver la page, frôlant continuellement. Et pendant de longues minutes encore, elle lit. Cela dura longtemps, mais si longtemps. C'était Pénélope à Ulysse : *Tua sum, tua dicar oportet* (je suis tienne, tienne je veux être dite), Phyllis à Démophon : *Dic mihi, quid feci, nisi non sapienter amavi* (dis-moi, qu'ai-je fait d'autre que d'aimer follement), Phèdre à Hippolyte : *Urimur intus, urimur* (je brûle en moi, je brûle)…

Et quand l'horloge sonna onze heures, ce fut comme un bruit horrible de vaisselle.

G RANDIER le lendemain est un peu satisfait d'apercevoir
Estelle entrer dans son église. Cela lui donne un sourire de vainqueur. Il se tient derrière un pilier du transept.
Elle se dirige vers le confessionnal, en jetant des regards
derrière elle. Lestement Grandier file prendre place. Agenouillée, elle commence, la voix précipitée et tremblante :
– Mon père, j'aime un homme.
Elle avait parlé vite. Elle s'était répété longtemps la première phrase, s'était promis de la dire, décidée à tenir bon,
à dire la phrase – « mon père j'aime un homme, mon père
j'aime un homme, mon père j'aime un homme », indéfini-
ment repassée tout au long du chemin, murmurée cent
fois dans la rue comme pour créer un mécanisme irrépres-
sible. Et maintenant qu'elle a dit la phrase, très vite, aussitôt prononcée pour être sûre de bien la dire, presque
criée, en tous les cas ni chuchotée ni murmurée, maintenant elle ne sait plus et croit entendre enfler sa petite
phrase dans la travée, dans la nef, comme une clameur
énorme. Urbain savoure l'instant. Il laisse passer quelques
grosses secondes, troue l'épaisseur du silence, lance d'une
voix brusque et neutre, presque avec dédain :

– Mais que savez-vous, ma fille, de l'amour ?

– Je crois… Je crois bien que j'aime.

Elle s'arrête, baisse la tête. Le silence à nouveau gronde. Cette fois des minutes. Grandier voit danser des boucles de cheveux. Estelle s'est promis de dire la première phrase, mais elle n'a pas imaginé comment poursuivre. Pour elle, la dire, c'était mourir. Elle n'a pas pensé qu'il y aurait un après.

– Votre amour est-il pur ?

– J'ai froid, j'ai chaud. Je sens seulement combien je tremble. Comment savoir ?

– Qu'y eut-il entre vous ?

– Des paroles, mon père, des regards.

– De quelle sorte ?

– Les paroles m'éduquaient. Les regards m'inspiraient.

– Votre âme s'élève-t-elle en sa présence ?

– Je ressens qu'en l'aimant j'aime le monde entier.

– Des pensées viles, des images atroces, des imaginations basses ?

– Non. De la lumière, de la joie et puis ces tremblements.

– Quelque chose comme l'urgence de vous abandonner ? Êtes-vous encore vous-même en aimant ?

Ici Grandier élève la voix, il ne chuchote plus, il prend presque un ton dramatique.

– Je ne suis plus moi-même, je m'oublie.

– Alors aimer, c'est vous arracher à l'égoïsme, au péché, à la damnation. Aimez-vous Dieu davantage ?

– Ma ferveur est immense.

Et là, comme il aimait à jouer, Grandier marque une pause pour que le cœur respire. Et pouvoir contempler,

deviner aussi à travers le grillage ses lèvres parfaites, carmin, qui se tendent. Puis brusquement, avec une voix plus
rude, tellement froide, il reprend :

– Votre père consent-il à cet amour, y aura-t-il mariage ?

– Mais comment voulez-vous ?

C'est là qu'elle se met à pleurer. Larmes ni de joie ni de
tristesse. Plutôt cette émotion trop vive de sentir. Elle
perd la tête : qui avait compris quoi ? Elle se lève, recule,
et retombe auprès d'un banc pour y poser ses larmes et se
cacher les yeux. Grandier sort du confessionnal lentement.
Puis il se dirige prestement vers les portes de l'église, vite
fermées, après s'être assuré qu'aucun autre fidèle n'était
demeuré là – il avait examiné les travées, derrière quelques
piliers.

C'était un mardi de printemps. Une lumière fraîche et
vive traversait les vitraux, faisait danser des poussières, en
longs rideaux qui coupaient verticalement la nef. Il s'agenouille, lui prend les mains qu'il couvre de baisers. Ils se
relèvent lentement. Elle s'accroche à lui dans un frisson
interminable. Il cherche de ses lèvres son visage, ses joues,
sa bouche, puis l'entraîne doucement jusqu'à la sacristie.
Elle se sent et captive et légère. Elle tremble. Elle a froid et
chaud. Estelle aime avec une confiance folle.

JEANNE des Anges accompagne mère Béatrice de la Crucifixion jusqu'à la porte. La porte : l'immense porte qui donne sur la rue du Paquin, sur le monde, ce dehors d'enfer. Mais elle est demeurée, Jeanne, sur le bord intérieur. Dehors, c'est sale, ces bruits confus, des injures et des cris. Dehors, et qui savait *dehors*, qui savait que Jeanne était devenue depuis peu la mère supérieure du couvent des Ursulines de Loudun ? Personne peut-être n'allait s'incliner devant elle dehors ? Ou pas encore. Car le jour viendra, proche, oui, où chacun la connaîtra. « C'est maintenant, sœur Jeanne, maintenant qu'il faudra être courageuse. Mais je vous sais si forte. » Jeanne affiche un pauvre sourire triste. L'autre continue ses recommandations, d'ultimes conseils. Mais quand est-ce qu'elle allait partir enfin ? Et puis à nouveau : serrements de mains, bénédictions. Départ enfin. La grande et lourde porte se referme, avec l'aide de la sœur tourière. Gros grincement, claquement fort.

Ça y est. Partie. Sœur Jeanne des Anges, mère supérieure du couvent, va pouvoir régner enfin. Elle parcourt les couloirs d'un sourire vainqueur. Dès qu'elle aperçoit une sœur elle prend un air dur, sévère, tyrannique. Presque cruel. On demeure interdit par l'air nouveau qu'elle affiche, on tremble. Même l'épaule difforme paraît si menaçante.

Il faut revenir en arrière pour comprendre. Au mois de septembre 1627, une petite délégation d'ursulines était partie de Poitiers pour fonder un nouveau couvent à Loudun. Huit ursulines en tout, la mère Béatrice comme supérieure. On avait trouvé là-bas une grande bâtisse qui pouvait servir, rue du Paquin. Elle était inhabitée depuis longtemps, on la disait même hantée. Fadaises. La virginité, la pureté des religieuses allaient tout balayer. Un sieur Meyssier la louait pour peu cher. Une cuisine. Une grande salle qui servira de réfectoire et de lieu de travail, d'étude pour les pensionnaires. Une salle plus petite pour la chapelle, les messes, les prières et les chants. Et des chambres pour les futures pensionnaires et les moniales. On pourra accepter plus de monde par la suite.

Les débuts avaient pourtant été difficiles. Béatrice de la Crucifixion avait imposé une discipline de fer. Il fallut vivre à la dure. Les habitants qui avaient proposé des lits et quelques meubles (les ursulines arrivaient dans une grande maison vide) furent gentiment remerciés. On n'accepta rien. « Rien dans le couvent qui n'ait été acquis par un juste labeur », clamait la supérieure. Alors les premiers temps, on avait couché sur des paillasses, mangé très peu de viande. On avait froid, on avait faim. On priait beaucoup, on trimait encore davantage. L'ascèse fut payante. Quelques bonnes familles de Loudun envoyèrent leurs filles pour apprendre la lecture, l'écriture et les bonnes manières, ce qui faisait entrer dans l'austère demeure des

POSSÉDÉES

sourires d'enfants (un peu de gaieté quand même) et des
sous. Le frère du propriétaire, un vieux carme, s'offrit
comme confesseur. Il était vieux, déclinant, et presque
sourd. Or là Jeanne s'était « révélée ». On avait hésité
pourtant à l'emmener de Poitiers. Déjà pendant le noviciat, on avait trouvé qu'elle avait exagéré les poses. Extases
théâtrales, gloussements pendant les prières.
  Après la cérémonie des vœux éternels de clôture, ça
avait été bien pire.

  Jeanne avait donc prononcé ses vœux. Elle avait coupé
ses cheveux, ses beaux cheveux châtains. Elle avait senti
jeté sur son corps le drap mortuaire, elle s'était sue
dépouille. Elle avait entendu le *Miserere* chanté pour elle,
elle avait pleuré doucement sur sa mort. Elle avait dit adieu
au monde. Elle s'était relevée fière, fiancée du Christ,
vierge éternelle. Elle avait vu ses proches les yeux trempés
de larmes. Adieu. Debout, le front ceint, et sa ceinture de
cuir qui retenait la robe, renaissante elle qui avait traversé
la mort.
  La première nuit elle attendit, elle attendit longtemps.
Qu'attendait-elle ? Ce qu'attendent les mariées. Elle avait
attendu longtemps, couchée et les mains jointes, attendu
l'extase, le transport, les délices de la fusion mystique, la
joie réelle, l'émerveillement, la justification, la récompense
du vœu de clôture éternelle, de pauvreté perpétuelle,
d'obéissance infinie, de chasteté à jamais. À rester ainsi
immobile des heures, elle n'avait recueilli finalement que
des picotements aux jambes. Mais aucune lumière, aucun
élancement. Rien. Elle avait été bien déçue, vous pensez,
une première nuit de noces. Rien.

Sœur Jeanne vraiment s'était montrée insupportable l'année à Poitiers qui avait suivi ses vœux. Terriblement orgueilleuse. Elle ne supportait ni les ordres ni la contradiction. Des soupirs à n'en plus finir pendant les oraisons, des ricanements au réfectoire. Elle répondait aux reproches par des moues méprisantes. Elle tenait des discours vaniteux, ramenant toutes les conversations à sa personne. Elle avait des imaginations effrayantes, elle accumulait les récits de ce qu'elle disait voir dans les yeux des autres, entendre derrière leurs paroles. Ou bien c'était la mise en scène de sa ferveur, des prières bruyantes où Jeanne criait presque, suivies de torpeurs soudaines.

Jeanne cherchait, elle cherchait, par tous les moyens, l'extase. Elle trouvait ses compagnes ridicules, mesquines, insignifiantes. Elle dévorait les livres de saintes, voulait trouver quoi, des recettes, des ruses, des manigances. Il devait bien y avoir quelque moyen. La famille de Cozes comblait le couvent de dons réguliers, consistants. Il était impossible de se séparer de Jeanne. Toutes s'en plaignaient, en silence.

Quand il fut question de faire partir quelques sœurs à Loudun pour la fondation d'un nouveau couvent, Jeanne se porta volontaire avec la dernière énergie. On marqua des résistances, on souleva des oppositions, on exprima des réticences. Rien n'y faisait : elle exigeait de partir. Elle avait senti que ce serait sa mission, l'affaire de sa vie. Des implorations elle passa aux menaces. On pensa même renoncer à partir. Elle tenta alors les promesses, jurant que c'était là-bas qu'elle se transformerait, regrettant ses colères, dénonçant ses vantardises, s'accablant de reproches, demandant le pardon, s'imposant la discipline. Le dos en sang. Elle mettait dans la balance son salut, sa rémission, sa survie. Elle avait entendu un appel. Jeanne partit à Loudun. Et c'est vrai qu'elle en fut transformée. La supérieure qu'on avait nommée, qui venait de Bordeaux, ne reconnaissait pas celle qu'on lui avait décrite et trouva sans fondement les préventions qu'on avait faites. Jeanne était parfaite, écrivait Béatrice. Elle accomplissait les tâches avec une humilité enjouée. Jeanne était surtout intelligente. Elle savait trouver les solutions. Il y avait tant à faire, des problèmes à régler, des complications sans fin et Jeanne avait toutes les ruses qui pouvaient passer pour des inspirations. La supérieure était comblée, elle répétait qu'elle était un don du ciel. Les sœurs qui l'avaient connue autrefois étaient perplexes. Certaines reconnaissaient un effet de la grâce qui certainement l'avait touchée en entrant à Loudun, d'autres, mais très bas, qu'il y avait là de l'imposture. Jeanne avait fait une courte retraite spirituelle. Son directeur fut subjugué, il n'avait jamais entendu confession si totalement désarmante. Il l'avait bénie plusieurs fois, il affirmait qu'elle avait l'âme d'une sainte et le faisait savoir partout où il passait.

Pendant une matinée froide de novembre, Béatrice de la Crucifixion avait assemblé autour d'elle son petit monde, juste après une messe. Elle prit la parole, sa voix traversée d'émotion et de solennité.

– Mes filles, nous avons réalisé ensemble un magnifique travail. Dieu nous a secourues tous les jours de l'année et nous avons su nous soutenir mutuellement. Et voilà qu'en dehors même des grandes satisfactions spirituelles que nous apportent nos prières, nous disposons maintenant de pain, de bois et de couvertures. Nous avons quelques pensionnaires qui nous font vivre et sont la justification de notre ordre. Or me voilà appelée pour tenter de remporter ailleurs de semblables victoires, en espérant que j'aurai des moniales aussi accomplies que vous l'êtes. Je partirai dans une semaine. Dans sept jours, oui, je serai partie.

Des larmes coulaient maintenant sur les joues de quelques filles, des sanglots étouffés, des mains qui se tordaient.

– J'ai correspondu ces dernières semaines avec la prieure de Poitiers, car il fallait bien penser à me remplacer.

Jeanne n'y tenait plus, son cœur battait comme un tambour de foire. Elle fermait les yeux, les recouvrait légèrement de ses mains. Elle les avait frottés un peu énergiquement, mais sans réussir à extraire des larmes. Au moins devaient-ils être rouges.

– Dans Sa sagesse, Dieu a permis cette année la transformation de Jeanne. Vous le savez toutes comme moi, c'est un petit miracle. Je n'en suis pas trop étonnée pourtant, car je connais la force de Son appel. Sœur Jeanne des Anges, si humble maintenant, et tellement avisée, si vigilante et pleine de sollicitude pour chacune. Soucieuse des autres, si prompte à s'oublier elle-même. La prieure de Poitiers en est finalement convenue avec moi, elle possède les qualités qu'il faut. Jeanne, Jeanne des Anges, acceptez-vous cette très lourde tâche ?

Jeanne qui cette fois avait recouvert de ses mains l'ensemble du visage, Jeanne tomba brusquement à genoux, position dans laquelle la difformité de l'épaule était plus manifeste, et d'une voix qu'elle fit légèrement trembler répondit :

– Ma mère, notre mère supérieure chère à nous toutes, je me sens trop incapable. Me poser la question suppose que je me mesure un peu à vous, et là je vois trop l'étendue de mes défauts comparée à l'excellence de vos qualités. Me poser même la question, c'est m'imaginer bientôt agir sans votre direction, et je me trouve alors tellement fragile et vraiment sans ressources. Si j'ai pu pendant un temps vous sembler un peu moins imparfaite que je ne me juge sous mon propre regard, c'est que tout ce que je faisais je le faisais sous votre accompagnement. Quand vous serez partie, je serai la brebis égarée.

– Jeanne, ô Jeanne des Anges, votre refus ne fait que témoigner en faveur de la justesse de mon choix. Car c'est en se sentant incapable qu'on se rend disponible au secours de notre Seigneur. Et plus vous vous sentirez impuissante, plus Son aide vous sera donnée à profusion. Je sais que vous savez résister à l'orgueil, je sais tout autant que vous ne résistez jamais aux ordres. Apprenez donc que ce que, par une coquetterie un peu inutile, je vous ai présenté comme une demande est un commandement qui vient du plus haut de notre ordre. Je sais que vous prendrez votre situation nouvelle moins comme un honneur que comme une charge. Il faudra accepter humblement de devenir supérieure, comme vous avez accepté de me servir.

– Ma mère, très chère mère, considérez, je vous prie, encore une fois mon état de pécheresse, et que si j'ai pu faire sur le chemin de sainteté quelques progrès, ils sont insignifiants. Considérez, madame, encore ma trop grande jeunesse.

– Veuillez croire, ma fille, que j'ai tout bien considéré. Ainsi la chose est faite. Je suis sûre que vos compagnes approuvent ce choix.

Les six moniales, en demeurant muettes, les yeux remplis de larmes, inclinaient doucement la tête. Jeanne des Anges ici reprit la parole et s'adressant à toutes :

– Mes sœurs, mes chères sœurs, comme je vous connais moins de défauts à vous toutes ensemble que ceux dont je sens mon âme remplie, je vous demande de bien vouloir prier pour moi, et que notre Seigneur me donne la force nécessaire pour affronter, madame, votre confiance.

Une semaine plus tard, la porte se referme, avec fracas comme elle était très lourde. Béatrice n'est plus là, et Jeanne des Anges, mère supérieure du couvent de Loudun, arpente les couloirs, échafaude déjà des plans. Elle voit grand : il faut faire venir de nouvelles religieuses d'excellentes familles, et pas seulement ces gueuses dont les génuflexions sont décidément sans grâce, étroites, si peu élégantes. Jeanne a repris ce petit air arrogant et des yeux un peu fous qu'on ne lui avait pas connus depuis longtemps. Elle voit loin. Elle a vingt-cinq ans.

TRINCANT les a tous réunis. Il a réuni son clan, sa famille, ses proches, dans sa maison de Puydardane, un peu loin de la ville. Il a passé des nuits blanches déjà, mais il se trouve bien décidé à reprendre la main. En un jour il a connu la trahison, l'infamie et la honte. Lui qui était pourtant fier, si fier de sa vie, fier de sa ville, si confiant. Il avait longtemps considéré que sa réussite n'était jamais que la récompense juste de sa ferveur. Or sa fille engrossée par le curé de sa ville ! Sa propre fille ! Son ami le plus cher ! Sa propre fille une traînée ! Son grand ami un traître ! Dire qu'il avait été heureux, si longtemps, de se compter parmi ses amis proches (« ce prêtre brillant dont notre ville s'honore »), fier aussi d'une fille belle, intelligente, prometteuse. Il avait l'habitude de considérer, depuis la mort de Sainte-Marthe, que lui et Grandier étaient les deux grands lettrés de la ville.

Il avait fallu d'abord traiter l'urgence. Obliger la fille à garder la chambre. On la dira malade. On trouvera une mère qui acceptera de prendre l'enfant pour sien. Tout s'achète. Avec Grandier, il avait fallu composer, car l'accuser publiquement, c'était se déshonorer. Ils s'évitaient soigneusement l'un l'autre. Secret terrible qui les liait dans une inavouable haine. Une semaine donc sans trouver le sommeil, torturé par des images, des lambeaux de phrases (« elle, ma fille, se laisser... », « et lui, avoir osé... »). Ah les leçons de latin ! Mais il a décidé de reprendre la main. Il a convoqué son clan : Adam l'apothicaire, le frère Mignon, le chirurgien Mannoury, Hervé enfin et Thibault. Sa garde rapprochée, des parents, des intimes indéfectibles.

Or ils sont là tous à attendre.

Trincant est assis. Il a un visage dur qui décourage toute question. Il adresse à peine un salut aux nouveaux arrivants, lesquels, impressionnés par les traits ravagés et ce pli qui lui barre le front, n'osent prononcer une parole. Ils prennent place en silence, sans même se parler l'un l'autre. Veillée sinistre.

Quand le dernier est arrivé, assis, Trincant se lève, va vérifier les portes. Il se rassied et dit simplement : « Grandier a engrossé ma fille. »

Cette déclaration soulève bien sûr des cris, des exclamations. Urbain Grandier, Estelle Trincant : impossible, horrifique... Les hypocrites ! Parce que tous avaient remarqué quand même les visites d'Estelle au presbytère, et ça jasait pas mal. Surtout les protestants avaient fait enfler la rumeur, ils ne détestaient pas de voir la fille de leur ennemi séduite par le curé de la ville. Non, le père ne l'avait jamais même envisagé, et bien sûr aucun de ses amis ne lui relaya les on-dit. Estelle disait qu'elle allait voir Françoise, la sœur du prêtre, souvent certes, trop peut-être... mais de là à imaginer... Jusqu'au jour où sa fille, sa fille aînée, fille chérie, celle dont il était si fier, ne put plus dissimuler son ventre et que, dans les larmes, l'angoisse et le remords, elle avoua à son père sa terrible faute, un matin de décembre.

Le gros moine boiteux, Mignon, le frère crasseux, brise le premier le silence :

– Mon cher oncle, Dieu nous envoie à tous cette épreuve. Ne vous y trompez pas. Face à ce prêtre sournois, menteur, débauché et cruel, Dieu attend de nous une réaction rigoureuse et vive. Il faut, pour prouver notre foi, écraser cet infâme. Nous avons laissé depuis trop longtemps s'étendre cette tache de vice sur la tapisserie de nos vertus chrétiennes. Nous nous sommes montrés trop tolérants. C'est la leçon que Dieu nous donne, ayant permis que dans nos propres rangs s'introduisent l'ignominie et la perversion. Il faut écraser ce serpent, pour exprimer notre ferveur.

Le lieutenant criminel Hervé, qui détestait Grandier depuis longtemps, à cause d'une ancienne cousine qu'il avait trouvée si jolie mais qui n'avait eu de passion que pour le prêtre (il en était déjà venu aux mains une fois avec lui), le lieutenant criminel dit que cela ne l'étonnait guère, il l'avait toujours dit, ou plutôt (car il ne fallait pas laisser croire qu'Estelle fût légère) que Grandier s'était déjà rendu coupable d'avoir débauché des femmes d'un immense mérite, qu'il devait y employer même des moyens spéciaux, car il se faisait une spécialité de ruiner l'honneur des filles vertueuses, délaissant à dessein les femmes légères. Hervé ressortit de vieux dossiers : Moussaut du Fresne s'était plaint d'avoir été cocufié, Le Mousnier s'était dit victime d'une autre perfidie…

Mignon reprend la parole, rappelle encore le mal que

Grandier avait pu faire aux moines. Car peu après son arrivée, le prêtre avait moqué les carmes, leur statue miraculeuse de Notre-Dame de Recouvrance qui pleurait de « vraies larmes » et dont ils tiraient des sous surtout. En chaire le prêtre moquait l'ignorance et la crasse de ses frères en religion. Sur recommandation politique des Jésuites, il affichait son mépris total des réguliers : pauvres moines ignares, incompétents, fainéants, mais venez donc – il s'adressait aux femmes –, venez donc vous confesser chez moi ! Et elles avaient accouru.

Bref, chacun en rajoute ce soir-là sur le compte du curé, au point qu'un observateur extérieur n'aurait pu seulement imaginer qu'un mois plus tôt chaque présent – sauf Hervé qui l'avait toujours détesté – était fier d'afficher son amitié.

Trincant laisse dire, reprend la parole d'une voix caverneuse :

– À tous je demande de conserver enfoui ce secret qui nous rassemble aujourd'hui. Sur ce point, soyez muets comme les tombes. Mais faites savoir partout la honte d'avoir à Loudun un prêtre vicieux, débauché et pervers. Il faut l'abaisser plus bas que terre, humilier son orgueil, anéantir sa prestance, étaler ses vices. L'accuser, le dénoncer, le rabaisser. Qu'il apparaisse enfin comme un étron purulent au milieu de notre ville, un être diabolique et dangereux. Complice des protestants surtout ! Que chacun enfin dans Loudun ne songe plus qu'à s'en débarrasser.

On décide de commencer par adresser à l'évêque de Poitiers une lettre dénonçant quelques frasques. Les conjurés savent qu'ils recevraient de ce côté-là un accueil favorable. Monseigneur de La Rocheposay, homme volumineux, gras, ancien libertin converti sur le tard, détestait Grandier qu'il trouvait trop beau, trop mince, trop éloquent.

L E COUVENT avait changé avec le départ de Béatrice de la Crucifixion. Déjà le nombre de religieuses avait augmenté. Jeanne voulait du beau monde. Elle avait intrigué, écrit des lettres, beaucoup reçu, supplié, obtenu encore davantage. Elle avait un don de persuasion, elle ne lâchait jamais. Sept nouvelles sœurs donc. Que du beau monde.

Les bonnes familles de Loudun s'étaient empressées alors d'y placer leurs fillettes en pension : elles allaient recevoir l'éducation de la plus haute société. Le couvent, à la fin des années 1620, ne manque plus de rien. Des lits dans toutes les chambres, des crucifix ouvragés, des meubles massifs bien cirés, des chaises de choix. On y mange correctement. Ce couvent est une ruche. Ça va, vient, il y a tant à faire : les leçons, le jardin, la cuisine, le linge, la couture et le bois. La fébrilité générale est pourtant anxieuse. Jeanne est totalement imprévisible. Elle passe brusquement de la prévenance presque onctueuse, de la douceur infinie, à des cruautés perverses. Quand elle marche, le soir, en rentrant du parloir, air sombre dans les couloirs, c'est un torrent de haines affreusement contenues. Il vaut mieux ne pas la croiser alors. Jeanne a fait de son couvent une réussite. Ça bruit de monde, de chuchotements et de labeurs. Elle décide vite, sait donner des ordres, trouver des solutions. On la craint : ses commandements sont vifs comme les coups d'un sabre, elle sait humilier aussi. Elle exige de ses filles des intonations précises, des postures déterminées, des gestes calculés, mais décidant au dernier moment *lesquels*.

Jeanne a une obsession cependant : apprendre ce qui se passe dehors, connaître les rumeurs, savoir les histoires mondaines. La manie ne fut pas immédiate. C'est après une semaine où elle eut une fièvre forte parcourue de délires que cette folie du parloir apparut.

Elle y passe depuis trop de temps. Elle le sait. Mais quand les parentes de pensionnaires ou de religieuses viennent visiter une protégée, un enfant, elle exige de leur parler d'abord. Et cela peut durer. Elle s'est constitué auprès des bigotes un réseau d'excellentes espionnes qui lui racontent tout. Elle compare leurs récits, réclame des précisions. Cette mère supérieure qui passe tout son temps au parloir ! Elle sait que ce n'est pas sa place, et pourtant, impossible de résister. Elle s'arrange même pour demeurer le plus souvent possible dans les pièces d'en bas, afin d'entendre la cloche. Et elle presse le pas, tout en se condamnant, tout en se disant qu'il y a bien autre chose à faire.

Après, bien sûr, elle s'en veut. Elle s'est donné des règles : si elle passe plus de quatre demi-journées complètes au parloir au cours de la semaine, elle s'impose la discipline. Elle a maintenant le dos lacéré, on entend chaque vendredi soir de longs gémissements provenant de sa chambre, elle se fait mal, elle insiste.

Mais elle apprend au moins, elle sait tout des nouvelles de la ville, elle suit les affaires. Tenez, par exemple, le curé, Urbain Grandier. Elle avait entendu sur lui depuis longtemps des choses, mais maintenant elle emmagasine les récits, compare les versions. Elle le savait depuis longtemps beau, aimé des femmes, et qu'il les aimait trop lui-même, mais cela autrefois ne lui faisait rien. On dit aussi qu'il parle merveilleusement, se montre charmant avec tous, on loue son élégance et son esprit. Demander des nouvelles du curé de Loudun, pour une mère supérieure, quoi de plus naturel au fond. Elle tente toujours d'avoir davantage de détails.

Tiens, Mignon, leur nouveau directeur de conscience (le chanoine Meyssier a fini, on l'a dit, par mourir, de fatigue et d'ennui), Mignon, le neveu du procureur du roi, les a un matin réunies toutes, aux premiers jours de décembre. Jeanne s'en souvient, elle avait fait rentrer du bois la veille, et son discours les avait durement frappées. Jeanne en avait reçu des frissons dans le corps. Ce matin-là, il faisait si froid déjà dehors, l'herbe du jardin était recouverte de givre, Mignon avait déroulé un discours plein de suggestions vagues, d'accusations imprécises, d'imprécations sombres, tout en claudiquant au milieu des sœurs silencieuses, un peu tremblantes aussi. Il s'écriait « Danger, danger », mais il lui était impossible de parler clair devant des âmes pures. L'histoire qu'elles avaient cru comprendre dans le brouillard de son discours : le prêtre de Loudun régulièrement se livrait à de folles débauches, il corrompait le cœur des jeunes veuves, les consolait par des caresses impudiques jusque dans son église. «Danger, danger», il se disait obligé de prévenir au cas où le curé aurait tenté, sous un prétexte quelconque (mais lequel ?), de pénétrer dans le couvent – mais comment aurait-il pu ? Tout était confus et sombre. Mignon était rouge, son ventre gras rebondissait à chaque boitement, il levait au ciel les bras, les yeux. Dans le cœur des religieuses – elles osaient à peine se regarder pendant qu'il s'exaltait, tête nue suante un peu – il avait fait naître des images : au moins quelques corps nus enlacés sur le sol d'une église, les mains d'un prêtre qui plongeaient sous les robes des dames.

Jeanne a voulu connaître davantage, son dos lui faisait mal tellement elle passait de temps au parloir à essayer d'apprendre plus. Elle se donne le fouet aussi le mercredi maintenant, mais il faut savoir, ardemment, absolument savoir.

Et là, juste, à la mi-novembre 1629, elle apprend la nouvelle : Grandier est en prison, dans les prisons de l'évêché, à Poitiers ! En prison le curé de Loudun, le jésuite raffiné de Bordeaux, l'excellent ami du gouverneur, de D'Armagnac ! En prison, alors même que c'était lui, un prêtre, un homme de religion, qui avait reçu un coup de canne sur la place du marché, devant Saint-Pierre, devant sa propre église ! La victime et l'infâme. On lui a raconté l'affaire, par bribes bien sûr – elle ne pouvait pas non plus se dévoiler tellement intéressée, si captive – elle, censée vivre hors du monde et le mépriser fort, recluse dans les prières et la méditation de l'Éternel. Quoi, elle prend l'air un peu las dès qu'on prononce le nom du prêtre, parfois ses interlocuteurs en sont même découragés. C'est qu'ils ne voient pas l'éclat d'acier du bleu des yeux de Jeanne. La mère supérieure se lance tendrement dans quelques considérations spirituelles. Puis du bout des lèvres, l'air absent, d'une voix mécanique elle revient à la question du prêtre de sa ville.

Voilà ce qu'elle a recueilli : le prêtre, alors qu'il s'apprêtait à rentrer dans son église, trouve sur son chemin un matin de novembre Jacques Thibault, un chevau-léger, brutal et colérique, grand ami du procureur du roi. Le curé lui reproche, avec aigreur et fermeté, des paroles outrancières, ordurières prononcées pour le flétrir auprès des notables du pays. Le ton monte, et Grandier, alors qu'un petit attroupement s'est formé, lui décoche haut des sarcasmes d'un mépris tel que Thibault, furieux, lui assène trois grands coups de son bâton sur la tête. Grandier, interdit, reste digne, le regarde fixement et lui lance d'une voix forte et claire : « Ce n'est pas moi, monsieur, que vous avez frappé. C'est notre religion. Et vous en répondrez devant la justice du roi. »

Un prêtre battu publiquement à coups de canne ! L'affaire était grave. Loudun est en émoi.

G RANDIER avait effectivement été battu de plusieurs coups de canne, devant son église Saint-Pierre. Et il s'était rendu dès le lendemain à Paris se faire rendre justice. Il avait obtenu auprès de Louis XIII un entretien, au petit matin devant la cour. Louis XIII, si pénétré de ferveur chrétienne, avait été choqué certainement. Le roi avait marqué au prêtre, qui avait si bien parlé, défendu sa cause et l'honneur de son Dieu, sa sollicitude, son grand effroi de voir la religion insultée de cette manière. Il lui avait assuré que le tribunal de Paris serait saisi dans les tout prochains jours.

Grandier s'était trouvé admirable, il avait trouvé l'instant merveilleux. Il avait longtemps senti le regard attendri du roi, les vapeurs de son indignation. Louis XIII, flottant un peu sur ce trône démesuré, ses habits cousus d'or, son visage cireux, Louis l'avait soulevé, élevé à des sommets de dignité jouissive. Grandier s'était senti tellement vivre à ce moment. Cet empressement à le remettre debout quand il s'était jeté à genoux devant lui. Le prêtre avait préparé son effet, décrivant la scène avec couleurs, humilité, passion catholique et sourde colère. Cela avait été un enchantement de l'entendre, partagé par la cour.

Grandier reste à Paris. Trois jours après, il est convoqué pour se faire rendre justice. Il se rend au tribunal, il a soigné sa mise. Sa défense est prête, assurée par un avocat que lui a fourni le gouverneur de Loudun, Jean d'Armagnac, scandalisé par cette insulte publique au curé de sa ville. C'est donc le grand jour du procès, de sa justification, Grandier savoure à l'avance la défaite obligée de ses ennemis, de ce pauvre Trincant, bien ridicule au fond, dont il s'aperçoit qu'il est venu, l'œil mauvais, et pas seul, il est avec d'autres encore : Hervé l'air toujours satisfait, le chirurgien Mannoury chauve et hilare, et Thibault même qui parade. Quelle drôle d'idée quand même ont-ils eue de venir assister à leur propre défaite !

Grandier est au tribunal. Il sait qu'il doit prendre un air contrit, ne pas afficher trop vite un sourire vainqueur. Il écoute la plaidoirie de son avocat, approuve en silence, garde les mains jointes surtout – Un peu classique, se dit-il en lui-même, j'aurais fait mieux. Quelques lieux communs sur la religion outragée, une description, un peu fade à son goût, de ses perfections morales, de la qualité de sa pastorale. Un portrait ronflant sans doute mais somme toute sans relief. Et puis mécaniquement, c'est l'autre partie qui s'exprime. Or là Thibault, que Grandier surveille du coin de l'œil, sourit largement et prend l'air fier. Grandier, vaguement inquiet quand même par cette pose, prend ce maintien pour de la stupidité. L'autre avocat parle fort :

– Ce prêtre, vous nous l'avez présenté comme un modèle de vertu, un exemple de charité, un symbole de pureté, et mon client un méchant homme, vulgaire, brutal, et qui aurait insulté l'Église par un geste blasphématoire. Mais de qui parlez-vous ? Qui insulte qui ? Qui blasphème quoi ? Il faudrait m'expliquer, il faudrait m'expliquer pourquoi Urbain Grandier, ici présent, devant vous, et qui prend la pose d'humilité, pourquoi le curé de Loudun fait l'objet de la part de son évêque d'un mandat d'arrêt, et pourquoi alors qu'il devrait être dans les prisons de l'évêché, il se pavane ici !

Quelques phrases, plaidoirie brève, mais ce fut comme un coup de tonnerre assourdissant, et les juges fixaient éberlués le mandat de prise de corps brandi à bout de bras...

Pendant que Grandier s'était précipité à Paris, rêveur, ses ennemis étaient passés le jour même à la contre-attaque, rédigeant à destination de l'évêque une lettre accusant formellement cette fois Grandier « d'avoir débauché des femmes et des filles, d'être impie et profane, de ne jamais dire son bréviaire et même d'avoir abusé d'une femme dans son église ». Témoignages à l'appui, signés. Or qui trouver pour signer cette dénonciation ? On avait eu recours au service de deux ivrognes trouvés dans une taverne. Ils avaient échangé leur signature contre une somme qui leur permit de continuer à boire jusqu'au bout de la nuit, et plus tard même encore. Trincant et Hervé au lendemain du coup de canne sont à Poitiers, pour trouver bonne oreille : l'évêque, on l'a dit, détestait le curé de Loudun. Mais monseigneur était au château de Dissay. Il fallut repartir, cavaler, à toute bride, mais ils avaient au moins obtenu, du promoteur de l'évêché, une lettre de recommandation.

Il était tard. Le procureur du roi et le lieutenant crimi-nel attendirent le lendemain, la fin de matinée, sachant que l'évêque n'aimait pas qu'on le réveillât tôt. Ce mois

de novembre permettait déjà ces journées brumeuses, gla-
cées d'hiver. Hervé et Trincant aperçurent au loin les
deux tours blanches du château, deux grands cous élancés
qu'étreignaient des écharpes de nuages flottantes. Bientôt
ce fut le reflet de leurs chevaux dans les douves, qui les
impressionnèrent.

L'évêque vient les recevoir, vêtu de tuniques bien
amples. Il est loin le moment où c'est en cuirasse qu'à
Poitiers il imposait qu'on obéisse au roi. Maintenant monseigneur de La Rocheposay n'aime plus que les livres.
Manger et lire. Il est devenu énorme, érudit, irritable et
soupçonneux. Susceptible aussi, le curé de Loudun quel-
quefois avait mordu sur ses prérogatives et cela l'avait mis
en colère. On lui a rapporté aussi de méchantes rumeurs,
recueillies auprès de maris aigris et jaloux. Or désormais
l'évocation des plaisirs de la chair le renvoie à l'impuissance de son corps déformé par la graisse et il supporte
mal l'idée de ce petit prêtre fringant et libertin. Lui désormais, l'évêque de Poitiers, écrit des livres sévères de théo-
logie pure.

Le lieutenant Hervé et le procureur Trincant se sont
jetés à genoux au moment de son apparition.

– Relevez-vous, messieurs, quelles nouvelles m'appor-
tez-vous de Loudun ?

– Vous le saurez, monseigneur, en lisant ces lettres,
ces témoignages.

La Rocheposay prend un air soucieux pour lire la lettre
d'accusation et l'attestation signée des ivrognes.

Il soupire, lève les yeux au ciel, fait mine même de prier.

– La vie spirituelle de Loudun court d'immenses périls
si j'en crois ces lettres. Qu'en pensez-vous vous-mêmes ?

– Les Jésuites de Bordeaux, monsieur de Poitiers, nous ont imposé ce prêtre arrogant, dissipé, débauché et vicieux. Il a commencé par pactiser avec tous les huguenots. C'est bien simple : il les fréquente davantage que les catholiques. Il s'est moqué de tous les réguliers, les carmes, les capucins, en prêchant bien haut qu'ils étaient superstitieux, vulgaires et bêtes. Il a demandé en chaire aux femmes de Loudun de venir se confesser exclusivement auprès de lui. Et elles sont venues, charmées par cette éloquence que je me permets de nommer diabolique. Vous voyez bien, monseigneur, avec ces lettres, quelles fins vicieuses il poursuivait en faisant venir les femmes à son confessionnal.

Trincant se tait, Hervé regarde ses pieds. Ils se tiennent là tous les deux, se lançant des regards furtifs, vaguement inquiets. La Rocheposay soupire. Hervé croit bon de reprendre la parole :

– Monseigneur, Loudun souffre, les catholiques de Loudun, les vrais chrétiens souffrent. Nous avons honte pour notre réputation et nous avons peur pour nos femmes.

– Apprenez, messieurs, que l'archiprêtre de Loudun m'avait déjà fourni quelques informations confidentielles sur les agissements d'Urbain Grandier. Il y a là...

Il s'arrête, soupire longuement, lève les yeux vers un plafond parcouru de dorures, achève :

– ... il y a là matière.

– Monseigneur, notre salut dépend de vous.

La Rocheposay demande du papier et écrit. Trincant glisse quand même, au moment où l'évêque paraît chercher ses mots :

– C'est la sainteté de notre Église qui se trouve outragée, et par un de ceux qui devraient la servir.

L'évêque fait la pause, bâille, boit des gorgées de sirop vert, passe des ordres, griffonne, appose un sceau, soupire. Il tend enfin sa lettre d'une main, et, de l'autre, les courriers apportés, susurrant :

– Voici, messieurs, je vous prie d'en faire désormais bon usage.

Ils se saluent, et les deux complices n'osent pas quand même, par correction, entamer la lecture devant lui. Ils traversent l'immense cour du château.

La brume ne s'était pas levée, toujours ces écharpes dansantes, ces trouées à travers lesquelles se laissait voir la blancheur éclatante des tours. Une fois passés la porte immense et le pont, debout, à côté de leurs chevaux, ils ouvrent la lettre. C'était cela, oui : un mandat d'arrêt, une prise de corps ! Il fallait au plus vite porter le papier à Paris, il y avait là de quoi suspendre le jugement, il était temps encore sans doute. Ils s'embrassent fraternellement, Trincant a les larmes aux yeux. Soudain un grand coup de vent disperse les flottements de brume, et le soleil d'hiver, pâle mais décidé, illumine les deux tours rondes du château de Dissay.

UNE CELLULE HUMIDE et sans lumière dans la tour de l'évêché. À Poitiers. Là, le curé de Loudun reste enfermé de longues semaines, d'interminables mois. En prison. Quoi, lui, Urbain Grandier, admiré de tous, craint de beaucoup, supérieur ! Se retrouver comme un vulgaire malfrat entre les murs sales d'un cachot, grelottant de froid. On était tout au creux de l'hiver. Jeté là, amené « de force ».

D'Armagnac, le gouverneur de sa ville, vers qui Grandier s'était précipité en sortant du tribunal, lui avait conseillé de se rendre au plus tôt auprès de son évêque, pour preuve de bonne volonté. De Saint-Germain, le curé était donc reparti vers Poitiers où il arrive fourbu, il descend à l'hôtellerie rue du Marché-Vieil, chez la veuve Litault, bien décidé à se présenter le lendemain au promoteur de l'officialité, comme un homme résolu, confiant, se livrant serein aux mains de la justice de son Église.

Mais ses ennemis préféraient le voir amené comme un voleur. Quels espions donc avaient-ils, et quels renseignements, mais le lendemain matin tandis qu'il déjeunait posément, Thibault lui-même, son agresseur, un sourire à sa bouche large comme une épée, se présente avec à la main, il l'agitait comme un mouchoir d'offense, le mandat d'arrêter, accompagné d'un sergent royal. C'était le 15 novembre 1629. Bien sûr Grandier ne s'était pas débattu, mais il avait haut et fort protesté contre l'indignité du procédé, car pour quelle autre raison se trouve-t-il à Poitiers si ce n'est pour se soumettre à la justice de son évêque ? Mais voilà, les autres voulaient du spectacle, et pouvoir raconter Grandier dans les rues de Poitiers, entre la paroisse de Saint-Porchaire et les prisons épiscopales, déambulant comme un voleur, cerné par des hommes d'armes.

Et puis là, enfermé : rien, aucun contact. Il faisait froid, il n'a sur lui que sa tunique et un pauvre manteau. Il demande à voir son évêque, on lui fait répondre qu'il se repose au château de Dissay. Il lui écrit des lettres pathétiques (*Monseigneur, j'avais toujours bien cru et même enseigné que l'affliction était le vrai chemin du ciel, mais je ne l'avais jamais expérimenté que depuis que votre bonté, mue par la crainte de ma perte et le désir de mon salut, m'a jeté dans ce lieu où quinze jours de misère m'ont plus approché de Dieu que n'avaient ci-devant fait quarante années de prospérité...*). Et l'autre ne répond pas, alors même que M. de Sourdis, son supérieur, l'archevêque de Bordeaux, prévenu par le gouverneur d'Armagnac, avait enjoint à son évêque de prêter grande attention à cette affaire et que couraient sur le prêtre de Loudun des calomnies honteuses.

D'Armagnac ne chôme pas de fait, il remue du monde et manœuvre partout pour la défense de son ami. L'archevêque de Bordeaux est saisi de l'affaire, mais aussi le procureur général de Paris, lequel bientôt exige qu'on informe

POSSÉDÉES

à Loudun rapidement et sévèrement contre Thibault,
le cogneur de curés, de sorte que Trincant lui-même se
voit contraint d'accuser publiquement son propre complice pour ne pas perdre tout crédit comme procureur...
Grandier relit dans le froid les mots écrits de la main de
son gouverneur : *Je ne vous abandonnerai pas*, il y prend
confiance. D'Armagnac agit, se démène, écrit, recom-
mande, menace. Il a du reste intérêt à voir Grandier victo-
rieux. Il veut bientôt lui confier des affaires importantes,
dès qu'il sera libre.

En attendant, Grandier a froid. Il a fait demander à
sa mère de quoi manger mieux, se réchauffer. Rien ne
vient : il est mis au secret. Le geôlier, une brute imbécile,
ne répond à ses questions que par des grommellements
sauvages. Le cachot est glacé et Grandier ne dispose que
de maigres couvertures, malgré ses demandes. Le géant
buté qui le garde refuse de rien comprendre, aussi cloi-
sonné d'entendement que la prison dont il a la charge. Il
n'accepte d'apporter que du papier et un peu d'encre.

Grandier a pris froid cette fois, sérieusement. Cela a
commencé par des courbatures, des migraines, des frissons. Il a arrêté de rouler dans sa tête des projets de lettres
à sa mère, au gouverneur, à son évêque, de tourner en
esprit des formules percutantes et des tournures brillantes :
*Je voudrais bien mourir, si je ne vivais en espérance
d'entendre bientôt de votre part cette parole du Sauveur
encore assez puissante pour me ressusciter : «Lazare, sors
dehors !», laquelle me serait d'autant plus douce que ma
prison m'est plus cruelle qu'à celui-là son tombeau, où il
était en repos, assisté sans besoins de ses sœurs, et moi je suis
ici enseveli dans mes misères, sans qu'il soit permis à mes*

78

amis, non de me voir ni de me soulager, mais de regarder seulement ma prison... La fièvre augmente, il délire, son corps tremble, trempé de sueur. Il n'allume plus de bougie, se serre contre le mur en cherchant un peu de chaleur dans l'épaisseur glacée des pierres. Il gémit, bat des bras, ne sait plus si le jour est trop sombre ou la nuit parcourue de lueurs blanches. Il a un sentiment de brumes, voit flotter autour de lui parfois des formes scintillantes.

La fièvre l'avait tenu plusieurs jours. Le 16 décembre (il demandera plus tard à son gardien la date), Grandier s'éveille l'après-midi avec ses yeux d'enfant. Regard limpide, accueil du monde éclos, un éveil net, précis comme un envol d'oiseau. Il avait dû dormir si longtemps. Une couverture épaisse, bien ouvragée, recouvre son corps reposé tandis qu'il devine, laissées dans un coin, sales, humides, les mauvaises pièces de coton qui l'avaient fait malade. Sur le petit bureau, on a disposé des vivres et des lettres, sur la chaise des habits impeccables.

Ce qui s'était passé : Jeanne d'Estièvre, la mère, déployait pour son fils une énergie admirable. Elle avait fini par trouver à Poitiers des jésuites complaisants, prêts à user de leurs relations pour parvenir au geôlier intraitable (les recommandations de l'évêque avaient été claires) sans passer par le promoteur de l'officialité, elle avait rassemblé des couvertures chaudes, des effets propres et de quoi manger correctement. Cependant elle ne pouvait quitter Loudun, trop occupée là à connaître et prévenir, par des visites incessantes et d'innombrables courriers, les subornations de témoins contre son fils qui avaient lieu au moment même, dans toutes les ruelles.

Elle connaissait à Loudun la famille d'Essieux, qui avait

pour Grandier la plus haute estime, le trouvant avisé, cultivé, spirituel. Eux abandonnaient aux envieux les mauvaises rumeurs. Grandier les avait aidés autrefois pour dissuader leur plus jeune fille, Maddalena, d'entrer au couvent. Maddalena, très belle et très fervente, de grands yeux verts, un dessin unique de sourcil. Comme on disait, c'était « une excellente personne ». Elle avait naïvement reçu ses leçons de religion, et ne voyait une vie de perfection que dans l'amour du Christ et la contemplation.

Grandier avait été alors doux et persuasif, lui faisant valoir que, d'expérience, la clôture éloignait de la religion à cause de la rancœur et de la haine qui finissaient par naître de l'enfermement, il expliqua que les vies de saintes comme on les racontait étaient des modèles propres à nourrir l'imagination, pas des règles de vie à suivre. Enfin qu'elle servirait davantage Dieu en restant libre et joyeuse, en secourant les pauvres et les malades qu'en priant dans un couvent interminablement. Maddalena avait cru son prêtre, comme elle avait autrefois fait confiance aux grands récits des saintes. Elle lui avait donné gentiment raison. Un homme de foi comme lui, vous pensez.

Il avait adoré cette conversation, il l'avait trouvée si jolie, il l'oublia bientôt. C'était quatre ans auparavant. Ses traits d'enfance depuis avaient disparu, faisant place à un visage d'un arrondi plus fin et d'une grâce telle, plus noble, plus grave. Le bleu des yeux avait viré un peu, il était plus sombre, sans scintillement d'étoile. Il avait gagné la profondeur des vagues. Elle avait pris un corps de femme aussi.

Jeanne d'Estièvre avait prié Maddalena de bien vouloir porter directement à son fils, en usant des intermédiaires contactés (les jésuites), le courrier, le linge sec et de quoi correctement se nourrir. La mère Grandier se disait bien aussi que l'allure de la jeune vierge mettrait de la facilité. Il était difficile de résister à un visage donnant sa beauté à voir avec tant d'innocence, avec si peu d'apprêts, tout occupée elle d'autre chose que de plaire, et sans calculer jamais l'effet sidérant du dessin de sa bouche, de la courbe de ses joues, du plissement de ses yeux. Elle ne pensait à mal que quand on l'y faisait penser, et se détournait alors avec horreur. Elle était davantage que pieuse : fervente. Elle trouvait dans la prière des joies authentiques (cela lui allumait une flamme douce dans le ventre), dont elle se disait qu'elles représentaient les jouissances les plus pures qu'elle pouvait ressentir ici-bas, et l'écho très atténué sans doute de très lointains plaisirs. Elle mettait à tout ce qu'elle faisait une confiance désarmante. On l'aimait secrètement, sachant que ce qu'on aimait le plus chez elle allait précisément dresser un rempart contre toute autre tentative. On ne pouvait que l'aimer impossiblement. Pour les malades et les pauvres, elle était une sainte, ils l'adoraient avec simplicité, ils étaient habitués à ne jamais demander davantage.

Maddalena est parvenue jusqu'à Grandier. Elle le trouve couché, fiévreux, amaigri, le teint pâle, un filet de voix grêle prononce doucement des paroles incompréhensibles, elle se dit que ce devait être des vers, une prière, car cela est scandé. Mais surtout ce visage, la barbe hâve et les cheveux défaits, oui il ressemble à un Christ, un Christ mourant interminablement, un Christ à l'agonie. Elle parle longuement au geôlier. Il ne comprend que son intérêt, mais il le comprend vite, elle sait lui faire sentir le danger qu'il y a à laisser le prêtre dans cet état : on l'accusera lui de l'avoir laissé mourir, ou même de l'avoir tué par négligence. Alors elle reste trois longs jours à le soigner, elle vient chaque matin, le fait boire, le nourrit, lui parle avec douceur, change les draps trempés de fièvre. Lui aperçoit ce visage, se laisse faire. Comme dans un rêve.

Elle demeure trois jours. Le matin du quatrième, la respiration du prêtre est régulière, le front est froid et le teint reposé. Maddalena sort doucement, rentre à Loudun. Était-ce un rêve, vraiment cette douceur... Il avait un parfum de peau dans la tête, mais que s'était-il passé ?

L A SORTIE des prisons de l'évêché se fait sans gloire, le 4 janvier 1630. Grandier ressort gravement condamné par son évêque. Ayant pris connaissance des témoignages collationnés par le procureur (à coups de promesses, d'argent ou de menaces), l'évêque de Poitiers, qui de toutes les manières veut les croire sincères, doit prononcer une peine, la plus lourde possible : Grandier est condamné à jeûner à l'eau et au pain tous les vendredis pendant trois mois, mais surtout il se retrouve suspendu *a divinis*, interdit d'administrer les sacrements dans le diocèse de Poitiers pour cinq ans, et à Loudun pour toujours. De quoi le ruiner définitivement. Il faudrait aller prêcher loin, s'exiler. Il était autrefois tout. Désormais, il n'est plus rien. Il reste prêtre puisqu'il a été ordonné pour l'éternité, mais sans ministère dans la proche région. Il sort de prison, pour se retrouver dans un désert.

Monseigneur de La Rocheposay, le volumineux évêque, s'est laissé convaincre par tous les témoignages tellement il avait envie d'y croire. Il faut dire aussi que l'instruction avait été menée par Trincant lui-même. Le procureur du roi avait su frapper aux bonnes portes pour obtenir d'accablants témoignages. Quelques frères en religion du curé s'étaient charitablement précipités dans les bras de la justice : Le Mousnier, un chanoine de Saint-Léger-du-Château, raconta que Grandier ne lisait jamais son bréviaire, qu'il l'avait vu un jour cracher dans l'eau bénite ; Gervais Meschin, le vicaire de Saint-Pierre, raconta qu'il avait vu dans l'église Grandier étalé sur des corps de femmes nues ; Adam le pharmacien assura qu'il avait vu entrer au presbytère sept femmes d'affilée et qu'elles y étaient restées toutes ensemble avec lui un après-midi entier ; Thibault, l'homme à la canne, se souvint l'avoir vu embrasser à pleine bouche une paroissienne ; le chirurgien Mannoury se rappela l'avoir entendu insulter Dieu dans la nuit, un soir qu'il rentrait avec une fille à chaque bras...

Mais enfin aucune femme n'avait témoigné directement contre lui pour un geste déplacé, une allusion grasse ou une relation impudique. Seulement des témoignages indirects. Aucun nom de femme – et quand il y en eut un, précis : celui de la belle-mère du bailli, récemment décédée, il fut promptement retiré par l'accusateur, le curé du Bas-Nueil-sur-Dive, Martin Boulliau, lequel, confronté au bailli en personne, affirma n'avoir jamais vu que le bras de la dame appuyé sur celui du curé, de manière tout à fait commune et naturelle, et que si l'on avait écrit autre chose, ça n'était pas de son fait, mais ajouté contre son gré, et qu'il n'avait jamais dit autre chose.

Boulliau, donc, retira sa plainte, mais il fut bien le seul. Le bailli de Loudun, Guillaume de Cerisay, représentant de la justice de son roi, avait bien compris que Trincant établissait des faux témoignages à longueur de journée, mais qu'y faire ? La commande provenait de la justice d'Église. Cette masse nauséabonde fut donnée à lire à l'évêque qui en sursauta d'indignation et d'horreur plusieurs heures, et fut même pris de frissons en imaginant les scènes. Il se soulagea de ces visions par deux bouteilles de sirop vert, quatorze beignets et une prière. Il fallait que cet amas de vice soit condamné avec la dernière sévérité. Il rend donc sa justice, au nom des intérêts supérieurs de l'Église et de la religion.

Grandier quitte les prisons de l'évêché. Ce n'est pas une délivrance : il avait été condamné. Il est devenu, en quelques mois, proscrit. Il a tout perdu. Il part se réfugier chez Jean d'Armagnac, qui l'appelle dans ses demeures de campagne, à quelques lieues de Loudun.

L E GOUVERNEUR cette fois tient son homme. Sous ses dehors bonhommes et fraternels, ses gros yeux ronds, sa stature immense et sa bonne barbe, d'Armagnac est un calculateur, un fin rusé. Il apprécie Grandier, il le trouve utile. Il se dit bien qu'il ne sera pas difficile de faire dégonfler les témoignages véreux accumulés contre lui. Il suffit de faire remonter l'affaire à l'archevêque de Bordeaux qui saura mépriser ces mensonges. Le gouverneur recueille chaleureusement le prêtre dans sa propre demeure, lui fait mille amitiés, l'assure de son soutien. Il le tient. L'affaire va prendre du temps, et il faudra profiter de ce temps pour en faire son homme de confiance, son second, son allié. Sur les conseils du gouverneur, Grandier appelle donc de sa condamnation devant l'archevêque.

Pendant ce temps, la femme du gouverneur lui apprend les affaires de la ville, les généalogies, les clans et les vieilles histoires. D'Armagnac continue à passer beaucoup de temps à Saint-Germain, près du roi, c'est pourquoi il lui faut sur place un homme de main qui s'occupe de ses affaires.

Le gouverneur sent que quelque chose va lâcher dans l'histoire du donjon. Les cardinalistes de Loudun clament haut et fort leur désir de tout raser. Le roi pour le moment ne cède pas devant Richelieu, mais jusqu'à quand ? Car c'est là l'affaire qui occupe d'Armagnac et exige qu'il ait sur place un homme sûr : l'affaire du château de Loudun.

La ville de Loudun est construite sur une colline, ce qui lui donne une position surélevée dans le pays. Cette situation dominante explique qu'elle ait été longtemps l'enjeu de luttes : tenir Loudun, c'est tenir militairement tout le pays à l'entour. La cité est inexpugnable. Loudun s'est même trouvée longtemps protégée par un double système de fortification, qui dessinait deux cercles épais, concentriques. Le cercle le plus large ceinturait l'ensemble de la ville, troué à quatre endroits : les quatre immenses portes de la cité. Pendant tout le Moyen Âge, les seigneurs de la ville trouvèrent là de quoi se défendre contre de proches rivaux, ou encore les Anglais. On pouvait lasser facilement l'ennemi. Avec les guerres de Religion, les enceintes se découvrent une nouvelle fonction : servir de forteresse aux huguenots. C'est pourquoi le roi en décida dans les années 1560 le démantèlement. Il ne resta plus bientôt, comme vestige, que la porte des Martyrs. Mais il existait une seconde enceinte, plus petite celle-là, intacte à l'époque de Grandier, surélevée par rapport à la première, posée sur une large motte, scandée par dix-huit tours. C'est la fierté des habitants de Loudun. On en faisait remonter les fondations aux Romains. Elle abritait un donjon, une tour carrée, et, jusqu'à la fin du XVIe siècle, le palais royal où les comtes d'Anjou, de Touraine et du Poitou rendaient hommage au roi. L'ensemble fait de pierres blanches dessine toute l'année à la ville une écharpe de neige qui se voit de loin. Il y a de quoi loger une forte garnison. Ce n'était pas pour rien que Loudun avait été décrétée, au moment de l'édit de Nantes, « place de sûreté » pour les huguenots. Or Louis XIII accédant au pouvoir entend bien faire augmenter, dans Loudun et partout ailleurs, la pression catholique. On favorise l'installation des Capucins. Un gouverneur catholique est désigné : d'Armagnac, un converti...

Le château donc reste debout. Ces murs étincelants pour beaucoup signifient la fierté, pour d'autres une menace. Un parti se constitue, le parti des « raseurs » : ceux qui veulent raser les murs, des ultracatholiques autour de Trincant bien sûr, mais encore de Mesmin de Silly, le maire de la ville, et tous les affiliés, les lâches, les suiveurs. Tous à la solde du cardinal. Richelieu, avec ses complices dans Loudun, joue la carte catholique, loyaliste, nationale : ces murs, c'est la morgue protestante, une provocation permanente, une manière de narguer continûment le roi. Mais le cardinal recherche autre chose. Il est bien décidé à édifier, à quelques lieues de là, *sa* ville : la ville de Richelieu, ville nouvelle où il faudra reconcentrer les richesses et les charges, les honneurs et les populations. Avec les murs du château s'effondrera la gloire historique de Loudun, elle sera réduite alors à « l'état de bourgade ». C'est ce que d'Armagnac a compris et ne peut supporter. Il a transformé le donjon, une magnifique tour du château, en sa résidence loudunaise, l'a fait restaurer à grands frais pour faire honneur à son gouvernement. Le château, répète-t-il, ce n'est pas un refuge protestant, c'est la gloire ancestrale du pays de Loudun. Sa fierté.

Depuis longtemps, depuis 1622, il avait été décidé au Conseil du roi de détruire tous les châteaux forts du territoire national. En général. Pour Loudun en particulier, les choses traînaient en longueur. D'Armagnac était pour Louis XIII un ami fidèle, un précieux compagnon de guerre, un serviteur loyal, et il répugnait à lui déplaire. Mais le long siège de La Rochelle depuis la forteresse de Loudun prenait l'air d'un ultime refuge du protestantisme, et les catholiques fanatiques dénonçaient sans relâche ce qu'ils disaient ressentir comme une insupportable menace. D'Armagnac avait compris que le château ne tiendrait pas longtemps, mais il fallait sauver le donjon au moins, *son* donjon, la tour ronde, splendide, impressionnante, massive, avec ses fossés particuliers. En 1628, après la prise de La Rochelle, le roi décida de mener à terme la destruction du château de Loudun. Les cardinalistes se réjouirent de cette décision qui représentait pour eux défaite protestante et victoire du loyalisme. Il ne resterait à ces impies plus aucune cache, le jour où l'on voudra s'en débarrasser pour de bon. Sous l'autorité de Mesmin de Silly, le maire de la ville, on écrit aussitôt une lettre de remerciement, onctueuse, flagorneuse, en apprenant la nouvelle : *Sire, nous bénissons incessamment la bonté de Sa Majesté de ce qu'il lui a plu d'ordonner le rasement dudit château pour le bien et soulagement de son pauvre peuple, auquel il a toujours été à très grande charge. Au lieu de cette inutile masse de pierres qui est de dépense à Votre Majesté, elle a établi des citadelles dans nos cœurs que l'ennemi ne surprendra jamais.*

Louis XIII avait décidé que les pierres se répartiraient entre d'Armagnac et Michel Lucas – son secrétaire, particulièrement zélé, placé par Richelieu et qui assurait la liaison entre le cardinal et le parti des raseurs. Deux ans plus tard, les travaux de démolition n'avaient toujours pas commencé, mais d'Armagnac, comme il était toujours à la cour, avait compris que les murs allaient tomber sous peu, que c'était désormais une question de mois. Mais il aurait Grandier sur place pour surveiller au moins que le partage des pierres (il lui en revenait la moitié) soit bien fait, pour repérer ses ennemis, pour qu'on ne touche pas au donjon. C'est pourquoi, profitant de la condamnation de l'évêque qui obligeait le prêtre à l'inaction pendant de longs mois, le gouverneur l'instruisait, le formait, le préparait à devenir le second gouverneur de la ville.

Le roi a donc défendu qu'on touche au donjon. On pourra tout abattre, sauf la splendide bâtisse ronde où demeure le gouverneur. Ce qui signifiait que d'Armagnac avait gardé auprès du roi une part de son prestige. La clause est connue de peu de monde, en tout cas pas des Loudunais à qui on avait annoncé, de manière générale, la destruction de tous les murs. D'Armagnac tient à la garder secrète, expliquant à Grandier que cela lui permettra de repérer ceux qui, au commencement des travaux, crieront bien haut que cela leur fait grande joie de voir bientôt le donjon effondré. Il ne se lasse pas d'imaginer le dépit des raseurs au moment où il sera officiellement annoncé qu'il ne faut pas toucher à la résidence du gouverneur. On connaîtra bien là qui a le pouvoir à Loudun.

Grandier a donc fait appel auprès de l'archevêque de Bordeaux. D'Armagnac encore une fois sait que son

Éminence saura mépriser de sales rumeurs distillées par des envieux, des témoignages atroces achetés dans des tavernes, et qu'il trouvera même sympathique ce jeune prêtre brillant, un peu léger, fringant, énergique. Lui-même n'a pas la réputation d'être un dévot fanatique. Le clan Trincant en apprenant la nouvelle s'étrangle de fureur. Quoi ! Faire appel à Bordeaux de la décision de son évêque ! C'est bien là la marque d'un orgueil démesuré, d'une arrogance sans limites. Surtout, ils savent bien entre eux que l'archevêque n'aura pas scrupule à désavouer son évêque. Alors il faut trouver une contre-attaque, une riposte : ils font appel, eux aussi, mais cette fois devant le parlement de Paris. Avec le dossier constitué comme ils l'ont présenté à l'évêque, ils peuvent obtenir des juges parisiens une sentence exemplaire. La justice de Paris a la réputation de trouver les tribunaux d'Église indulgents envers leurs pairs, corporatistes même. Ils n'avaient pas hésité, eux les juges laïques, à envoyer au bûcher le curé de Beaugé qu'on avait trouvé au lit avec la femme d'un magistrat ! L'affaire avait fait grand bruit, elle était ancienne mais demeurait dans les mémoires. Il faut jouer cette carte : obtenir des juges de Paris, de la justice du roi, sur la base du dossier constitué, une condamnation encore plus lourde que celle de l'évêque.

Grandier, qui pensait avoir remis son destin dans les mains de l'archevêque de Bordeaux, doit aller aussi s'expliquer à Paris. D'Armagnac lui a trouvé un fameux avocat en faisant jouer ses relations. L'autre partie n'est pas en reste. On est à la fin du mois d'août, il fait une chaleur écrasante. Le tribunal est rempli de curieux, de vaniteux, d'oisifs aussi. L'affaire du prêtre libertin de Loudun commence à amuser Paris. Or les deux parties sont de force égale, l'une pour accuser les tribulations vicieuses d'un curé qui fait honte à sa ville et flétrit la réputation de tout un pays, l'autre pour dénoncer des passions haineuses suscitées par un prêtre brillant, auprès de maris jaloux ou de prétentieux moins éloquents. Le procureur se montre sévère envers Grandier. La lecture des déclarations des témoins n'incite guère à l'indulgence. Mais le procureur est obligé de reconnaître la partialité de l'instruction et demande qu'on recommence tout à Poitiers. Les juges se rendent à son avis. Le procès semble se clore sans victoire ni défaite, puisqu'il rebondit ailleurs, mais le clan Trincant comprend que ce renvoi sera cuisant pour eux, tant ils ont abusé de pressions, de chantages, de promesses pour obtenir ces témoignages fragiles, où manquaient la voix des femmes déshonorées et celle des maris trahis.

Ils voient juste.

Le bailli de Loudun, qui avait été choqué par les procédés du procureur du roi, se félicite publiquement de cette nouvelle instruction, et fait savoir partout ce qu'il pouvait en coûter de produire de faux témoignages à Poitiers. Maddalena, qui a des connaissances dans les plus anciennes familles de la ville, raconte avec passion la transfiguration du prêtre saisi de grâce dans les prisons de l'évêché. Le frère de Grandier, René, qui travaille au tribunal de Poitiers, fait jouer là ses relations. D'Armagnac n'est pas en reste.

Quand l'instruction reprend à Poitiers, les anciens témoins sont saisis d'effroi devant leurs propres mensonges. Ils n'ont plus Trincant pour les encourager dans leur infamie et comprennent que la calomnie a un prix

quand ils sont confrontés à des procureurs graves et soupçonneux. Gervais Meschin rédige une longue lettre, assurant qu'il n'avait jamais vu Grandier fermer les portes de
l'église derrière des corps de femmes ni aperçu des jeunes
filles se glisser dans sa chambre. Bougreau, l'accusateur
ivrogne, est dégrisé de se trouver confronté aux juges de la
grande ville, et raconte en pleurant comment il avait été
soudoyé. Il n'y a que Trincant, Hervé et l'apothicaire
Adam pour maintenir leurs témoignages, mais leur partialité est trop évidente. Le résultat est un désastre pour leur
clan : Grandier est reconnu devant les juges publics innocent des accusations qu'on avait portées contre lui.

Il ne restait plus au prêtre de Loudun qu'à attendre le
jugement de l'archevêque de Bordeaux et la décision de
la justice d'Église, après la justice royale, mais elle ne fait
plus de doute. Monseigneur Escoubleau de Sourdis exi-
gea certes une enquête rapide, mais il manquait de temps
pour annoncer sa décision : il s'employait sur les chantiers
navals, auprès du roi, à faire la guerre. C'est seulement à
l'automne de l'année 1631 qu'il rend son jugement. Pendant tout ce temps, Grandier avait appris auprès de la
femme du gouverneur les secrets politiques de la ville.

GRANDIER est convoqué à l'abbaye de Saint-Jouin-de-Marnes pour recevoir le jugement d'Église de son Éminence. On était bien tard déjà dans l'année 1631. Au matin du 27 novembre, il arrive à cheval, très tôt. Il se disait que ce jour était son jour. La beauté du lieu émeut le prêtre jusqu'aux larmes. On le fait entrer dans la salle du Conseil. L'archevêque apparaît dans la splendeur de sa cape rouge, l'étincelant blanc de sa tunique, entouré de ses deux assesseurs. Il s'assied avec noblesse. Le greffier s'éclaircit la voix et d'un timbre sonore prononce l'absolution de Grandier, lequel s'était mis à genoux, tête baissée, pour la recevoir. Au sortir de cette cérémonie, l'archevêque fait passer Grandier dans un petit salon attenant. Le prêtre le remercie chaleureusement, lui jurant une reconnaissance éternelle et une soumission sans limites.

Quand il en a fini, l'archevêque le regarde fixement et lui dit :

– Et après ?

– Après ?

– Maintenant, qu'allez-vous faire ?

– Eh bien, rentrer, monseigneur, faire humblement mon devoir auprès de mes paroissiens, les rassurer et les servir.
– Rentrer, vous voulez retourner à Loudun ? Et vous parlez d'humilité ?
– C'est là que Dieu a bien voulu fixer ma place.
– Laissez Dieu en dehors de tout cela. Allez, tenez, les Jésuites vous trouveront un autre ministère. Partez donc la tête haute, fière, et abandonnez cette ville remplie de ces loups qui vous cernent.
– Monseigneur, je comprends votre alarme et je vous en sais gré. Elle démontre à mon endroit une sollicitude qui m'honore, mais…
– Vous n'avez donc pas compris qu'ils ne vous lâcheront pas ? Vous courez au-devant d'autres menaces. Ils inventeront autre chose, perpétuellement. Aux premières raisons de leur hostilité, vous venez d'ajouter l'amertume de l'échec. Ils redoubleront de haine, et partant d'inventions féroces.
– Encore une fois, des amis chers me retiennent qui…
– À qui pensez-vous donc ?
– En premier lieu à M. d'Armagnac que vous connaissez bien, il se trouve si souvent comme vous-même auprès de notre roi. Il a besoin de moi pendant ses grandes absences afin de prendre soin de notre ville. Il n'a pas ménagé sa peine pour mon procès de Paris. Partir, ce serait le trahir.
– D'Armagnac ? D'Armagnac, bien sûr, je le connais. Mais il vous utilise, et quand les choses deviendront trop sérieuses, il vous lâchera.
– Je lui dois tant, monseigneur.
– Ainsi donc, vous allez rentrer ?
– Les devoirs d'amitié m'y obligent, et ma famille aussi.

Grandier demeure tête baissée. Il augmente d'autant plus ses postures d'humilité devant l'archevêque qu'il a décidé définitivement de ne pas suivre ses conseils.

– Vous pouvez disposer, mais vous avez trop d'inconscience.

Grandier salue et sort. On est au milieu de la matinée, le ciel est net, sans bavures, et le prêtre veut y voir un grand signe. Un grand soleil d'hiver. Les conseils rugueux de l'archevêque sont déjà oubliés, et il est tout à savourer ce qu'en son intérieur il appelle «mon triomphe». Un moment d'humilité est vite passé. Il y a toujours en lui la tentation de l'arrogance, un peu de fatuité aussi, beaucoup d'orgueil. Il a trop tendance encore à attribuer ses succès à son génie, à mettre sa chance sur le compte d'une supériorité qu'il veut faire partout reconnaître. En rentrant à grandes chevauchées, Grandier se dit qu'on avait finalement rendu hommage à son talent plutôt qu'à son innocence. Victoire, se disait-il, victoire! Il imagine les traits défaits de ses ennemis, leur dépit, leur humiliation, leur rage. Décidément non, on ne peut rien contre lui. Trop d'amis, trop de relations, trop de talent, trop d'habileté. Trop de génie. Victoire! Il a faim.

À quelques lieues de Loudun, il s'arrête dans une taverne préparer son retour. Il envoie un coursier pour faire dire à sa mère, dont il sait l'esprit d'initiative, qu'il serait rentré au coucher du soleil, qu'il va reprendre possession de son église. Jeanne d'Estièvre se dépêche d'aller frapper à quelques portes pour le faire savoir, et la nouvelle se répand vite. La journée avait été belle comme il arrive parfois en novembre: un ciel sans nuages, auquel le soleil d'hiver donne une tranquille et timide douceur. La ville va

retrouver son prêtre, sorti grandi de ces fausses accusations, proie ancienne d'une machination odieuse, auréolé
de la gloire des innocentés. Grandier a coupé une branche
de laurier. Il se présente à l'antique, comme un vainqueur,
à cheval, son laurier à la main.

Et ce fut un triomphe. Grandier franchit à quatre
heures, dans une lumière dorée, la porte des Martyrs. Et
de là jusqu'à son église, la foule, qui adore adorer comme
elle adore haïr, se presse pour acclamer son héros et son
prêtre. On pousse de grands cris de joie qui s'entendent
partout.

Le clan des ennemis, réuni chez Trincant, place Sainte-
Croix, écume de rage et se promet des revanches implacables.

Maddalena doucement rêve : elle avait été une des premières, porte des Martyrs, à lui lancer des fleurs. Il lui a
souri, il y avait tant de monde que son cheval avançait
lentement et le sourire fut long, appuyé. Elle aime ses yeux
joueurs, elle aime les boucles de ses cheveux. Après tout,
c'est moi qui l'ai sauvé, se dit-elle. Il est rentré notre prêtre,
notre curé, demain j'irai vite à confesse, il me reconnaîtra,
il me remerciera et je dirai qu'il n'a pas à le faire.

À PEINE une semaine avant ce retour triomphal de Grandier, un personnage sinistre était arrivé à Loudun dans une grande discrétion : Jean Martin de Laubardemont.

Laubardemont avait à la cour la réputation d'un homme prêt à tout pour exécuter les ordres qu'on lui donnait, terriblement efficace et sans scrupule. Il mettait à l'accomplissement de ses missions une énergique froideur, une méticulosité implacable que remarqua vite Richelieu. Magistrat, il avait été autrefois commissionné dans le Béarn pour faire le procès d'une poignée de sorciers. Il s'illustra par la férocité des moyens employés. Les séances de torture avaient provoqué des aveux fous, démultiplié les magiciens. Et les bûchers suivaient les interrogatoires. On était revenu à des méthodes que de Lancre n'aurait pas désavouées. Des dizaines de malheureux avaient avoué, à bout de souffrances, avoir participé à des sabbats, léché le cul des diables, fait cuire des enfants et engrossé des biches. Laubardemont, après avoir fait régner une terreur immense, fait brûler plusieurs dizaines de pauvres hères, repartit sous les malédictions de tout un peuple. À Paris, il fut récompensé pour sa cruauté, nommé aussitôt président à la cour des aides d'Agen. Richelieu l'avait repéré, il avait besoin de ces exécutants sans âme. Laubardemont devenait bientôt conseiller d'État.

C'est un grand homme maigre et sec, les yeux enfoncés, presque chauve. Il était d'une obséquiosité gluante tant qu'il préparait ses pièges, et qui tournait, aussitôt sa proie bien ferrée, en dureté inhumaine. C'est lui qui avait été désigné pour procéder à la destruction des murs de Loudun. Le roi s'était décidé à accélérer les choses. Richelieu avait appuyé la nomination de Laubardemont, car il savait que le baron en ferait plutôt trop que pas assez, qu'il briserait les résistances, et c'est exactement ce que le cardinal espérait. Du reste, il l'avait pris à part pour lui enseigner des moyens que l'autre enregistre avidement : aussitôt arrivé, prendre contact secrètement avec Mesmin de Silly, le maire de la ville, un fidèle, et établir avec lui la liste des ouvriers afin de n'avoir pour procéder aux travaux que des hommes sûrs et parfaitement dociles ; se montrer cependant faussement compréhensif avec les anti-raseurs, se faire même aimable avec la femme du gouverneur. Laubardemont était donc arrivé à Loudun. Il y était attendu, devant séjourner précisément au donjon, où la femme du gouverneur lui avait fait préparer sa chambre. D'Armagnac trouvait de son côté que c'était un homme qu'on pourrait facilement manipuler, contourner, infléchir. Lui, le militaire, il prenait la politesse un peu visqueuse du magistrat pour de la faiblesse. Il se trompait.

Grandier reprend donc possession de ses églises, il distribue ses homélies, ses messes et ses bénédictions avec une ferveur renouvelée, parfois teintée d'un peu de suffisance au moins les premières semaines. Mais il faut bien

qu'il se rassure. Comme il lui reste quelque chose de sa
rage d'avoir été jeté en prison, il veut jouir un peu de sa victoire. Alors quand il rencontre, dans les rues de Loudun,
le lieutenant Hervé, l'ancien procureur Trincant (qui avait
dû quitter ses fonctions vu son comportement partial pendant l'instruction), le chevau-léger Thibault, le chanoine
Mignon, ou quiconque l'avait accusé une première fois, eh
bien, alors que tous baissent la tête ou détournent le
regard, Grandier au contraire clame leur nom en les
saluant d'une voix forte, claire, ironique : « Monsieur,
bonjour », de telle sorte que les autres, qui voulaient simplement l'éviter, paraissent fuir.

Cette arrogance avait depuis toujours été la tentation de
Grandier, son point faible. Elle se tempérait cependant,
car il y a Maddalena. Maddalena qu'il avait bien autrefois
aperçue un peu, mais elle était si jeune, elle voulait entrer
dans les ordres, mais, se disait-il, qu'ont-elles donc toutes
ainsi à vouloir mourir au monde ? Maddalena. Il s'était
réveillé en prison après des jours de fièvre, et le visage de
Maddalena flottait dans son âme comme un voile dansant,
lumineux.

Bien sûr elle est venue le voir après son retour à Loudun,
et lui a expliqué comment elle était restée à le soigner longtemps. Il la trouve toujours simplement désarmante. Désarmante, devant elle ses repères anciens tombent. Elle met
dans leurs rapports une confiance qui le confond, une fraîcheur qui le désarçonne. Il a bien tenté de mettre dans cette
relation un peu de ces ambiguïtés, ces mouvements chaleu-
reux sur son bras qui peuvent passer pour spontanés, tout
en imprimant une pression très légèrement insistante, ou des
regards qui soudain plongent au-delà de la pupille. Et puis il

a fini par s'abandonner à cette innocence, à y trouver goût. Ils prennent plaisir à parler. Il se dit : Tiens, je lui raconterai cela, elle se dit : Il faudra lui dire ceci. Est-ce donc cela, se demande-t-il parfois, qu'on appelle « amour » ? Car il est heureux quand il pense à elle. Maddalena continue à soigner les malades, à secourir les pauvres, son visage enchante. Maddalena passe voir tous les jours son curé.

Dans les premiers mois de 1632, Grandier ajoute, à ses tâches habituelles, la surveillance des travaux, et toujours davantage le retissage du fil ténu entre les catholiques et les réformés. On s'active donc à détruire les murs, et Loudun est encombrée désormais du bruit des pioches et des chariots de pierres. Laubardemont a été avec lui d'une politesse exquise. Grandier est resté prudent. Il note que le partage des pierres n'est pas d'une équité formidable et que le baron passe beaucoup de temps avec les cardinalistes.

A U MOIS de mai, les travaux sont brusquement inter-
rompus. La peste s'est déclarée à Loudun. On avait
d'abord constaté au début du mois d'avril des floraisons
de cadavres de rats. Pour les habitants, cela avait commencé par des fièvres, vomissements qui annonçaient
l'apparition d'atroces bubons douloureux, sur la cuisse
ou sur l'aine. Les malades se sentaient épuisés, et ils mou-
raient pour la plupart dans la semaine.

Dès le 7 mai, Guillaume de Cerisay, le bailli de Loudun, convoque une assemblée générale des habitants
pour alerter du danger et faire connaître les premières
mesures d'urgence. Une commission permanente, com-
prenant les notables courageux de Loudun, est alors composée, qui doit se réunir tous les matins entre six et sept
heures pour faire le bilan de la journée passée et décider
de nouvelles mesures. Quatre hommes sont désignés pour
aller récupérer les malades, les porter au Sanitat, purifier
les demeures des pestiférés en faisant brûler des fagots
d'aubépine et de genévrier, de menthe et de lavande. Un
serrurier passe derrière pour cadenasser. Quatre autres
sont nommés pour enterrer les morts dans un cimetière

spécial qu'on a aménagé. On oblige les habitants à nettoyer leur trottoir chaque jour, à ne plus avoir d'animaux chez eux. Au coin des rues, on fait allumer de grands feux pour « corriger l'air ». Les gens sortent le moins possible, et alors appliquent sur leur visage une éponge imbibée de vinaigre. On fait dire dans tous les couvents des prières à saint Michel, saint Sébastien et saint Roch.

Mais il faut trouver aussi un chirurgien pour faire des cataplasmes, inciser proprement les bubons au fer rouge, appliquer des onguents. Les candidats ne se pressent pas. Le courageux Mannoury se récuse aussitôt. Après d'autres défections, on finit par trouver Guillaume Gremien qui accepte la charge à condition qu'on lui paye le gîte, un cheval, un habit neuf et une bonne solde. On voit bientôt, des premiers jours de mai jusqu'à la fin du mois d'août, chaque matin passer et repasser dans les rues les quatre « corbeaux » : André Bouchet, Denis Blanchet dit Madelon, François Bureau et Mathurin Moreau, en robe de treillis noir avec une énorme croix blanche cousue dans le dos, un long bâton blanc dans une main, et dans l'autre une clochette qu'ils agitent pour prévenir de leur passage : ils recueillent les vivants et les morts. Ces mois de printemps et d'été sont pour Loudun parmi les plus atroces de son histoire. La ville perd plus d'un tiers de ses habitants. La majorité des cardinalistes se sont réfugiés dans leurs demeures de campagne, et, tranquilles, se persuadent que ce fléau de Dieu doit avoir un responsable. Les huguenots ? Un prêtre dépravé ?

Grandier fait preuve, là, d'un dévouement admirable, se rendant au Sanitat tous les jours, accompagnant les corbeaux. Il accourt dès qu'on l'appelle. Il console, assiste, bénit, réconforte. Maddalena tous les matins est présente pour le voir partir. Elle a maintenant la clé du presbytère, mais ils ne dorment pas ensemble, il ignore la saveur de sa peau, la douceur de ses seins. Elle lui paraît si jeune ; son innocence, pour la première fois peut-être, le retient. Mais comment fait-elle pour avoir ces yeux, cette douceur très légèrement mouillée qu'il voit chaque matin ? Grandier se demande parfois si ce n'est pas l'insistance de ses mains à l'aube qui le protège de l'infection. Mais non, se dit-il, je deviens aussi superstitieux qu'un moine. Ou bien alors c'est moi qui deviens par elle, pour elle un héros, ou bien un saint plutôt, saint Grandier ! Ces réflexions l'amusent. Mais dans le Sanitat, au milieu des agonisants et des gémissements, dans la torpeur des fièvres, il n'a plus que la passion des prières.

SEPTEMBRE 1632. Mignon claudique sans doute, mais malgré ses jambes tordues il arpente vite les rues étroites, et, comme il le fallait et qu'il était poussé par le désir, il sait se frayer un chemin avec ses coudes. Le confesseur se rend au couvent. Pour la première fois depuis de longs mois, d'interminables semaines. Cette peste, mon Dieu, rien que d'y penser il rend grâce à son Seigneur, à la fois pour l'avertissement et pour la guérison finale. Le temps est radieux ce matin de fin d'été, Mignon heureux de retrouver son couvent et ces jeunes vierges qui allaient bientôt multiplier sur son passage les signes de dévotion, soumission, respect, joie peut-être et plaisir. Elles posaient tellement de questions qu'il était obligé d'inventer des réponses. Il y avait là, cloîtrés pour la nuit des temps, de jeunes visages qui lui donnaient du cœur. Et en les écoutant, assis, il savait poser bien à plat ses deux mains sur les genoux et prendre un air, un air vaguement fatigué et tout pensif, au passage capturant des dessins de lèvres, un velouté de peau, et surtout ce léger rose parfois sur les joues qui faisait, au milieu du lin blanc de la guimpe et du bandeau, des floraisons éphémères de printemps. Un petit soleil rose rayonnant dans un ciel d'albâtre. Il remerciait Dieu alors, vaguement. Avec cette terrible peste qui l'avait privé de confesser, elles devaient être lourdes, les religieuses, après ces longues semaines, de petits péchés accumulés. Tellement content, il ne sentait plus ses jambes, et pourtant ce qu'il boitait, le misérable, aspiré par la rue du Paquin. Bientôt arrivé, quelle lumière de septembre, cette transparence du matin qui retenait encore un peu la fraîcheur de la nuit, et peut-être Claire surtout, Claire de Sazilly, Claire de Saint-Jean.

Il allait la confesser sans doute, elle allait vouloir savoir tant de choses sur le dehors. Et comme elle faisait des sourires de côté, comme elle savait prendre des moues adorables, toute penchée et d'un coup relevant la tête. Ce rayon chaud toujours qui lui perçait le cœur, à chaque sourire. Parfois, quand Claire relevait un peu brusquement les mains, pour implorer quelque part ou remercier là-haut, les manches noires tombaient un peu et laissaient deviner un adorable bout de bras. Il voulait voir ses filles. Sûr qu'il allait les retrouver, et quel temps splendide, alors là oui, elle était loin, la peste.

La sœur tourière fut prévenante. Les mots d'usage. Mais il y eut ce « Mon père, la supérieure doit vous voir », un ton vaguement sinistre quand même. Pas même au parloir, dans son bureau à l'étage. Pour grimper les marches, il a déjà moins de prestance, il lui faut tirer la jambe.

Jeanne, les yeux de Jeanne de Belciel quand elle ne sait plus exactement, quand elle doute, quand elle se demande, quand elle n'est pas sûre. Eh bien, quand elle erre, le bleu des yeux devient intense, fixe, et cette flèche transperce.

Chez elle le bleu est accueillant, avec ce vague et comme une transparence mouillée dès qu'elle est absolument décidée, sans concession. Et elle peut laisser ses yeux flotter comme des mouchoirs perdus. Mais là, elle reste debout les mains jointes, et le bleu catégorique hurle son trouble, les yeux écarquillés.

– Ma sœur, je suis bienheureux de vous voir, après ce temps, mais vous paraissez... ?

– Et pourtant nous avons été bien épargnées.

La voix de Jeanne est traînante.

– Pas un seul petit cas de peste. Il faut dire aussi, cloîtrées, que nous n'avons vu personne depuis plus de deux mois, pas même vous, pas même notre confesseur... Mais vous savez, vous savez bien...

– Ce que je sais ?

– Les vraies murailles qui nous ont protégées, c'est notre vertu, la pureté de nos âmes. J'aurais pu, savez-vous, promener mes filles dans Loudun, au plus haut de l'épidémie, elles auraient pu baiser les malades ou les morts sur les lèvres, aspirer le pus de leurs bubons, je vous promets qu'aucune n'aurait rien contracté. Ce mal a servi à nous débarrasser des faux chrétiens et des vicieux invétérés. Combien de huguenots ont péri ?

La dernière phrase pour ainsi dire criée, ses petits poings serrés. Elle n'attend pas de réponse. Sa voix, quoique douce, n'est pas si agréable, parce qu'elle avait des sautes.

– Mais il nous fallait demeurer ici pour prier, et ceux qui vivent encore aujourd'hui, à qui pensez-vous qu'ils le doivent ? À vos médecins impuissants ? Ou bien encore... ?

Elle s'arrête là net, et là oui franchement la voix devient étrange et nasillarde quelques secondes, ricanante.

– ... ou bien encore aux messes de votre curé ?

Mignon s'impatiente un peu quand même. Les braves filles qui l'attendaient sans doute pour déverser un peu leurs rêves et leurs fautes, cela faisait longtemps. Mais les yeux de Jeanne commandent, leur anxiété est impérieuse. Alors Mignon tourne en rond et traîne sa misérable jambe. Jeanne continue, exaltée, avec un petit ton rauque. Et sa bouche tordue dément la beauté splendide des yeux.

– Notre Seigneur nous avait donc bien épargnées. Mais c'est notre peste à nous qui commence peut-être.

Mignon pensait l'interrompre là, c'était assez après tout, il fallait travailler, confesser, écouter les petites, distribuer de bonnes paroles en tapotant des bras, des joues, et prendre l'air si las, si fatigué en caressant des mains. Il fallait profiter d'une césure dans le flot, là. Mais il est stoppé net par le prénom de Claire, que la supérieure maintenant susurre comme un mauvais secret, à ce point même qu'il se croit démasqué de crimes qu'il n'a même pas commis.

– Car sœur Claire, sœur Claire...

Cet air mystérieux, insupportable qu'elle prend, en lui tournant autour. C'est irrespirable.

– Qu'est-ce donc qu'elle croit ? Pouvoir impunément susciter des fantômes, et prendre plaisir à ces apparitions ? Mais aussi, à ce point être restée sans voir personne, mais qu'y pouviez-vous, avoir laissé mes filles errer sans guide, est-ce que toute seule je pouvais aussi...

– Mais enfin, expliquez-vous ! tonne le confesseur.

– Au tout petit matin, Claire est venue me voir blanche

hier comme un cierge. Et m'expliquant que la nuit d'avant, en pleines ténèbres, elle entend quelques frémissements, des froissements, des chuchotements aussi. Effrayée, elle raconte, elle s'était assise au bord du lit, tremblante. Et là, savez-vous ce qu'elle voit, enfin la nuit était noire, mais cela devait faire ou bien une masse encore plus noire qui la faisait deviner, à moins peut-être qu'une espèce de lueur je ne sais plus l'ait rendue visible dans le noir. Enfin quoi, devant elle assis dans le coin de la pièce, et les sœurs autour d'elle continuaient à dormir, elle voit nettement un homme, vous m'entendez, un homme sur la chaise, elle me dit : en soutane, implorant doucement qu'on lui porte secours, avec des yeux doux, et disant qu'il l'aimait bien, un livre sur les genoux. Un homme, savez-vous bien ce que c'est que cela, un homme dans la nuit, alors qu'elle n'avait plus que la chemise sur les épaules, et qu'assise sur le bord du lit on devait lui voir les jambes ? Et savez-vous d'où venait seulement cet homme ? Je vous assure qu'elle l'a extrait de ses entrailles impures. C'est pourquoi elle pleurait devant moi, elle regrettait déjà, demandait à être bien lavée de ses péchés. Croyez que je l'ai soulagée, vous verrez. Il faut dire aussi, faire entrer un homme dans mon couvent, un homme assis, même en soutane, au milieu de mes filles fragiles, presque nues, un homme, même pleurant, et des yeux doux encore. Voilà ce que cette imagination a osé faire lever, et moi qui la croyais si chaste. Le récit qu'elle a fait de cet homme, tendant vers elle ses mains. Alors oui, je l'ai soulagée, elle avait mesuré la profondeur de son crime. Il ne faut pas compter la voir, mon père. Mais c'est aider le criminel que de lui permettre de bien expier. Elle est au pain sec, dans ce petit renfoncement vous savez de cave, et doit se donner la discipline sept fois le jour.

Mignon est abasourdi. Pendant tout ce discours, la voix a changé, les yeux ont changé. Et le ton devient toujours plus décidé, la voix est bien nette cette fois, et c'est le bleu qui vire trouble. Mignon comprend l'affaire.

– Vous la croyez donc bien coupable, demande Mignon hochant la tête. (Il se peignait la déplorable image de Claire baignant dans la sueur et le sang, les lanières déchirant sa chair de nacre, son dos rougi et ses seins lourds pendants.)

Sa voix traîne un peu, pendant qu'il cherche des solutions moins dures. Jeanne le regarde, cette fois définitivement triomphante. Elle se tient les bras croisés, un sourire définitif aux lèvres. L'anxiété s'est évanouie. Jeanne des Anges est rangée du côté de Dieu, de Sa justice. Elle est ravie de ses explications, de sa maîtrise de la situation. Elle attend.

– Je crois…, dit Mignon en hésitant un peu, je crois bien qu'il vous a choisies.

Il respire plus difficilement, sa jambe lui fait mal. Il ne se demandera jamais après comment cela lui était venu. Cela, cette redistribution des rôles, recomposition de la scène et du sens. Stratagème, inspiration, qui lui avait soufflé ? Il reprend calmement :

– Savez-vous qui traverse les murs, qui aussi aisément se joue des portes, des serrures, savez-vous bien qui se cache en rampant puis surgit, l'Insidieux, le Masqué, le Menteur ?

– Ce serait lui ?

– Et qui d'autre ?

– Satan m'a choisie, dites-vous, a choisi mon couvent ?

Ces mots prononcés comme dans une langueur, étirés comme si elle était en train de dormir. Mais enfin quoi, non, se répétait Mignon, Claire n'est pas coupable. Simplement l'imaginer dans cette cave humide, atroce, ses mains tordues, ses joues de cire, c'était insupportable. Elle avait vu un homme dans sa chambre – pourtant voir, était-ce simplement possible dans une obscurité telle –, ce n'était pas son désir qui l'avait fait entrer. Mignon explique : qui seulement aurait pu, je répète, ainsi passer les murs, traverser les portes fermées et puis s'asseoir, pleurer, tenter avec des livres ? Le diable, le démon, celui qui fait de jeunes filles pures *ses victimes innocentes*. C'est lui, le Malin, assis sur une chaise qui faisait son théâtre. Et Claire tremblante, émue, trompée par ces sanglots lourds, mais elle quand même résistant dans la nuit, faut-il qu'elle soit en plus châtiée ?

– Le diable en personne, le démon ici, notre couvent, pourquoi ?

Ses yeux redeviennent durs pendant que la voix hésite à nouveau.

– Il lui faut d'éclatantes victoires.

– Ainsi elle a pu voir un homme penché sur elle…

– Penché oui, implorant, penché sans doute, même essayant des poses, se contorsionnant un peu pour faire lire des choses impures. Sœur Claire ici a bien montré sa vertu parfaite.

– Il est ici, oui il est ici. Vous dites vrai, mon père. Il entre dans les chambres, il s'assied au pied de nos lits. Et moi je le savais. Bientôt il soulèvera nos draps, il pénétrera nos corps, et toutes nous serons ses innocentes victimes.

Elle avait parlé avec de la souffrance, elle semblait comprendre soudain quelque chose.

– Je serai là demain, indique Mignon brusquement.

Il sent bien que, prise dans ces dispositions, Jeanne l'aurait retenu tout le jour, inutilement.

– Mais faites sortir la pauvre innocente, ordonne-t-il d'un ton décidé.

– Revenez, oui, revenez demain. Nous aurons bien besoin de vous. Voyez-vous, la peste a cessé dans la ville. Dieu a permis que ce fléau frappe, et nos prières l'ont arrêté. Or le Malin veut sa revanche.

Mignon sort du couvent en maugréant. Non, cela ne pourrait se faire aujourd'hui, il risquait de rester accroché aux obsessions de la supérieure. Alors même que le soleil est plus haut dans le ciel, un soleil de septembre qui paraît retenir l'impossible éclat de cet été de lèpre, il lui semble que cela est bien ainsi. Mais d'où lui vient la sensation de froid ? D'avoir imaginé Claire tremblante dans un bas-fond humide ? Et cette apparition alors, mais quoi, dans le noir à ce point, ce fantôme, est-ce possible ? Un prêtre doux, implorant, un peu larmoyant, quémandant des prières, comment ? Boitait-elle, l'apparition ? À quoi rêvait Mignon. Un homme dans la nuit, sagement assis, à lui montrer des livres, il tente d'imaginer la surprise de Claire, son regard brun clair. Il faut l'imaginer légèrement apeurée, et puis la correction respectueuse de ses réponses : « Je ne peux pas », « Vous pensez bien, je dois d'abord demander à ma supérieure ». Elle se tient assise sur le lit, les jambes pendantes, battant faiblement, paraissant si légères. Son visage est éclairé (comment ?), soleil rose des joues, ses jambes aussi (comment ?). Une capuche noire et lourde cache le visage de l'homme. Seulement cette plainte un peu rauque, déformée par les larmes, ou le ricanement ? Mignon s'est arrêté au milieu de la place Saint-Pierre. Le soleil est exact, les gens autour de lui virevoltent, ont des affaires, les éclats de voix lui percent le tympan. On le reconnaît, on le salue. La vie reprend après la peste. Sur la place, c'est marché.

ELLE N'ARRÊTE PAS de se répéter à elle-même : C'était donc ça. Jeanne arpente à présent les couloirs du couvent. Elle marche comme on marche dans les rêves, et quand je dis qu'elle se répète à elle-même, ce n'est pas en elle-même mais tout à fait fort, bien haut. Enfin bien haut, disons qu'elle chuchote distinctement. En tous les cas les sœurs ont entendu dire plusieurs fois « C'était donc ça », « Je comprends maintenant, je comprends tout », « Tout devient clair ». Personne n'ose l'interrompre tellement elle a l'air absorbée et méchante. « Il y avait cette chaleur lumineuse, rouge, lovée au creux du ventre et qui bouillait un peu. » Elle comprend ! Quelque chose s'est ouvert en elle, un chemin de braise soudain tracé dans sa vie qui coupe, traverse, irréalise tous les sentiers tordus, labyrinthiques, obscurs. Tout se réordonne soudain. Elle n'est plus l'incorrigible pécheresse, la damnée promise, vicieuse errante. Elle est la victime, l'éternelle victime. Pauvre d'elle-même, elle en aurait pleuré. Depuis le début donc, depuis les débuts à Loudun, ça, c'était presque sûr. Ou bien au départ de Béatrice ? Quand donc au juste ? Quel jour ? Pouvait-elle se rappeler précisément un jour, un instant où tout avait commencé ? Il faudrait se souvenir, je ne sais pas moi, d'un picotement, la sensation d'une griffure, ou alors même un simple parfum. Le diable se sert toujours de quelque chose, impossible autrement. Mais elle se souvenait mal. Peut-être la rose muscade qu'elle avait ramassée dans la cour. Qui donc avait pu l'envoyer, d'où venait-elle ? Le vent, ou bien jetée par-dessus le mur ? Or elle paraissait intacte, sans poussière, si belle comme venant d'avoir été coupée et déposée aux pieds de Jeanne ! Elle l'avait ramassée, et juste une épine lui avait écorché le haut de l'annulaire. Naturellement, elle avait porté le doigt à sa bouche. C'était donc ça ? C'était là l'enchantement ? Cela, c'était après le départ de Béatrice. Ça, c'était certain. Puisqu'elle était là dans le jardin, à contempler les fleurs et à se dire que sa fonction désormais... Juste après ? Oui certainement, elle avait senti la piqûre, au bout du doigt sensible. En tout cas au moins elle avait respiré son parfum. Mais de quelle couleur la rose, ou c'était un bouquet ? Et ce fut là donc (il fallait raisonner, bien saisir, se rappeler, argumenter). Ce fut à ce moment précis que tout avait commencé, pris forme en elle, après la rose.

Elle comprend de mieux en mieux. Ces heures, ces journées passées au parloir, à s'enquérir, tout demander, vouloir savoir les ragots de la ville. Le petit rire sec qu'elle sentait monter dans sa gorge alors qu'au-dehors elle prenait une posture d'indignation sainte, est-ce que c'était le sang de la rose qui lui montait à la tête ? Ou bien, dans l'administration des affaires, les peines qu'elle infligeait juste prenant prétexte, frappant des innocentes. Elle arborait un air dur mais de voir des larmes couler sur les joues soudain pâles l'inondait de plaisir. Elle gardait son air sombre, pas un pli du visage ne tremblait mais elle s'entendait dire à elle-même : Non, tu es méchante, là trop méchante, la petite n'a rien fait, tu le sais et elle pleure. Mais c'était un plaisir fou : la douceur prise à ces douleurs innocentes, des visages surpris, malheureux, qui n'avaient plus comme refuge que leurs certitudes brisées, les yeux mouillés de larmes et la tête s'inclinait en signe d'obéissance. C'était beau comme un bourgeon perdu dans la neige. Oui, elle avait senti chaque heure passée au parloir que ça se fissurait en elle davantage. Et d'où venait ce rire qui montait dans sa gorge, jusqu'à sentir le plissement de ses joues quand au parloir on lui racontait le malheur des autres ? Il fallait prendre l'air contrit, promettre des prières et elle s'entendait sardoniquement répéter : Bien fait, bien fait. Et d'où ce besoin, avec ses filles préférées, les plus dévouées, dociles, douces, d'où ce besoin de les humilier en recherchant au besoin les occasions, en inventant les fautes ? Et elle se précipitait l'air furieux, tandis qu'en elle sa voix pleurait et regrettait sa méchanceté. Mais les jambes allaient seules, les remontrances jaillissaient, injustes, humiliantes, pétrifiantes. Mais l'autre voix hurlait, furieuse, véhémente, haineuse. C'était donc ça. Depuis la piqûre de rose sans doute, par où il était entré en elle, ou « ils », il devait y en avoir plusieurs, ça grouillait bien quand même. Mais surtout un, et lui, elle l'entendait se réjouir des misères, lui : l'ange déchu qui était venu habiter en elle.

Alors elle pouvait sans doute ne plus se retenir de rire et de maudire puisque ce n'était pas elle qui riait, maudissait, insultait, blasphémait ! Laissons-le faire donc, moi je n'y suis pour rien ni pour personne ! Et parfois la nuit alors, oui la nuit quand ses mains s'affolaient de la douceur de l'intérieur des cuisses, elle les laissait faire en pensant à autre chose, ou plutôt non, s'efforçant de ne penser à rien, plus rien, et les seins réclament leur part de caresses, mais alors elle se disait : Demain, la discipline et tant de coups de fouet. Ce n'était pas elle alors non plus, mais lui l'ange tombé qui conduisait les mains et les doigts. Les petits soupirs échappés, c'était lui ! Elle essaye de se concentrer, non, elle n'avait pourtant jamais aperçu ou même cru apercevoir des pieds fourchus ou quelque silhouette noire se glisser furtivement. Mais à quoi bon chercher s'il avait pénétré déjà, à l'intérieur, depuis longtemps. C'est Mignon qui l'avait dit, leur confesseur. Est-ce qu'elle ne sentait pas en elle parfois passer le long des jambes, ou dans son ventre même des petits courants chauds qui montaient, redescendaient, jouaient, au moment des messes par exemple ? Est-ce qu'elle n'avait pas déjà senti dans sa main l'envie de gifler, de tordre, saccager de jeunes élèves qui apprenaient trop vite et trop bien, qui étaient trop jolies ? Ou bien sa bouche se tordait sous l'insulte née sur ses lèvres, le blasphème, le reniement.

Et dire qu'elle s'en voulait ! Mais c'est à elle qu'on en voulait ! Pourquoi elle, quel mystère ? En 1627, elle était une sainte, et rien ne lui coûtait. Ni les prières ni les travaux, elle faisait tout avec entrain, énergie, désir. Elle remerciait Dieu d'être née, sa bosse paraissait moins haute derrière son sourire. Elle aimait obéir. Les malheureuses elle les consolait, les fougueuses elle les tempérait. Transfiguration, chacune se trouvait heureuse à ses côtés.

Ce fut ensuite alors, la rose muscade, l'épine ? Or une fois à la tête, déterminée à faire régner sur ses filles la même vertu qui l'animait, elle devenait dangereuse, parce qu'elle était le grand modèle, la fille de sainte Thérèse, et prête à faire autant, et même davantage. Fonder d'autres couvents, parcourir toute la France, combattre les résistances, faire manger aux huguenots leurs chapeaux. Des couvents d'Ursulines partout, et chaque ville espérant que Jeanne veuille bien la traverser, l'illuminer. C'est alors bien sûr qu'elle est devenue dangereuse.

Là elle reçoit comme un coup de poing dans l'aine, si fort qu'elle doit se tenir au mur pour rester debout. Tout soudain devient effroyablement évident. C'est lui, Grandier, le prêtre, le prêtre maudit, renégat. Les réguliers le haïssaient, il s'était moqué des capucins avec la dernière extrémité. Fou d'orgueil, il voulait avoir sous sa coupe tous les chrétiens de Loudun. Il faisait même des avances aux protestants ! Tous les contrôler, tous les confesser, les enterrer, les baptiser tous, tous les consoler, leur mentir, les corrompre en les bénissant.

Alors bien sûr, c'est la logique même, bien sûr quand il apprit que la sainte du couvent allait devenir mère supérieure, à ce moment il a dû mesurer le danger, sentir son empire lui échapper comme l'eau entre les doigts. Et c'est là qu'il a dû pactiser le méchant prêtre un soir, ou un matin où avait-elle lu cela, en tout cas dans une lumière trouble cet homme en manteau noir qui se présente, demande le gîte, l'hospitalité, il pleut dehors et c'est le démon lui-même qui entre. Car le diable se présente dès que vous l'attendez. C'est là sa loi, là sa marque. Grandier négocie ses pouvoirs : rendez-moi maître de distribuer vos démons dans le corps des moniales, rendez-moi maître de passer les murs, rendez-moi maître d'exciter leurs désirs sans qu'elles puissent s'en défendre, de leur faire sentir toutes les jouissances sans qu'elles puissent s'en empêcher, et je vous retournerai ce couvent.

Grandier ! Elle en aurait pleuré. Jeanne se souvenait des frissons au parloir – elle s'obligeait absolument à prendre l'air totalement outragé et joignait souvent les mains en récitant des bouts de prières. Oui, les filles couchées nues dans l'église sur lesquelles le prêtre se jetait en ôtant sa soutane, les veuves éplorées qui finissaient dans sa chambre, les jeunes filles initiées à des mystères impurs. Pendant des semaines Jeanne s'était fait raconter, redire les actes d'accusation. Elle en redemandait même. Il était là en elle, Grandier dans son ventre, elle avait tout compris. Grandier, elle le voit soudain en chemise, dans son presbytère, il se passe les mains dans les cheveux et ses lèvres sont rouges. Son esprit est trouble, elle a de la fièvre.

MIGNON revient le lendemain, il se l'était promis, il l'avait promis à Jeanne. La tourière a un air étrange, elle demeure en ouvrant la porte tête baissée, marmonnant. Le temps avait changé aussi. Comment se fait-il qu'en septembre d'un jour à l'autre on puisse ainsi passer de la joie à l'angoisse? Le moine boiteux monte aux étages aussi prestement que le lui permet sa jambe. Il est en sueur légèrement, parvenu en haut. Il y a de l'agitation dans la salle commune. De la confusion, on se tord les mains, certaines prient à genoux, d'autres pleurent. Une ou deux sœurs, raides, dignes, paraissent effarées, sans bouger elles se tiennent près des grandes fenêtres. Jeanne est au milieu, on lui a avancé un fauteuil, avec cette pâleur qui lui fait le bleu des yeux immense. Quelques sœurs se tiennent autour en lui pressant les mains, or les bras de la supérieure sont pris d'intenses tremblements que paraît ignorer un visage tourné fixement vers un point qui ne représente rien. Mignon devine sœur Claire, dans un coin, qui tremble comme si elle avait froid, ses belles lèvres carmin, elle ne cesse de tirer sa peau du bras. La supérieure l'a donc extraite de son cachot, la punition paraît levée. Mignon troublé veut briser le charme et crie un peu fort :

– Mais qu'est-ce donc, mes sœurs, qu'est-ce donc ?

Il lève les mains prenant un air solennel et sérieux.

– Notre mère a subi cette nuit une attaque, répond sœur Gabrielle, qui s'accroche à lui des larmes plein les yeux.

– Une attaque, quelle attaque ?

Jeanne des Anges a là une brève secousse, comme brusquement réveillée. Les tremblements cessent. Elle a presque un air de triomphe, impérieuse. Elle va régner à nouveau sur ses filles et le monde. Sa voix est nette quoique faible, lente, posée, méthodique. Aussitôt cessent les pépiements autour d'elle. Elle peut parler, être entendue. Seulement ici et là de petits rires nerveux étouffés, des cris sourds déchirent son discours.

– Il faut, mon père, vous expliquer la nuit. Mais après tout, c'était bien prévisible. Que voulez-vous, après tout, c'est moi la supérieure. Je suis la sacrifiée d'honneur.

Elle a pris sa voix de guerrière.

– Hier, sœur Claire, hier ô ma sœur Claire, cette apparition, la vôtre, le fantôme, ce n'était qu'une préparation, on pourrait dire juste un mauvais prélude. Et moi, moi qui vous avais punie, moi qui avais imaginé un délire de vos sens, une secrète complaisance. Mais non, c'était bien lui. Il faudra me pardonner, mais j'ignorais jusqu'à la nuit qu'il existât un si terrible ennemi, et surtout si rampant, insidieux. Car ce fut bien autre chose cette nuit dans ma chambre.

– Mais enfin, pouvez-vous de grâce parler net ? implore Mignon qui entend mal la nouvelle tournure.

– Il devait être trois heures cette nuit. Je crois que le bruit de la porte me réveilla. Son grincement exactement. Même doux, même faible, son grincement. J'ai ouvert les yeux dans le noir, le croirez-vous j'entendais les pas sur le parquet. Et j'étais paralysée, inerte totalement, incapable d'atteindre ma bougie. Et le corps dans le noir je le sentais se déplacer, j'entendais respirer près de moi et peut-être aussi un faible rougeoiement je crois qui dessinait la silhouette. Sœur Claire oui, c'était un homme d'Église, en soutane, le même. Mais j'ai vu son visage, je l'ai reconnu. Et qui donc… ? Et savez-vous la suite ? Ce serait une honte de le dire, mais enfin quoi, elles ont tout entendu !

La dernière phrase est hurlée d'une voix suraiguë, faisant frémir l'assistance.

– J'étais paralysée, un sort sur moi était jeté. Incapable de bouger. Et il me regardait en souriant. Et c'est là que, prodige maléfique, j'ai vu les draps d'abord se soulever tout seuls et doucement, tandis qu'il accompagnait cette élévation de gestes de sa main. Comme s'il bénissait vous voyez, mais cela fit aussi soulever ma chemise, et je me retrouvai offerte, devant lui, est-ce seulement imaginable ? Mon âme hurlait, se débattait, souffrait tandis que les cuisses s'ouvraient seules et mon corps soupirait de plaisir. Demandez-leur, demandez-leur à toutes les gémissements de mon corps qui traversaient les murs, tandis que mon âme hurlait de douleur dans ma tête !

La tension est devenue insoutenable. Sœur Claire maintenant tremble de tout son corps. Jeanne est devenue rouge, mais ce n'était pas la honte, autre chose monte en elle qui la fait changer de couleur, les doigts se crispent lentement, se tordent comme des brindilles dans le feu.

– Mais cela non, mes plaintes, qui les a entendues seulement, ma lamentation muette ? Demandez-leur plutôt à ces traînées ce qu'elles ont entendu : des râles d'amour. Ah c'est qu'elles auraient aimé aussi être à ma place, elles en rêvent toutes les nuits ! Et si elles croient que je ne les entends pas ! Et j'ai reconnu parfaitement son visage, même étendu de tout son long sur moi, sa respiration dans mon cou, j'ai reconnu son visage et ses mains affolées sur mon corps, j'ai reconnu sa respiration un peu rauque, son visage et ses cheveux bouclés noirs. C'était lui, c'était bien lui : le prêtre, le prêtre...

Tout à partir de là devient plus confus, la supérieure convulse, les sœurs sont à genoux en se tenant la tête, et Mignon par réflexe saisit un crucifix qu'il agite devant le front de Jeanne en récitant les formules d'exorcisme qu'il pouvait se rappeler.

C'EST Trincant qui avait donné le rendez-vous. Puydardane à nouveau, encore une fois dans cette maison qu'il avait un peu au vert, pour ses quartiers d'été,
pas très loin du moulin qui dominait les prairies et les
prés, donnant l'impression d'une sentinelle grise, battant
des bras faiblement. Il y avait de Loudun à la bâtisse un
peu moins de deux lieues. On s'y était rendu à pied ou à
cheval. On rentrerait au flambeau, la route était bien
dessinée. La rencontre avait lieu à six heures du soir.
Après le long récit que lui avait fait Mignon aussitôt sorti
du couvent, bouleversé, Trincant avait décidé de la provoquer pour le soir même. Chacun avait été mis au courant de l'heure, du lieu, sentait que cela devait être
important – on parlait, dans la lettre livrée par un garçon-
net essoufflé, d'un sujet «de la plus haute importance».
    La demeure était large, agréable. Il ne faisait pas trop
froid encore, tant mieux car la salle est immense et on
sentait la cheminée plaquée sur le mur ouest incapable de
réchauffer les convives réunis autour de la table en chêne
noir, posée au centre, cernée de chaises aux dossiers
sculptés, complexes. Tous les convives sont assis, sauf

Mignon qui reste debout à faire les cent pas, marmonner des prières, se triturer les mains, se les passer aussi dans ses maigres cheveux. Un seul manque : Trincant, le maître de maison. Mais il a fait servir du vin par sa servante, elle va de l'un à l'autre en remplissant les coupes. Il y a là bien sûr le lieutenant criminel Hervé, renfrogné, grand maigre sec aux larges moustaches qui se piquait de culture, se vantait de faits d'armes. Il a excusé son beau-père, Mesmin de Silly, absent de Loudun pour quelques jours. Le gros Barot siégeait, l'oncle de Mignon. Il avait amassé une fortune et passait sa vieillesse à donner des leçons. Célibataire endurci, il jouissait de son âge comme de la rondeur de son ventre. Il en tirait argument, il s'appuyait dessus pour prononcer des jugements définitifs avec un air entendu, une voix grasse, forte et un mauvais sourire satisfait. On trouve aussi l'avocat du roi, Menuau, l'amoureux éconduit de Maddalena. Il avait pensé la marier et supportait mal aujourd'hui de la voir si souvent entrer au presbytère. Moussaut le gendre, qui avait bien voulu épouser Estelle en reprenant la charge de procureur du père. Et puis Thibault, encore lui, le bellâtre, sans cesse à se lever, bouillant, et qui se donnait un air furieux qu'il pensait impressionnant, intelligent, alors qu'il était simplement ridicule. On l'a dit, Mesmin de Silly n'avait pas pu venir. Dommage, cela aurait peut-être mis de la raison dans cette assemblée d'ineptes. Mais le résultat n'aurait pas été transformé de beaucoup. Et puis, soudés comme deux voleurs, bien sûr le pharmacien et le chirurgien l'air parfaitement hilares et se donnant des coups de coude. Ces deux-là passaient toujours leurs journées à collecter des racontars immondes, à refiler des colis nauséabonds. Adam donc, et Mannoury.

Enfin quoi, ils étaient tous là, le clan des raseurs de murs,
les anti-Grandier, les bouffeurs de huguenots, les cardinalistes haineux, se disant loyalistes. Les vrais chrétiens, les
bons catholiques aimant la France fille aînée de l'Église,
adorant la famille et le dimanche matin, trouvant justes la
prospérité des notables, la misère des gens de rien et le
malheur de qui ne pensait pas comme eux.

Chacun se tait, Trincant fait son entrée soudain. Mignon
se rue vers sa chaise dans un premier temps, mais finalement reste debout, tenant de ses deux grosses mains
rouges un paquet de parchemins, soupirant profondément.

L'ancien procureur commence d'une voix sombre :

– Vous imaginez bien, si je vous ai demandé de venir ce
soir, que des événements se sont produits, d'une excep-
tionnelle gravité. Nous sommes au complet, pratiquement.
Il manque M. de Silly, mais il n'est pas chez nous ces jours.
Mes chers amis, les menaces pour nous enflent démesurément. Mais leur cause, que nous avions déjà bien discer-
née, est plus périlleuse encore que ce que nous avions
imaginé. Dieu a permis, Il a permis pour mettre à l'épreuve
notre foi et notre courage, Il a permis aux armées de Satan
de s'attaquer à notre ville. Le couvent des Ursulines, mes
amis, notre cher couvent où sont reçues, éduquées des
pensionnaires de toute la ville, est possédé. Satan a choisi
notre ville, et Dieu attend notre riposte. Les démons sont
chez nous.

Alors bien sûr ici, on ne s'étonnera pas : réactions de
surprise autour de la table, quelques cris mâles, des exclamations étouffées, et l'affreux sourire de bonne surprise
illuminant les faces rouges du pharmacien et du chirur-

gien, ces somatistes heureux. Thibault voulant donner bonne mesure à la nouvelle se lève et porte la main à son épée, en hurlant un « Je suis prêt, messieurs » ridicule – il s'en aperçoit vite et se rassied. Trincant fait alors un signe à Mignon, qui était demeuré dans la même pose, la même attitude, toujours ses mains rouges pressant le dossier de sa chaise.

– Je me suis rendu hier au couvent. C'était la première fois après une longue absence due à l'épidémie. Les jeunes moniales n'avaient pas reçu confession depuis plusieurs semaines. Elles étaient demeurées sans contact avec le monde. Elles ont vu et suivi depuis leurs fenêtres les processions, les cortèges funèbres, entendu le chant des morts. Surtout elles ont prié pour nous, longuement, avec une infinie ferveur, et l'épidémie aurait sans doute été encore plus longue et dure sans leurs prières. Leur clôture leur fut en tout cas salutaire, aucune n'a été malade. Je les ai retrouvées hier, mais voilà...

Il s'arrête un moment pour reprendre sa respiration, expédier une prière, lever les yeux au ciel.

– ... voilà, durant la nuit qui avait précédé mon arrivée, il y eut une première apparition dans la chambre des sœurs. Un homme s'est trouvé arpentant le couvent au milieu de la nuit. Il a regardé les sœurs dormir, tirant un peu les couvertures, il a chuchoté des mots doux, parfois gémi pour attirer leurs plaintes. Sœur Claire a senti en pleine nuit le déplacement de la masse sombre, le frôlement d'une soutane, elle l'a bien entendu. Elle a nettement entendu les craquements du parquet, les paroles chuchotées. Il a voulu lui faire lire un livre. Le lendemain, ce fut une deuxième apparition toujours dans les ténèbres qui toucha la mère supérieure. Le spectre la tint paralysée par un charme, il l'a dévêtue entièrement, il s'est couché sur elle.

Tous sont muets de stupeur. Trincant reste debout, il effectue des rondes autour de la table en hochant la tête.

– Je dois vous dire comment les choses précisément se passent, je me rapporte aux plus savantes études. Je les ai lues, je peux vous l'annoncer : ces apparitions ne sont pas des fantômes imaginaires, mais des entités réelles et démoniaques auxquelles Satan prête des pouvoirs d'intrusion. Et quand les moniales sont saisies par la peur, leur corps devient aussitôt plus perméable. Alors les entités pénètrent le corps, s'y installent, agitent bientôt leur pauvre victime. Et il devient difficile de déloger ces démons dès qu'ils ont pris demeure dans la chair. J'étais au couvent ce matin, assez tôt. Je peux vous dire que les sœurs étaient bien secouées. J'ai remarqué déjà les tremblements, quelques petites convulsions. Je peux annoncer que sous trois jours, beaucoup seront possédées et toutes seront obsédées. Le couvent ne sera plus bientôt qu'une plainte, avec des cris lascifs et des ricanements terribles.

Mignon a pris là un ton sentencieux et vif.

– D'un autre côté, reprend Trincant, vous comprenez pourquoi les huguenots sont si nombreux, actifs, agressifs dans notre ville depuis quelques mois. Le diable est leur complice. C'est un élément, mon neveu, que vous avez omis de mentionner.

– Eh bien oui, mais il y a encore davantage, la supérieure a indiqué clairement avoir reconnu l'agresseur : c'était Grandier la nuit dernière qui était au couvent des Ursulines.

C'est un concert d'exclamations de surprise haineuse :
« Grandier », « Grandier », « Quoi, lui ! ». Une fois apaisée l'explosion d'anathèmes, on entend d'abord la voix
vulgaire de Mannoury s'exclamer :
   – Mais comment l'a-t-elle reconnu dans le noir ?
Mignon calmement reprend :
   – Les démons le font paraître cerné d'une grande lueur
rouge.
   Chacun approuve et Mannoury s'arrête de penser.
L'esprit du pharmacien se met à son tour en route lentement. Si le corps des vierges abrite des démons, c'est
qu'elles deviennent sorcières ? Il lance éberlué lui-même
par sa propre phrase :
   – Mais alors, il va falloir les brûler toutes !
Mignon ici pâlit de colère.
   – Monsieur le pharmacien, permettez-moi de vous
apprendre solennellement ici que les ursulines n'ont pas
pactisé. C'est malgré elles que leurs chairs tremblent et
que leurs visages sont tordus. C'est le démon en elles qui
se démène dans leurs corps. Elles ne sont que victimes.
Un autre a pactisé qui leur envoie ces diables.
   Trincant reprend la parole et demande d'un ton ferme :
   – Pouvez-vous nous rappeler, Mignon, car je crois cela
important pour saisir notre cas, ce qui s'est passé à Marseille,
ou même au parlement d'Aix-en-Provence il y a maintenant
un peu plus de vingt ans ?
   – Vous voulez parler de Gaufridy ?
   – C'est une affaire que vous avez bien étudiée, je crois.
Nous en avons longtemps parlé ensemble.
   Gaufridy. Il n'y avait que le vieux Barot dans

l'assemblée qui paraissait se souvenir. Les autres étaient interloqués.

Gaufridy. Louis Gaufridy. Tu parles si Mignon pouvait en parler. Il s'en était goinfré, de cette affaire. Il avait passé des heures à lire et relire l'*Histoire admirable de la possession et conversion d'une pénitente* de Michaëlis, et tous les actes du procès. Il s'était vu dans le rôle de l'exorciste distant, sévère et craint. Il avait suivi la longue opposition des diables : Verrine qui hurlait dans Louise, Belzébuth qui répondait sous Madeleine, et leurs discours à perte de délire dans la grotte de la Baume, sous la conduite sans maîtrise de quelques dominicains dépassés. Insultes, dissertations théologiques, anathèmes entre deux diables qui s'excitaient l'un l'autre. Les corps de deux jeunes filles se tordaient, des voix sortaient de leurs ventres, et des accusations. Et elles plaquaient les mains des inquisiteurs sur leur chair pour qu'ils puissent sentir le passage des diables : le remuement des ventres, la palpitation des seins, et des dessus de crâne tout agités. Et surtout, oui, Mignon avait tremblé d'excitation en lisant les confessions de Madeleine. Madeleine fragile, peau blanche, longue chevelure blonde, comment elle avait été toute jeune embrassée, éprise d'amour pour son prêtre, le « bon Gaufridy » qui aimait manger, plaire, rire et caresser. Mignon avait sué d'émerveillement en découvrant comment le curé avait, selon l'ursuline, négocié auprès de Lucifer la perte de son âme pour un « souffle » qui lui permettait de rendre perdue d'amour chaque femme qu'il voulait, simplement en expirant sur sa joue un peu d'air. Et elles devenaient folles de lui aussitôt, et leurs mains en tremblant cherchaient à

caresser son corps, son sexe et son visage. Il avait failli
défaillir (de plaisir, de honte, d'indignation, d'émotion, de
rage) en lisant le récit qu'avait livré Gaufridy sous la torture, des sabbats, auxquels il avait pu conduire Madeleine
autrefois : les messes inversées, les acrobaties sexuelles, les
enfants sacrifiés, les jouissances atroces, les longs baisers
sur le cul des diables. Tout ce monde nu, en rut et ivre,
dansant autour des feux de joie.

– Louis Gaufridy, c'est le nom d'un prêtre de Marseille,
le curé des Accoules. On a découvert, après de longues
séances de torture car les démons le soutenaient dans la
douleur, qu'il avait été désigné pour toute la Provence
comme prince des magiciens, après un premier pacte passé
avec Lucifer. Une jeune ursuline, Madeleine, l'a dénoncé.
Il lui avait introduit plusieurs diables dans le corps. Elle
était possédée, mais les diables en elle, sous la contrainte
des exorcistes, ont fini par raconter. Gaufridy, confondu, a
dû tout reconnaître. Le parlement de Provence l'a
condamné à être brûlé sur la place des Prêcheurs.
      Cette fois, l'image est là. Mignon n'a même pas à dire
« Grandier, c'est Gaufridy ». Tous les assistants ont trans-
posé et laissent dans leur esprit flotter l'image du prêtre
de Loudun ligoté sur un bûcher, tandis qu'un bourreau
s'avance lentement une torche à la main mettre le feu aux
fagots. Des capucins déjà se pressent en agitant des croix.
      Après un moment de flottement, Mignon reprend :
– Mais il me faut de l'aide, nous devons procéder aux
exorcismes. Je vais demander au curé de Chinon de venir
m'aider à faire sortir les diables, surtout à les faire parler,
et ils feront connaître sous la contrainte qui est leur maître.

«Le curé de Chinon?» L'exclamation avait été générale. Le curé était réputé un illuminé incontrôlable, ne se déplaçant jamais sans sa meute de fanatiques.

Trincant conclut :

– C'est une excellente idée.

BARRÉ, on avait dit, serait parfait pour la circonstance. C'est le curé de Chinon, un fanatique prêt à voir des diables partout, derrière les gargouillements de ventres et derrière les protestants, derrière les pluies torrentielles d'avril et les sourires des femmes au mois de mai. Tout lui semble suspect. Il pratique des exorcismes du matin au soir, autant presque qu'il respire. Mignon l'a fait venir de Saint-Jacques de Chinon. Il l'a imploré, dans une lettre pleine de frayeurs, de responsabilité et de mensonges, une lettre qui mélangeait tout, où Gaufridy était cité trois fois. Barré a ressenti des palpitations en la lisant. Il en aurait pleuré de bonheur : une possession ! Et lui convoqué pour faire triompher Dieu et l'Église catholique ! Il n'en avait pas dormi deux nuits, deux nuits à s'imaginer restaurer la Grandeur de la vraie Religion. Il entendait des sons d'orgue et voyait des anges descendre, se prosterner à ses pieds.

Il comprend qu'il ne peut venir seul – et Mignon même le lui avait écrit : « Vous saurez donner à votre venue une dimension convenable. » Il va chercher autour de Saint-Jacques tout ce qu'il peut trouver de plus obscurantiste, de plus imbécilement dévot. Une petite poignée de méchantes vieilles, vêtues de noir, édentées et ridées, et de jeunes obsédés en haillons et barbus, hirsutes, prêts à mordre, portant de grandes croix qu'ils agitent comme des oriflammes. Il organise une procession. Ils partent avant même le matin, nuit très noire, comme le ciel portait ce jour-là des nuages sombres d'octobre. Ils marchent des heures durant, en se soutenant de chants lugubres. Certains profitent des pauses pour se flageller un peu avec des fouets à longues lanières, poussant des cris affreux pendant qu'autour d'eux ça prie, ça chante. On ne mange pas parce qu'on fait pénitence.

À Loudun, c'est une apparition fantastique, démesurée, cette cohorte, on ne voit que ça dans les rues serpentines. Ils saturent le pavé de leurs hurlements, de leurs lamentations étendues comme un jour de misère, adressant au ciel gris des exhortations folles. Les encensoirs violemment balancés, les croix saccadées. Un processionnaire tient une corde fine et se lacère régulièrement le dos en demandant pardon à Dieu pour les péchés du monde.

Ça pour les voir, on les avait vus, bien remarqués, les enfants de Loudun les ont suivis tout au long. Jusqu'à la rue du Paquin où ils semblaient attendus. Ils s'y engouffrent comme le croûton dans la bouche d'un affamé. La possession devient ce jour-là officielle, ce mercredi d'octobre, un jour gris, venteux : une tranche d'hiver plantée dans le cœur de l'été finissant. Ils trouvent là Pierre Rangier, le curé de Véniers, et Mignon, débordés par les démons. Ils en avaient déjà dénombré douze logés dans les ventres des religieuses, ils tiennent une comptabilité précise.

Ça crie déjà un peu partout dans les chambres. Ça glousse beaucoup, les religieuses prennent cette manie étrange d'exhiber furieusement leurs seins et d'allonger leurs jambes. Rangier prend bonne note, il est l'espion de l'évêque. La Rocheposay se reposait sur lui comme la mort sur le nid de vipères. Rangier prend note : il a déjà consigné quatorze fois l'évocation d'un *sacerdos*, le nom de « méchant prêtre » hurlé par les sœurs en se dépoitraillant. Il portera bientôt le rapport à son évêque. On court dans les couloirs. Et quand Barré entre suivi de son cortège halluciné, voyant ces jeunes hommes barbus aux yeux clairs les religieuses se jettent à leurs pieds en s'arrachant les vêtements, tandis qu'eux tendent devant des croix de bois, hurlent des formules d'exorcisme, agitent des encensoirs dans un chaos indescriptible.

Depuis leur arrivée les récits circulent, enflent comme une vague. Barré a rendu les exorcismes publics parce qu'il fallait instruire le peuple, l'édifier. On vient de partout pour les voir. Il y a de longues files désormais rue du Paquin. Trois à quatre religieuses sont parfaitement possédées, des démons ont établi domicile dans leurs corps. Mignon l'avait dit, il avait prévenu. Il règne sur ce désordre : c'est sa grotte de la Sainte-Baume.

D'autres ursulines sont simplement obsédées, traversées la sainte journée par de sales pensées. Elles se contentent d'injures. Les démons imposent certes à leurs doigts des mouvements lascifs, à leurs mains des courbures impures, mais pas de convulsions. Et voilà ce que quelques diables ont avoué, contraints par les exorcistes à se dénoncer, s'avouer, s'exprimant au travers des voix éraillées, caverneuses, fantastiques des sœurs : ils ont possédé la supérieure

POSSÉDÉES

au moyen de trois longues épines d'aubépine qu'elle a trouvées lovées dans le creux de sa paume comme par enchantement. Ils sont sous le commandement d'un prêtre qui leur désigne des endroits où loger dans le corps : le ventre, le sexe, les seins ou l'aine.

Cerisay, le bailli de Loudun, la justice du roi, se tient informé, vaguement inquiet mais sans réagir. Il faut ne pas ajouter d'huile à ce qui peut n'être après tout qu'un feu de paille. Il attend et s'occupe à autre chose, écartant les récits d'un revers de la main impératif. C'était du haut folklore, des agitations saugrenues et sottes, grotesques. L'idée était de laisser sombrer les choses dans le ridicule, qu'elles s'éteignent enfin sous le flot des rires et des moqueries.

Pendant ce temps, quelques filles ont été correctement dressées, le numéro est au point, même si les diables se révèlent, désespérément, de mauvais latinistes. Il n'y a vraiment que la mère supérieure que les exorcistes peuvent à peu près questionner dans la langue du diable. Mais quoi, cela faisait l'affaire. Après tout, les diables de Madeleine de la Palud et de Louise Capeau parlaient en provençal, ça n'avait gêné personne. Allez trouver aussi des diables parlant latin, ça ne déborde pas non plus les enfers ! Disons qu'à part ceux de la supérieure, c'étaient des démons de seconde catégorie, des diables de province, parfois un peu crottés quand même, pas bien dégrossis, incultes. Ce n'est pas tous les jours hélas qu'on a Verrine et Belzébuth.

L'INCENDIE pourtant ne s'était pas éteint. Cerisay, le magistrat intègre, commence à se dire : Cela dure peut-être trop. Il se met à envisager des procédures. Il y avait eu ces rumeurs, l'arrivée de Barré, toute cette agitation enfin dans la rue du Paquin, les possédées exhibées dans leurs chambres. Mais après tout, ce n'est pas son problème, c'est celui de l'Église. Tant que ça ne déborde pas sur les trottoirs. Il attend.

On vient le chercher un matin froid d'octobre. Rangier plus précisément, l'espion obséquieux, le ténébreux manipulateur qui rapporte à l'évêque les rumeurs, le curé de Véniers. Toujours l'air un peu absent ou même bête, comme occupé à regarder ailleurs, balançant ses grosses mains, marmonnant ses courtes phrases. Or bien au contraire il observait, calculait, évaluait, jaugeait. Rangier donc se présente au juge avec un air préoccupé, sombre, vague.

– Vous représentez, monsieur, la justice du roi. Des événements graves se sont déroulés au couvent des Ursulines. Nos religieuses ont eu à subir une attaque brutale de démons. Beaucoup sont obsédées, quelques-unes possédées. Cela fait plusieurs jours maintenant que nous avons été dépêchés par leur confesseur, le frère Mignon, pour chasser les diables et restaurer la paix de Dieu, réaffirmer Sa toute-puissance. Devant l'insistance et la vigueur de nos attaques, et pour les contrer, ils se sont multipliés, croyez que nous sortons épuisés par ce combat et pas encore vainqueurs. Nous avons interrogé les diables, ils ont été durement contraints. Le père Barré nous a apporté son secours et plusieurs carmes de la ville accompagnent nos efforts. Les démons sont prêts à révéler qui les commande.

Rangier a prononcé la dernière phrase en chuchotant, alors que personne autour ne les écoute, qu'ils sont seuls, debout, face à face. Le juge garde une main posée sur son bureau de chêne. Il écoute poliment, l'air un peu las quand même. Tout cela est grotesque. Rangier lui tend une série de procès-verbaux, établis par les exorcistes, pour appuyer sa demande. Le bailli en silence se rassied. Il compulse ces feuillets rédigés avec soin, signés de qui ? De vagues carmes.

Tout ça ne vaut rien. Mais où sont-ils allés chercher ces fariboles ? Il est question d'une grosse boule noire qui traverse les pièces en faisant tomber les nonnes. On décrit de longues épines d'aubépine brûlées avec soin en récitant des formules, en regardant la couleur des flammes, de la fumée. Trois épines. Le juge lit les convulsions, des élévations de plusieurs mètres. On rapporte les confessions des diables. Il y a ce terme qui revient, « *sacerdos* » plusieurs fois. *Sacerdos !!!*

Il se lève finalement, inquiet. Il sent bien qu'il y a un nom derrière ce « *sacerdos* ».

– Eh bien, je vous suis, prononce-t-il d'un ton sec. Le temps de demander à mon aide de nous accompagner. Louis Chauvet marche derrière eux, sans joie. Ce qu'il entendait raconter lui déplaisait et il aurait préféré demeurer en dehors de cette vilaine affaire. Mais bon, le bailli n'entend pas rester seul et il faut un greffier. Cerisay marche en tête dans les rues de Loudun, le pas assuré et vif. Louis Chauvet suit, la tête basse, comme s'il était puni. Et Rangier lève les yeux au ciel en frappant des mains, murmurant ce qui devait être des prières sans doute.

La rue du couvent, étroite, déborde de badauds. La sœur tourière fait le tri devant le portail. Il faut avoir pour entrer de sérieuses recommandations ou bien payer grassement. Après tout, les leçons ne pouvaient plus se faire dans ce chaos, on avait changé de commerce. Mais comme le temps n'est pas trop mauvais, on reste dehors, on va chercher à boire. On demande à ceux qui sortent de raconter. Les huguenots forment de petits groupes. Reconnaissables à leurs chapeaux, ils parlent fort et haut. On commente, on répète, on brode ou on se moque. Les hôtelleries à l'entour regorgent de curieux. Tout le monde y gagne, après tout. Drôle de réputation, mais réputation quand même. Les tables et les chambres sont bondées. Rien de tout cela ne plaît au bailli.

Son arrivée est remarquée, on se dit qu'il va se passer encore quelque chose de neuf et de choquant. C'était le 11 octobre, le 11 octobre 1632.

Cela cette fois se tient dans la chambre de la supérieure. Une sœur se propose de les guider, mais d'un revers de main Rangier écarte la proposition. L'atmosphère est pénible, lourde, une anxiété palpable. Deux ou trois sœurs errent, le regard mélancolique, elles n'y comprennent rien, tout cela les fatigue. Elles regardent longuement aux fenêtres. Ces cris dedans, ces tremblements, plus rien n'était tranquille, pas même la nuit, surtout pas la nuit. Les pensionnaires étaient parties. Pensez donc, un couvent truffé de diables, ce n'est pas un lieu à faire dormir et apprendre des petites filles. D'autres sœurs dansent, pouffent, cabriolent l'œil léger, jouissant de la situation. Tout est permis désormais : dire des obscénités et dévoiler ses jambes. Des capucins courent partout en agitant des encensoirs. Les fanatiques de Chinon sont toujours là, le teint plus hâve et la barbe plus longue. Désormais ils se flagellent l'un l'autre en exigeant miséricorde pour tous les pécheurs de la terre. Le sifflement des fouets s'ajoute aux prières et aux blasphèmes.

Plus le bailli monte les escaliers vers la chambre, plus il entend, distincte, la voix de l'exorciste égrener des noms de saints. L'exorcisme a commencé, on en est aux litanies. Le magistrat se fraye un passage dans le couloir, chacun essaye bien de se coller au mur ou à son voisin. Mais enfin la foule est épaisse. Des capucins affolés, quelques sœurs l'œil avide, et beaucoup de curieux : des huguenots goguenards, des paysans fascinés, des bourgeois épatés. Le clan Trincant est bien représenté. Une petite poignée d'exorcistes, chacun portant son surplis blanc, son étole violette, son manuel ouvert, récite les adjurations, qui en latin, qui en français. Souvent ils s'arrêtent et se consultent l'un l'autre, avec des airs pénétrés, hochant la tête. D'autres portent des encensoirs, on voit des crucifix s'agiter partout.

Mignon en haut des marches les attend, sur le seuil de

la chambre. « Attendez, attendez que je vous explique »,
dit-il au magistrat qui s'apprête à entrer, et ils gagnent une
cellule voisine que Mignon referme pour qu'ils puissent
parler au calme.

– Que je vous explique, monsieur le bailli, ce qui se
passe exactement ici depuis quelques semaines, car je
crois qu'on fait courir beaucoup de fausses rumeurs, mais
comme confesseur du couvent j'ai toujours été là, j'ai
assisté à tout. Voyez-vous, cela a commencé par des apparitions nocturnes, les apparitions d'un ecclésiaste en soutane qui se dressait dans la cellule des moniales, soit pour
les engager à lire des livres hérétiques, soit pour soulever
les couvertures et les chemises. Sœur Claire de Saint-Jean
et notre supérieure mère Jeanne des Anges ont été les
premières victimes. Ces apparitions n'ont pas duré, elles
ont été suivies de phénomènes étranges : des objets dépla-
cés dans le couvent, et puis surtout une boule noire un
soir qui fit irruption d'on ne sait où et dévasta la cuisine.
Après, plusieurs religieuses se sont trouvées mal : elles
étaient travaillées. Elles ont commencé à sentir dans leur
tête ou leur ventre des forces qui les obligeaient à des
excentricités innommables ou mettaient sur leurs lèvres
des paroles outrageantes. Il n'est plus possible de prononcer aucune messe, parce que, après quelques instants, des
filles se mettent à rire, d'autres à crier, et on entend leur
bouche hurler des mots orduriers, et là je jure qu'elles ont
les yeux étincelants. J'ai compris vite, monsieur le bailli,
que les tout premiers événements étaient une préparation,
et que cette fois, vraiment, le couvent des Ursulines est la
proie d'une possession maléfique tout à fait redoutable.

Mignon s'arrête là un moment pour respirer, prendre

l'air profond, murmurer des mots en latin, litanies et formules d'exorcisme, en serrant bien contre son cœur un petit crucifix en bois. Puis il reprend :
– Il fallait donc chasser les diables. Mais seul je ne pouvais rien faire, c'était une épidémie de démons. J'ai appelé à ma rescousse M. Barré, le curé de Chinon, très versé dans ces affaires, deux carmes de Loudun sont venus m'assister ainsi que le père Rangier. Il nous a fallu beaucoup d'effort et d'énergie pour déloger Zébulon qui se tenait sous les côtes de sœur Claire, Asmodée qui était descendu jusqu'au bas-ventre de la supérieure. Notre supérieure précisément, elle nous donne bien du travail, la pauvre. On a retrouvé des enchantements aussi : trois épines d'aubépine, elles ont été soigneusement brûlées.

Cerisay commence à être las de ces sornettes : Où suis-je, mais où suis-je, se répète-t-il sans cesse.
– Mais avant de les extraire, continue Mignon, nous avons fait parler les diables. Nous leur avons demandé leur nom et ils ont avoué sous nos efforts leur identité, mais c'est bien difficile car ils sont retors, ils ne cessent de nous insulter ou de parler d'autre chose. Or nous les avons tant mis à la contrainte qu'ils sont prêts à révéler le nom de leur maître. Peut-être enfin vont-ils dire qui est ce *sacerdos*.

Un nom, un nom de prêtre, voilà donc pourquoi on l'avait fait venir, voilà à quoi il était venu assister : à une accusation publique, une accusation publique de sorcellerie qu'il devait consigner. Dangereux. C'était de son ressort. Un nom de prêtre devant lui prononcé, cela devenait une affaire de justice royale. Il n'y avait pas seulement des démons bourdonnant sous le ventre des nonnes et des exorcistes encore plus agités brandissant des crucifix, aspergeant de l'eau bénite, prononçant des formules rituelles. Il y avait un homme, un *sacerdos* qui aurait pactisé avec le diable et décidé de lancer sur le couvent une légion de démons. On était sous Louis XIII. Ces accusations n'étaient pas vaines. Cerisay sent le danger venir. Tout cela est dérisoire, absurde, grotesque. Tout cela est grave, périlleux, mortel. Il est pris au piège, il est le représentant du roi, de l'ordre public, et on attend de lui qu'il entende des noms, *son nom*.

UN CARME tambourine à la porte, criant : « Ça recommence, ça recommence. » Il faut s'y rendre.

L'entrée du bailli est saluée par une vague de chuchotements. Tous l'ont reconnu, c'est lui, c'est la justice du roi. L'ordre public fait son entrée. Son nom murmuré traverse comme un éclair la foule compacte des curieux venus voir les sœurs convulser, venus admirer des carmes sachant contraindre les démons par leurs adjurations. L'atmosphère est irrespirable. Un petit lit de fer se trouve placé au milieu de la pièce, vidée de tous ses autres meubles et chaises pour pouvoir contenir le plus de gens possible. C'est là que se débat Jeanne. Elle ne se ressemble plus trop. Il y a là une forme en chemise, des bras et des jambes allant dans tous les sens, un cou tendu à craquer avec les veines en relief, des yeux qui semblent noirs, elle qui les avait du plus beau bleu. Des élancements subits de tout le corps, et puis ces grognements de pourceau qu'elle pousse, quelque chose d'animal et de sale.

À l'arrivée du bailli, elle s'écrie : « Ah, te voilà, toi ! », prononcé d'une voix impossible.

Tout le monde s'écrie : « Il revient, il revient ! » On se

presse à nouveau autour du lit, les capucins font barrière. Chauvet est pâle comme un cierge.

Le spectacle va recommencer.

Le père Rangier dit avec gourmandise au juge qu'il tombait bien, quelle chance vraiment, le diable se manifestait, il allait peut-être bien vouloir dire quelque chose ! On allait donc aussitôt l'interroger. Barré se tient aux premières loges et officie. Dès qu'il a entendu le démon parler français, il s'est lentement dirigé vers le lit.

On a pris l'habitude depuis trois jours de considérer Barré comme le plus efficace des exorcistes et le plus véhément. Il commence par asperger l'ursuline d'eau bénite, ce qui parut atrocement douloureux à Jeanne qui poussa des cris rauques de douleur comme si des flammèches de feu lui traversaient le corps. Il baise son étole violette, en pose une extrémité sur le cou de la supérieure qui s'agite terriblement.

Soudain Barré prend une voix tonnante, terrifiante, poussant un « Qui es-tu ? » qui résonne dans toute la pièce. Et on entend une voix, mais ce n'est pas la voix de Jeanne, une voix terreuse, caverneuse, rauque qui sort du ventre de Jeanne : « Astaroth. » Et chacun de répéter dans la pièce « Astaroth, Astaroth » – les érudits commentent : « C'est le grand duc de l'Enfer », « Celui qui tient une vipère dans la main gauche », « Celui qui chevauche un dragon », « L'ange affreux, dégoûtant et puant », « C'est le trésorier des Enfers ». Le bailli aussitôt exige de Barré qu'il interroge la possédée *in lingua sacra*, en latin.

Barré semble hésiter puis reprend, sous l'injonction du juge qui précise cette fois le contenu des questions : « *Propter quam causam ingressus es corpus hujus virginis ?* », à quoi Astaroth répond : « *Causa animotatis.* » « Demandez-lui, continue le bailli, la nature du pacte. » « *Per quod pactum ingressus es ?* » Et une voix plus traînante cette fois, avec des accents plus aigus, répond : « *Per flores.* » « *Quales ?* » « *Rosas.* » Ainsi, c'était par le parfum des roses qu'il avait pu descendre jusqu'au fond du ventre de la vierge. Ainsi, c'était la haine qui l'avait poussé à s'introduire dans le corps de Jeanne.

À ce point, l'exorciste prend l'initiative de demander qui avait envoyé les roses et lance : « *Quis misit ? Quis misit ?* » La question est posée plusieurs fois, le corps de Jeanne se débat, parcouru par des ondulations frénétiques, et elle hurle : « *Urbanus, Urbanus.* » Mignon se précipite à son tour pour bien faire préciser les choses : « *Dic qualitatem* », à quoi est répondu : « *Sacerdos.* » « *Cujus ecclesiae ?* » et la fille lâche : « *Sancti-Petri.* » Jeanne se débat beaucoup encore, et elle crie, là de sa voix de femme : « Ha, pourquoi l'ai-je dit ? » Une voix cette fois suraiguë et perçante.

Un carme sur le côté note scrupuleusement : Urbain, prêtre de l'église Saint-Pierre. C'était dit, c'était écrit. Louis Chauvet aussi, tout en sueur et tremblant, prend ses notes. La supérieure paraît soudain exténuée, le corps se détend et Mignon demande aux sœurs de chanter *Confiteor Dei omnipotenti*.

On sort. Le confesseur demande au bailli de lui parler seul à seul.

– Je le savais, ou plutôt non, je m'en doutais, mais quelle nouvelle quand même !

Et Mignon évoque l'analogie frappante avec l'affaire Gaufridy. Cerisay le regarde, pensif. Il a compris la manœuvre. Il rappelle Chauvet près de lui, salue sèchement, sort vaguement angoissé, au milieu des cris, des plaintes, des gémissements.

Le soir même il passe voir Grandier et lui conseille de lui présenter une requête afin de séparer les religieuses, de les faire séquestrer, pour que cesse cette farce sinistre et dangereuse.

L ES CHOSES n'ont pas été si simples. Ou plutôt vraiment
elles s'étaient révélées complexes, redoutables. Jamais le
bailli ne se serait attendu à de telles résistances. Évanouie,
l'illusion du feu de paille. L'évocation de Gaufridy l'avait
scandalisé et inquiété. La manœuvre était grossière, mais
l'énormité du stratagème semblait le renforcer. Le soir du
11 octobre, il alerte Grandier qui en croit mal ses oreilles.
«Mais enfin, elles ne me connaissent pas, je ne les ai même
jamais vues!» Ce n'était pas une raison, le juge lui fait
mesurer l'étendue du danger. Alors Grandier, très officiellement, adresse sa requête au bailli pour que les religieuses
soient séquestrées, examinées à part, par des médecins et
d'autres prêtres, que la possession soit vérifiée par des juges
impartiaux.

Maddalena de son côté tremble et prie. Elle connaissait
les yeux de Jeanne, la haine dans les yeux de Jeanne une fois
qu'elle voulait visiter une cousine, elle a entendu des interro-
gations chargées de suspicion lourde. Jeanne avait posé des
questions sur Grandier, pleines de ricanements. Maddalena
a peur pour son prêtre, elle a peur pour son amour.

Mignon de son côté a bien compris que ça n'a pas pris

POSSÉDÉES

avec le bailli, il se dit même que le juge risquait d'introduire dans le couvent un scepticisme qui pouvait tout ruiner. Dès le lendemain à l'aube, il lui fait dire de ne pas revenir, que les exorcismes n'auraient lieu que dans l'après-midi. Or le matin il provoque une séance en appelant le lieutenant criminel Hervé, un juge à la prévôté ennemi de Grandier, et les atroces Adam et Mannoury désignés comme experts. La justice et la médecine sont invitées à authentifier une possession qui pour les exorcistes ne fait plus aucun doute. L'apothicaire et le chirurgien constatent des bonds, des sauts, des pirouettes qui excèdent les forces naturelles, ils décrivent des agitations d'entrailles allant au-delà des possibilités gastriques. Mignon le surlendemain fait savoir dans Loudun que la possession est authentifiée.

Tout cela prend une tournure désagréable. Le bailli conseille à Grandier d'aller porter une plainte directement à l'évêque de Poitiers, de lui demander une audience, et de lui faire savoir combien on tourne en dérision la religion, que cette affaire dépassait largement son cas propre, et que Loudun bientôt serait un objet de risée dans toute la France. Déjà à Saint-Germain, à la cour certains se tapent sur le ventre. Au-delà des inimitiés personnelles, il faut faire sentir à La Rocheposay que la réputation du diocèse est engagée. Grandier part à cheval le 22 octobre jusqu'au château de Dissay. Une fois arrivé, il demande audience. Il fallait régler cette histoire. L'évêque ne l'aimait pas, l'avait fait mettre en prison, l'avait condamné, il allait se montrer d'une humilité plate, faire simplement entendre que des flots de boue pouvaient rejaillir sur son Éminence.

Quand on lui fait l'annonce, La Rocheposay est installé, comme chaque jour, sur cet énorme fauteuil qu'il a fait

149

faire à sa taille, au milieu de coussins de soie mauve. Comme chaque jour il est entouré de sirops colorés et de confiseries grasses. Il peut bien continuer à grossir, il a définitivement renoncé à bouger, marcher, séduire. Il passe sa journée, quand il n'est pas occupé à des ordinations, à lire le courrier, écrire, recevoir. Il parvient à tout faire en demeurant affalé, la mitre un peu penchée, tout drapé d'or. Il pense que l'épaississement de la chair libère l'esprit. C'est vrai qu'à ce point il devient repoussant pour lui-même et que seuls demeurent légers, en lui, ses mauvais calculs et ses méchantes pensées, ce qu'il appelle son « âme ». Les maigres lui paraissent suspects : ascètes orgueilleux ou libertins perdus.

L'énorme masse de chair en quoi consiste désormais l'évêque est en position de lecture. La Rocheposay parcourt les procès-verbaux que les exorcistes de Loudun lui ont envoyés. Il est à la fois amusé, agacé, irrité, inquiété. Les carmes y vont un peu fort quand même. Il y a danger à ce que tout ça sombre dans le ridicule. Et les huguenots prendraient alors une sacrée revanche. Ils auraient pu attendre au moins son autorisation d'exorciser. Mais non, bien sûr on le tenait au courant tard et on faisait comme s'il avait donné son accord. Cette légèreté le vexait. Il y avait là du débraillé qui déplaisait.

Quand on vient lui annoncer que Grandier est là et l'objet de sa plainte, son embarras augmente encore. Il déteste ce paltoquet. Il commande : « Répondez que je suis souffrant, et que je ne peux le voir aujourd'hui. Dites-lui que cette affaire m'est étrangère depuis le début et qu'il ne s'adresse pas à la bonne personne, je ne suis en rien mêlé à tout cela, je n'ai même pas autorisé les exorcismes. »

Grandier repart. Dès son retour, Cerisay l'interroge sur le résultat de ses visites : il apprend que les exorcismes n'ont pas été autorisés. Le lendemain, il convoque une assemblée générale de tout le bailliage de Loudun, afin d'exposer la situation de grave illégalité où se trouve cette bande d'exorcistes qui ont mis le feu au couvent de Loudun et menacent la paix publique. Les représentants des autorités royales vont visiter chaque exorciste un par un, pour leur annoncer à quoi leurs agissements les exposent. Tous sauf Mignon s'envolent, se disant qu'ils ont peut-être exagéré. En même temps que le couvent se vide des exorcistes, il semble se vider des démons. La rue du Paquin sera calme au début de novembre.

Mais l'accalmie ne dure que quelques semaines. Le clan Trincant supplie et s'excuse, Mignon s'humilie, Barré pleure. L'évêché est investi par les plaintes, et La Rocheposay s'en trouve bien flatté. Il donne l'autorisation finale d'exorciser le 23 novembre, heureux après tout que le joli prêtre soit traîné dans la boue.

Les exorcismes reprennent d'abord en mode mineur, et aussitôt, comme s'ils y trouvaient le principe de leur multiplication, les diables resurgissent. On propage des rumeurs l'air grave. On est à la fin du mois de novembre. Il fait froid déjà. Il n'y a plus personne rue du Paquin, mais derrière les murs les diables à nouveau s'agitent sous les robes des moniales, tous assurant que Grandier les a envoyés visiter leurs ventres, et on dresse des procès-verbaux. Grandier s'inquiète, Maddalena prie doucement. Chacun se demande comment cette affaire va finir. Cerisay se sent insulté. Mais l'Église a autorisé. Le bailli réfléchit.

L E DERNIER JOUR de novembre, alors qu'il avait eu une longue conversation la veille avec Grandier, le bailli demande à voir Mignon, et lui annonce très solennellement qu'il est enfin prêt à reconnaître l'authenticité de la possession, mais qu'il veut juste faire poser quelques questions aux possédées.

– Combien sont-elles maintenant ?

– Oh trois, trois sérieusement frappées. Les autres simplement obsédées. Mais c'est aussi que nous avons fait du bon travail, nous en avons déjà délivré beaucoup. Mais la supérieure, la supérieure !

– C'est bien. Cet après-midi, je me rends au couvent.

– Nous ferons une messe auparavant.

– Je veux pouvoir leur poser quelques questions, je vous rassure très courtes, mais je suis près d'y croire.

– En latin ?

C'est un après-midi glacé, le bailli traverse les ruelles transies de froid. Tout est enveloppé de brumes alors, on y voit mal. Il est accompagné. Ils se rendent à la chapelle du couvent où on achève la messe. Une nonne crache l'hostie, les rires fusent, il y avait une bonne agitation, même si ce

n'était pas tout à fait le chaos d'octobre. Visiblement, on
l'attend. Il monte à la chambre. Jeanne est attachée déjà
sur son lit, un peu rouge peut-être, ricanant faiblement.
Elle balance la tête. On avait pris l'habitude de la lier au
commencement de la messe, car assez vite elle commençait à prendre des yeux fous, à se renverser par terre et à
agiter les cuisses.

Il y a là les exorcistes habituels : Mignon, Rangier, Barré
et quelques carmes. Mais aussi le lieutenant Hervé, toujours hautain, Mannoury et Adam qui paraissaient com-
ploter encore. Il n'y avait pas la foule bigarrée d'autrefois.
Seulement quelques ennemis de Grandier. Dès que Cerisay apparaît, Mignon, qui portait déjà l'étole violette et le
surplis, entame la litanie des saints.

Ce fut comme un signal, Jeanne se raidit brusquement.
Elle prend un air mauvais et Mignon récite le psaume
cinquante-trois, celui qui prélude à la convocation du
diable. Le ventre de Jeanne grouille, des formes ondulent
par sursaut, et elle lâche d'une voix impossible : « Ah !
méchant prêtre ! » Mignon se tourne vers le bailli et lance
comme un cri de triomphe : « C'est bien lui ! »

Lentement, Cerisay s'avance, il pousse devant lui un
greffier ainsi qu'un homme de haute taille. On reconnaît
le principal du collège de Loudun, d'origine écossaise. Ce
dernier tonne : « *What's your name ? Tell me what is your
name ?* » Il répète trois fois la question.

La supérieure paraît interloquée. Les convulsions
cessent.

– Mais enfin que faites-vous ? demande d'un air effaré
Mignon.

– Nous interrogeons le diable en anglais. Vous savez

comme moi que la connaissance des langues étrangères est sa marque. Or non seulement vos ursulines comprennent très mal le latin, mais elles ignorent totalement l'anglais. Ces méconnaissances sont hélas trop humaines.

– Vous êtes un incrédule, un sceptique. La possession a été vérifiée vous dis-je, nous avons là quelques dizaines de procès-verbaux qui l'attestent.

– Et moi, je fais céans dresser des procès-verbaux qui la dénoncent comme imposture !

Mais sur le lit, Jeanne recommence ses remuements ondulants, puis elle est comme traversée par un éclair qui redresse son dos telle une vigie. On entend une voix affreuse qui déclame :

– Ah traître, tu devais bien le savoir que j'ai signé un pacte qui m'interdit de parler anglais.

Mignon s'accroche au bailli, et le secoue en lui hurlant :

– Vous avez parlé avec Grandier, vous avez parlé avec lui, vous saviez que le démon avait signé ce pacte et vous avez ramené cet étranger pour ruiner notre foi !

Le bailli se dégage sèchement, et exige du moine un peu plus de tenue. Il lui lance avec dédain :

– Poursuivez maintenant.

Mignon se présente devant Jeanne qui ricane. Il dit d'un air fier :

– Écoutez, je vais l'interroger en latin.

Le démon lié par un pacte pour ne pas parler anglais s'appelle Asmodée, il a été commandé par Grandier de loger dans le sein gauche. Mignon prend tous les renseignements qu'il veut, toujours les mêmes. Il continue par la lecture de quelques fragments d'Évangile, ce qui a pour effet de faire cracher grandement la supérieure. Puis il se tourne vers le bailli qui est demeuré silencieux.

– Je dois maintenant, explique Mignon, procéder au premier exorcisme. (Il s'est radouci et parle d'une voix presque fluette.) Il faut essayer de déloger ce démon-là.

– Puis-je lui poser une dernière question ? demande le bailli.

Mignon vaguement inquiet rétorque :

– En latin ?

– Ni en latin, ni en grec, ni en hébreu, simplement en français, répond le bailli.

Mignon paraît soulagé, précisant seulement qu'il faut que la question soit courte.

Le bailli s'approche du lit et dit :

– Asmodée, démon de la luxure, serviteur de Satan. Dis-moi, où se trouve présentement ton maître ?

– Mon maître ? répond à travers Jeanne le diable. Grandier ?

– Grandier, oui, le curé de Saint-Pierre, où est-il en ce moment ?

C'est le second piège. Le démon semble hésiter, il grogne. Jeanne agite les bras, puis on entend très distinctement :

– Mon maître est au château, bien sûr.

– Votre maître, le curé de Saint-Pierre ?

– Et qui voulez-vous d'autre ?

Cerisay reprend d'une voix distincte et ferme :

– Au château, greffier, notez qu'elle a dit « le château ». Nous allons vérifier.

Puis se tournant vers Mignon :

– Vous connaissez comme moi cet autre signe, qui permet selon les plus grandes autorités théologiques d'authentifier le diable : la connaissance des choses cachées. Si ce démon nous dit la vérité, c'est que la possession est vraie. Autrement, Jeanne des Anges aura menti, par ignorance. Messieurs, je vous laisse continuer, et j'envoie notre greffier au château voir s'il y est. Et nous dresserons procès-verbal.

Mignon est furieux, il rétorque :

– Laissez-nous travailler à délivrer ces pauvres victimes, plutôt que d'ourdir vos manigances.

Cerisay quitte la chapelle, il attend calmement. Jeanne écume sur le lit, son visage est cette fois tout à fait violacé, et Mignon, plein de rage, ordonne au démon de sortir. Grandier la veille avait promis de rester chez lui.

Victoire ? Le bailli fait savoir partout dans Loudun que la possession est certifiée fausse, que la preuve a été établie de la supercherie, procès-verbal à l'appui.

Il tente de passer même à l'étape ultérieure : séquestrer les religieuses. Il fait préparer un mandat, mais la supérieure lui répond que c'était contraire au vœu de clôture et qu'elle ne reconnaissait pas sa juridiction. Fallait-il forcer la porte ? L'entrée du couvent lui est désormais interdite. Il n'a plus que la solution des armes et de la violence. Il hésite encore à entrer en guerre frontalement contre l'évêque. Le couvent des Ursulines est devenu une forteresse retranchée. On n'accepte plus de public. On autorise seulement l'entrée au lieutenant criminel Hervé pour qu'il prenne note et aux exorcistes en qui on a confiance. On a projeté de constituer un gros dossier à confier aux capucins de la ville qui le feraient passer au père Joseph. Et lui-même sans doute en parlerait-il à Richelieu ?

L'ARCHEVÊQUE de Bordeaux vient prendre ses quartiers dans son abbaye de Saint-Jouin-de-Marnes à la moitié de décembre. Dès que Grandier l'apprend, il se précipite. De Sourdis allait donner le coup de grâce, l'arracher aux complaisances de l'évêque, aux griffes des cardinalistes, enfin ! Grandier est nerveux, sûr de son droit, très indigné et impatient. Il ne supporte plus les longues tristesses de Maddalena, obligée d'entendre chuchoter dans les rues, sur les marchés, la bonne farce des escapades de son aimé traversant les murs des couvents et caressant les cuisses nues de jolies nonnes, elles incapables par enchantement de se débattre et contraintes à ressentir des jouissances éperdues dont elles n'avaient jamais eu idée, à pleurer de désir ou de honte. Bien sûr, on parle bas en sa présence, car on sait qu'elle le défend avec énergie et constance, ou encore on l'assure de partager sa confiance, avec des demi-mots sentis. Ou bien on se détourne brutalement, avec des regards indignés, en se signant. Finalement il fallait se frayer un chemin entre des rieurs à demi compatissants et des dévots se donnant l'air outragé. Certainement beaucoup aussi s'indignaient, défendaient Grandier et dénonçaient la farce avec sincérité. Des protestants surtout.

Grandier, les premiers jours, les premières semaines, s'était raconté à lui-même : Mais enfin, qui irait jamais prendre au sérieux des accusations démentes, est-ce qu'on fait crédit aux fous ? Mais il fallait se rendre à l'évidence : cela avait un peu pris quand même. Les exorcistes continuaient à aligner les procès-verbaux à longueur de journée, dans lesquels des voix éraillées qui s'appelaient Asmodée, Zébulon, Balaam hurlaient dans le couvent « *Urbanus* », « Ô méchant prêtre », et même simplement « Grandier, Grandier ! », longs cris d'amour, immenses demandes, en même temps que les corps des filles prenaient des poses lascives.

Cette ambiance maintenant dans la ville. Un peu plus de monde à nouveau rue du Paquin malgré le froid de décembre, on va aux nouvelles, les hôtels se remplissent de voyeurs. La ruse du bailli n'a pas fait cesser longtemps l'excitation. Après tout, l'important n'est pas d'y croire. On est au spectacle.

M. de Sourdis allait tout comprendre, c'est sûr, et l'aider. En approchant l'abbaye, Grandier se sent presque rassuré : ces murs solides, ces arbres immenses. Il se dit en avançant : Les voilà bien enracinés ces arbres, les voilà bien bâtis ces murs. Un pâle soleil d'hiver, aimable vieillard, confie au parc un air très calme. L'abbaye est posée sur la pelouse comme un gros ventre de pierre.

Et ce visage martial bien sûr de l'archevêque quand il s'est avancé, la précision militaire de son pas, de ses mouvements de bras. Il invite à s'asseoir le petit prêtre de Loudun, qui, devant le bureau chargé d'ors, de liasses de papiers, se sent diminué et protégé.

De Sourdis se fait tout expliquer d'un air dur, répéter certaines choses, préciser des circonstances. Il pose des questions nettes comme le tranchant d'un sabre. Après il s'arrête, réfléchit, fait quelques pas les mains croisées derrière le dos, se regarde un moment debout devant un grand miroir.

– Ce qui est arrivé était bien prévisible. Et je vous l'avais dit. Il fallait quitter Loudun, c'était net. Ils ne vous lâcheront pas. On tient mieux dans la haine que dans l'amour. La haine se nourrit du temps qui passe, l'amour s'y use. Ils ont des ressources.

– Mais convenez-en, monseigneur, tout ceci est un immense délire, on insulte Dieu et la religion depuis des mois. Mesurez la profondeur de mon innocence, mesurez l'étendue de leurs mensonges.

– Mon ami, c'est une guerre. Vous vous justifierez devant Dieu. Pour le moment, il s'agit seulement de savoir si vous allez la gagner ou la perdre. Ne vous fatiguez pas à tenter de me convaincre du fait que vous n'êtes pas ce magicien qu'ils disent. Je le sais. Quant à savoir s'ils parviendront ou non à vous faire juger et condamner, c'est autre chose.

– J'ai des soutiens, monseigneur, et solides.

– Et qui donc ?

– Mes paroissiens qui m'aiment, me connaissent, et savent ce que j'ai fait pour eux pendant l'épidémie, alors que tous ces lâches restaient terrés chez eux. D'Armagnac me fait une confiance totale, et m'abandonne pendant ses absences longues le gouvernement de la ville. Le bailli de la ville, Cerisay, connaît mon innocence et tous leurs pièges.

De Sourdis reste silencieux, lève la tête, marmonnant, comme s'il calculait.

– D'Armagnac ne compte pas, il vous lâchera à la première occasion. Il a fait la guerre avec moi, je le connais, il raisonne en militaire. Il se sert de vous, mais dès qu'il comprendra que le rapport de force ne vous est plus favorable, il limitera les pertes. Il vous lâchera. Cerisay vous soutient, c'est un allié véritable. Il fera son métier du mieux qu'il peut, mais il est aux ordres du roi, sa marge de manœuvre est limitée. Et puis vous aurez avec vous, c'est plus grave, tous les huguenots de la ville qui, en vous défendant, critiquent leurs frères ennemis. Ce sont des alliés dont on aimerait pouvoir se passer. Ces marques d'estime qu'ils vous manifestent, ce sont des poignards enfoncés. Et contre vous, qui avez-vous ? Les vieilles familles de la ville et leur haine, la tradition, la bonne conscience, tous les capucins du père Joseph. Et surtout vous avez contre vous tous ceux qui ne sont ni pour ni contre personne et qui suivront, et qui croiront ce qu'on leur dit de croire. Ça leur fera récréation.

– J'ai pour moi, monseigneur, la vérité, dit Grandier d'un ton qu'il voulait digne et magistral.

La réponse lui revient comme un coup de fouet cinglant.

– La vérité, monsieur, celle des tribunaux, est une domestique. Elle se donne au plus offrant. Si vous n'avez pour vous que la vérité vraie, celle que reconnaît Dieu, monsieur, vous n'avez pas grand-chose.

Grandier est accablé. Il pense à Maddalena, son innocence, la douceur intacte du visage : s'y noyer, s'y fondre, s'y perdre.

– Alors, reprend l'archevêque, je veux bien cette fois encore vous aider, une dernière fois. Et quand tout sera terminé, fuyez, monsieur, fuyez loin. Je peux vous assurer que dès que le cardinal décidera de croire à ces folies parce qu'il y trouvera intérêt, vos jours seront comptés.

Grandier pense : Est-ce que les arbres dehors, avec leurs troncs massifs, est-ce qu'ils existent ? Et ces murs si je les touche ne vont-ils pas... ? Il balbutie :

– Mais enfin, vous savez bien que je ne suis pas magicien.

– Ce que vous êtes vraiment compte peu ici. Le temps use l'amitié, il décuple les haines. Le temps est contre vous, Grandier.

Grandier pense : Maddalena, Maddalena, Maddalena. Le visage de Maddalena, les embrassades de D'Armagnac. Quitter Loudun ? Impossible.

De Sourdis voit le visage blême, désemparé ; il n'aime pas ça. Il déteste l'inquiétude, il y voit aussitôt de la lâcheté. Il soupire et se regarde à nouveau dans le miroir.

– Je vais vous aider encore cette fois-là. Je vous envoie mon médecin. Je l'enverrai visiter dans quelques jours les ursulines. Il ira, accompagné de mon vicaire. Trouvez-moi pour les suivre un officier du bailliage. Demandez pour la circonstance à Cerisay un magistrat de confiance. Et puis faites connaître, par tous les moyens, à la ville la tenue de cette visite. Qu'on attende un événement, que la rue du couvent soit noire de monde. Il faudra une grande animation, de l'attente. Les vérités avec lesquelles nous gouvernons, monsieur, ne se tiennent pas dans l'intimité muette des consciences. Ce sont des spectacles.

CELA s'était donc su, et comment ! L'archevêque avait expressément ordonné à tous les exorcistes de déserter le couvent trois jours avant cette visite, et surtout interdit à Adam et Mannoury de soigner les sœurs, pour que la consultation soit plus pure. Ces crapules avaient bien laissé quelques fioles, quelques breuvages dans le couvent, mais on n'y avait pas touché. Mignon essayait bien d'exciter un peu les sœurs et de parler aux diables, mais seul il avait du mal. Toutes les ursulines se trouvaient un peu lasses. Surtout un peu inquiètes. Il faut s'imaginer : le médecin de l'archevêque, avec son vicaire. Et avec ça un juge ! Mignon avait eu beau les rassurer, elles avaient peur d'être grondées, elles se disaient que les diables avaient peut-être exagéré en elles.

Le médecin se nomme Marescot. Il a une stature immense. Il est tout en noir, chapeau noir aussi au large bord. C'est un géant noir qui domine largement des épaules, avec un air distant, très froid. Il a demandé au vicaire et au juge de le laisser parler, et d'afficher pendant la consultation un silence, lourd, scrutateur, en fixant dans les yeux les ursulines les unes après les autres, comme s'ils

162

avaient voulu deviner quelque chose. Ils se frayent un chemin rue du Paquin, la foule était déjà épaisse. Mignon les
attend à la porte pour les conduire. C'est la délégation de
l'archevêque !

La supérieure a réuni tout son monde dans la grande
salle de prière. Allons bon, l'excitation monte quand
même, on sent que les diables pourraient finalement facilement se mettre à la fête : ça pouffe, des cris étouffés, des
langueurs affichées, quelques yeux déjà qui chavirent.
Cela se remettait à circuler parmi les ursulines, la fréné-
sie crépite comme un feu bas dans l'attente de la délégation.

Quand Marescot entre ce jeudi de décembre, c'est
comme un souffle glacial. Cet air supérieurement las qu'il
prend, et derrière lui le vicaire et le juge. Il tient son grand
discours, les mains derrière le dos, arpentant et tentant de
fixer chacune des moniales, en plongeant intensément,
comme s'il regardait derrière leurs yeux, avec un regard
d'un noir absolu qui pétrifie. Le juge et le vicaire, bras
croisés, demeurent absolument fixes, accrochant à leur
visage un regard implacable.

— Mes sœurs, j'ai appris votre mauvaise fortune, avec
une consternation immense. Je vous plains, sachez-le. Je
connais bien ces affaires et je mesure parfaitement vos
tourments. À ce point je dois vaincre ma modestie et vous
dire que j'ai traité déjà plus de cinquante affaires de la
sorte. Et je vous comprends, je comprends l'horreur de
ces élancements, vos corps prisonniers et les ricanements
des diables dans vos ventres. Je ne les connais que trop. Et
je sais que l'horreur de la situation est redoublée pour
vous par un terrible soupçon, relayé par de mauvais

chrétiens : que toutes ces souffrances ne soient qu'une farce. Car on s'ennuie dans les couvents, et l'invention des diables fait divertissement. Un divertissement coupable qui insulte Dieu. Heureusement, bien heureusement, mes sœurs, vous devez là être parfaitement rassurées. Tout autant que j'ai l'art de débusquer les imposteurs les mieux dissimulés, j'ai celui d'attester parfaitement l'authenticité des possessions. Oui bien sûr, le vulgaire se laissera abuser par quelques voix rauques, des pirouettes explosives. Rien pourtant qui n'excède la Nature, et j'ai connu des acrobates, des ventriloques qui auraient fait hurler au démon cent personnes, et que j'ai confondus en quelques secondes. Sur chaque corps possédé les diables laissent des traces discrètes mais nécessairement présentes de leur passage, et dont la forme est connue des initiés. J'ai déjà entendu les voix des diables et je sais entendre ce grincement pareil à nul autre. L'archevêque de Bordeaux, sitôt arrivé dans son abbaye, a pris connaissance de votre malheur. Et il a entendu aussi les méchantes rumeurs accusatrices. On lui a rapporté les moqueries, on lui a détaillé les soupçons. Mais je veux vous rassurer tout à fait, mes sœurs. Je veux parler à celles qui ont le diable dans le ventre. Mes sœurs, ô possédées malheureuses, vous serez justifiées. Mais il se peut bien que parmi vous quelques-unes n'aient hurlé que par jouissive imitation. Honte, ô honte. Et même davantage : péché majeur que de gesticuler la possession alors qu'elle est pour d'autres une torture insurmontable. Chose grave, et très gravement punie. Hérésie. J'ai compris, vous sœurs parfaitement possédées, votre immense douleur alors même que vos lèvres se déforment pour agonir d'injures ceux qui viennent vous aider, que vos mains produisent des caresses incontrôlables, que tout votre cœur n'est qu'insulte, je comprends la douleur atroce de se faire accuser de complaisance alors qu'en vous ce n'est que désespoir et suffocation. Mais d'expérience je sais aussi que certaines d'entre vous en auront profité pour impunément s'abandonner sans excuses à leur vice ! Car difficilement Satan, qui ne peut dépêcher toutes ses forces sur un seul couvent, parvient à remplir tous les corps. Et maintenant, faites venir les exorcistes, qu'ils excitent les diables, je ferai les distinctions nécessaires.

Un grand silence se fait. Les sœurs n'osent plus se regarder. Elles fixent comme des enfants grondés le bas de leur robe. Le silence désormais est de plomb. Marescot une nouvelle fois le rompt en exigeant une messe très solennelle, fervente, pieuse, qui fera bondir de leurs sièges les démons dissimulés sous les ventres. De son côté, il fera le partage.

Tout retombe dans le silence, silence de bêtes traquées, silence de honte. Jeanne des Anges alors s'avance et lentement fait une déclaration d'une voix un peu tremblante :

– Mon père, il faut vous dire que depuis hier, tout a cessé ici. Les diables ont fui, notre confesseur Jean Mignon, dans un effort suprême, les a définitivement chassés. Nous nous sommes réveillées ce matin définitivement apaisées.

– Mère Jeanne des Anges, supérieure du couvent des Ursulines de Loudun, pouvez-vous déclarer solennellement ici que la possession a pris fin ?

– Elle a pris fin, monsieur.

165

– Eh bien, j'engage ici votre confesseur à faire chanter une grande messe pour fêter cette victoire.

Marescot sort, suivi du vicaire et du magistrat. Ils sont longuement applaudis à leur sortie. La justice, la médecine et l'Église avaient ensemble établi que la possession avait pris fin.

ÇA N'A PAS TRAÎNÉ. Tous les diables ont quitté en une seule fois les corps des ursulines. Chacun dans Loudun y va de son mot, de son commentaire, de sa méchanceté sur cette envolée brusque. Mignon se félicite publiquement de cette délivrance, faisant de cette sortie brutale le résultat des séances d'exorcisme qu'il avait entreprises trois mois plus tôt. Au fond cette victoire est la sienne. Tout en affichant l'humilité qu'il fallait, il démontre son importance. Car après tout qui pourrait avoir l'âme assez dure, assez cruelle pour ne pas se féliciter de la fin des tourments de ces pauvres filles ? Il rappelle bruyamment (mais plus personne ne s'en souvenait) qu'il avait, avant la venue de Marescot, jusqu'à l'épuisement, commandé aux diables de s'enfuir, utilisant contre eux des menaces secrètes, connues de lui seul, qu'il pouvait mal dévoiler et qui l'avaient mis en danger. Dans un ultime, sublime effort, il avait tancé, effrayé, réussi. Il en était resté, racontait-il, privé d'âme et de forces pendant de longues heures. Et voilà que le lendemain, les sœurs s'étaient réveillées, miracle, avec un cœur paisible, le ventre calme et vide, plus aucune n'avait envie de rire, ni d'insulter quiconque. Ils étaient sortis, les diables.

Mais voilà, d'autres riaient fort (et surtout, imaginez bien, encore eux, surtout les huguenots), d'autres s'amusaient de ce départ si prompt. Envolés, voyez-vous ça, à tire-d'aile, comme des hirondelles un jour subit d'hiver. Partis les démons, pffut ! Le médecin de l'archevêque se présente, et comme par enchantement, alors que la veille encore on nous présentait le couvent comme un repaire infesté, pire qu'une colline vaudoise une nuit de sabbat. Et d'un seul coup plus rien ! Dans leurs habits noirs les réformés se tordent de rire, à en faire tomber leurs chapeaux. Quelques catholiques rieurs les rejoignent. À la taverne on se reproduit les convulsions les plus obscènes, on mime les possédées. Quelques ferventes dévotes ravalaient leur honte, et automatiquement on finit par faire retomber le blâme sur les ursulines : des petites vicieuses, quelle horreur vous n'imaginez pas ce qu'elles ont dit, ce qu'elles ont fait, ce qu'elles ont montré. Ce théâtre, cette comédie pitoyable, ces mollets aperçus, ces cuisses entrevues, ces seins exposés dans le déchirement des étoffes.

Il n'y avait pas que les diables à avoir quitté le couvent. Pensez bien si les familles allaient laisser leurs petites filles revenir étudier dans ce lupanar, au milieu des hurlements obscènes et des poses lascives, des cris de jouissance qu'on entendait la nuit, et les caresses que presque toutes s'étaient concédées comme elles ne commandaient plus leurs mains mais que c'était le diable bien sûr, et elles condamnaient leurs doigts gourmands mais apprenaient à s'en servir. Leur sainte volonté paralysée, elles en étaient réduites à jouir, en se promettant peut-être bien quelques punitions, et encore puisque ce n'était pas elles, mais un démon, tiens que je sens là s'agiter dans mon bas-ventre, ce chatouillement qu'il procure, et là tiens je ne suis plus déjà maître de mes mains qui caressent, de ma bouche qui embrasse, de mes lèvres qui supplient ou injurient, et comment s'appelle-t-il celui-là : Zébulon ? Asmodée ? Astaroth ?

Mais là, avec la désertion des pensionnaires, cela signifiait que l'argent ne rentrait plus. Les ursulines, à la fin, ont gagné la misère et la honte. Un peu aussi quand même le savoir nostalgique de ces plaisirs, et de sentir leur peau comme un réservoir de douceur. Mais elles restent avec ce pauvre corps plein de souvenirs de voluptés dangereuses, mais un corps à nourrir, à réchauffer maintenant. L'hiver cette année est rude. Mignon, il faut le dire, se montre là admirable de dévouement, de sacrifice. Il apporte du bois, du pain, un peu de viande, des légumes d'hiver autant qu'il peut. Le couvent pendant tous les premiers mois de 1633 sue de tristesse et de honte. Jeanne fait ce qu'elle peut. Elle a beau leur dire qu'elles ont remporté une immense victoire, chacune sait ce qu'il faut en penser. Non, elles n'étaient plus les victimes innocentes, elles n'étaient plus danseuses, joueuses. On ne venait plus les voir rire, convulser et jouir. Parce qu'elles ne convulsaient plus. Leurs corps soudain pétrifiés, vidés. Seule demeure une grande lassitude.

Les comploteurs de Puydardane n'osent plus trop se regarder en face. C'est l'échec. Trincant pourtant serre les dents et se dit : La prochaine fois, la prochaine fois... Qu'est-ce qui donc avait manqué cette fois-là ? Devant quoi les diables s'étaient-ils enfuis ? Le médecin de l'archevêque, ce Marescot ? Trincant n'y croit pas. Non, si les démons ont regagné les enfers et abandonné les ventres, les lèvres, les seins des religieuses, c'est qu'il les a rappelés, c'est que le magicien de Loudun, par ruse, pour faire croire à la mascarade, a orchestré leur fuite.

Grandier se dit : Au moins de ce côté tout est réglé, terminée, cette histoire de folles. Plus de danger à venir de la rue du Paquin. Il tenait bon, il n'avait pas sombré. Mais pour la première fois, cette victoire ne l'exalte pas.

Quand Maddalena, qui avait fait le guet comme mille autres ce jeudi de décembre, Maddalena était entrée dans l'église les joues pleines de larmes de joie, parce que pour elle cet épisode c'était bien enfin une marque de Dieu (de Sa protection), elle lui avait annoncé : « C'est fini », « Fini ? La démonstration a été faite publiquement de leurs mensonges ? », « Elles ont en chœur clamé qu'elles n'étaient plus possédées, que les démons s'étaient enfuis ». Comme elle disait cela naïvement : « Partis, partis, et dire qu'ils t'avaient accusé ! », et lui se sentait simplement soulagé, rien de plus. Le plaisir ténu, mesquin, âcre du soulagement. « Fini », et qui l'avait emporté alors ? Non, on n'avait pas publiquement établi que les religieuses avaient joué une ignoble comédie et qu'il n'avait jamais été magicien. Rien ne s'était passé alors ? Les diables étaient entrés dans Loudun un jour de septembre, et puis soudainement repartis en décembre ?

Grandier dit : « Rentrons. » Il veut passer à autre chose.

AVRIL 1633. Dernière entrevue de Grandier et d'Armagnac – ils s'écriront encore mais ne se verront plus. Sur un terre-plein, à proximité du donjon encore un peu debout. D'Armagnac part, dégoûté de sa ville. Alors le curé de Loudun rêvasse un peu dans un printemps timide, au fond glacial encore.

Une poignée de main, une accolade. Et ce fut tout. Ou plutôt non, il ne faut pas exagérer, bien se rappeler : des recommandations, encore des recommandations avant de s'en aller. Mais d'une voix si lasse, si éteinte. Gouverneur de Loudun. Mais que gouvernait-il encore ? D'Armagnac n'y croit plus. Le roi allait l'abandonner bientôt. Il l'a remarqué à des coups d'œil moins appuyés, des serrements mous de bras. On en avait aussitôt fait commentaire à la cour. D'Armagnac était moins écouté, moins aimé. Alors les autres lui faisaient moins de politesses, le regardaient avec un air narquois parfois. Il a vite compris. Il était repassé à Loudun au printemps. Après, il rejoindra la cour à Saint-Germain, sauver ce qui pouvait l'être encore. Le roi va l'abandonner bientôt, et lui, il abandonne Grandier.

Grandier. Mais qu'avait-il donc fait d'autre, lui, tous ces mois, ces années même, que compter des cailloux, comptabiliser des pierres, surveiller les coups de pioche, les coups de pelle, prévenir les approches du donjon ? Et qu'était devenue Loudun ? Autre chose qu'une cité déshabillée, reine dénudée du Poitou ? Une motte pelée, c'est sur une motte pelée qu'avec d'Armagnac ils se sont vus la dernière fois. Les huguenots vaguement se sentent sans refuge, alors que certains catholiques, les plus cardinalistes (ils s'appelaient « modernes »), ont applaudi chaque fois qu'une des dix-huit tours tombait, qu'un mur s'effondrait. C'était l'histoire de Loudun qui s'écroulait, pensez : les fondations du château remontaient aux Romains, à Jules César. Philippe Auguste l'avait réédifié. La fierté de Loudun, cette écharpe de neige même au printemps, surtout en été cette ceinture blanche étincelante, visible de si loin. Un repaire pour huguenots ? Allons donc, le château n'était pas une sale petite cache, c'était un étendard. Notre ancienne fierté.

Et maintenant plus rien. Le cardinal a gagné. Ah, il pouvait la construire, maintenant, sa ville de Richelieu, avec ses avenues tracées au compas, ses angles droits. Des immeubles rectangles et des places carrées. Une ville de géomètres et d'intendants, de notaires, de capitaines de régiment : tout au cordeau. Rien ne dépasse. Mais que croyait-il ? Et Loudun, ses rues tortueuses, ses églises et ses vieilles bâtisses, toute vidée de son histoire.

Grandier regarde le donjon. Combien de temps, combien de temps encore ? Et sa vie, aussi alors un champ de pierres ? On en voyait partout, d'inégales, de-ci, de-là. Bien sûr, les ouvriers avaient emporté les plus grosses, les

bien taillées, divisées en deux parts : d'Armagnac le gouverneur d'un côté, et Lucas, le secrétaire du roi, de l'autre.
Le légitime et le traître. Voilà donc à quoi Grandier a
occupé son temps : prendre garde à ce qu'on fasse des
parts égales, qu'on n'approche pas du donjon. Et Laubardemont qui disait « surveiller ». Quel sinistre animal, avec
sa tête de vieille chouette et son regard de vieille taupe.
Personnage obséquieux, couard, un peu ridicule. Manipu-
lable, lui avait dit d'Armagnac.

L'archevêque lui avait conseillé, plutôt enjoint, ordonné
de partir. « Fuyez, ce sont des loups ! Ils ne vous lâcheront
pas. » Il avait répondu : impossible, par devoir d'amitié.
D'Armagnac bien sûr. L'archevêque avait prévenu pourtant : « Cet homme-là vous utilise. Vous êtes un instrument
entre ses doigts. Il ne songe qu'à ses propres affaires. S'il
vous sauve, c'est qu'il veut être sauvé, s'il vous secourt
c'est qu'il a besoin d'aide. Pensez donc à vous-même, plutôt qu'à ces obligations qui vous honorent sans grande
utilité. » Cette ultime accolade de D'Armagnac, Grandier
l'a ressentie étrangement. Ce manque de chaleur, cette
formalité, et presque cette indifférence. Grandier a
cherché inutilement ses yeux, mais non : d'Armagnac serre
la main, tapote l'épaule, murmure, entre des remercie-
ments lointains, des recommandations inutiles, et regarde
ailleurs.

Mais voilà : le gouverneur lui avait toutes ces dernières
années confié les clés de la ville dès qu'il était absent, et il
était peu là – perpétuellement à la cour ou sur les champs
de bataille, près du roi. Et Grandier se retrouvait toujours
à régler les affaires avec madame, au château, à tempérer

les discordes entre les communautés, à provoquer les rencontres entre les modérés pour affaiblir les extrémistes. Grandier avait aimé cette action, ces calculs, cette fébrilité.

Mais aujourd'hui ? Ce désert bientôt, car que resterait-il si la ville de Richelieu aspirait toutes les charges, toutes les fonctions, tous les honneurs ? Rester encore, au milieu des tigres qui ne pensaient qu'à le déchirer ?

Ou s'il restait, c'était pour Maddalena ? Où a-t-il lu cela, mais où, où a-t-il lu un jour ces vers, pas même des vers, ces phrases, il sait que ce n'était pas dans les textes sacrés, mais quel poète, quel écrivain avait eu un jour cet éclair :

Je suis ce qui pouvait t'arriver de pire et de meilleur.
Ton plus précieux soutien, ton point d'effondrement.
Je suis ta damnation et ton salut.
Je suis ton destin.

Il se le récitait, et c'était Maddalena. Il était son destin. Les choses sont-elles réciproques ? Vaut-il mieux être soi un destin pour les autres ? Mais quoi, dans le regard de Maddalena, il y avait l'acceptation anticipée de la douleur. Cette joie qu'elle avait toujours le soir en le voyant rentrer, cet élan vers lui, ce sourire plein, il se répétait : Comme une barque remplie de fleurs, d'épices, de fruits, une barque rentrée des Indes. Mais qu'en savait-il, lui, des Indes ? Il n'était heureux que de cette joie qui lui chauffait le cœur, le baignait doucement. Rendu heureux par elle, par son bonheur à elle. Le feu c'était elle, elle qui brûlait et lui par ce feu réchauffé. Il enviait ce don, ce don d'elle, lui réduit à capter les sentiments des autres, calculer, manœuvrer… Et quand il rentrait, sa beauté le désarmait toujours. Mais il était son destin. Il pensait : Mon Dieu, et s'il m'arrivait quelque chose ? Mais pour elle, elle seule. C'est pour elle surtout qu'il aurait fallu que rien ne lui arrive. Quand il rentrait le soir de ses visites, elle lui prenait les mains dans les siennes, lui demandait de raconter par le menu les enterrements et les baptêmes, les bénédictions et les messes, les visites au château, les décisions prises, les rencontres décidées.

Elle était belle, cette simplicité de la beauté, mon Dieu cette beauté offerte. Fleur des montagnes, beauté pour tous, pour personne. À peine pour lui, et cela lui rentrait des épines dans le cœur, juste cette vision-là d'une beauté ainsi donnée au monde, cette perfection du dessin des lèvres, la grâce des joues, juste l'envie qui le prenait parfois brusquement de pleurer rien qu'à la voir. Comme si tant de beauté si simple ne pouvait être offerte qu'au saccage. Comme s'il n'y avait de salut durable que pour les beautés qui s'effacent le soir devant les miroirs. Il était simplement tout pour elle. Il le savait. Ou bien partir avec elle ? Leur amour impossible, un prêtre et une madone.

D'Armagnac est parti. Loudun l'a trahi. Les Mesmin de Silly, les Trincant, les Hervé, Menuau, Moussaut, tous ceux qui ont crié « Hourra ! » à la destruction de la citadelle, il y en avait de plus en plus. Le cardinal ne l'aimait pas. D'Armagnac sent que le donjon tombera bientôt. Le gouverneur a perdu la bataille. Mieux vaut laisser Grandier seul sur la place, sauver ce qui peut l'être encore, et se tenir loin. Seulement de mauvais coups à prendre.

C'est un après-midi venteux d'avril. Grandier rêvasse au milieu des ruines. Le donjon reste encore obstinément debout, fragile. Grandier aperçoit la silhouette voûtée du gouverneur lentement gagner les portes de la ville. Il a froid.

Mai 1633. Il regarde le corps nu de Maddalena, abandonné. Elle dort en se tenant sur le côté, captive douce d'un sommeil sans rêves peut-être. Elle a cédé à la fin, elle lui a donné son corps après tout. Il s'était raconté que son corps n'était fait que pour les caresses du regard, il adorait quand le soir ils se prenaient les mains. Elle parlait, parlait à pleine bouche, et lui écoutait, répondait. Ils se tenaient l'un près de l'autre et il posait ses deux mains sur ses bras. C'est à peine si elle voulait s'en rendre compte, elle parlait encore. Cela lui suffisait.

Est-ce l'angoisse, mais enfin depuis ce début de l'année 1633, il y songe. Quand elle parle toujours, il regarde la forme de ses seins, il devine la douceur de ses cuisses. Il se dit : Décidément, les ursulines doivent avoir un peu raison, le diable me chatouille. Peut-être qu'elles ont fini par me mettre un peu de sales idées dans la tête.

Il tâche de sourire, mais ces dernières semaines c'est avec angoisse toujours qu'il a pensé à la rue du Paquin. Il les imaginait hurlant « Grandier, prends-moi », « Caresse-moi, ô prêtre impudique ! » en déchirant leurs robes et leurs chemises. Il voyait les cheveux en désordre, les seins palpitants, les jambes tremblantes et les yeux révulsés.

Ainsi, c'était du passé ces histoires. Ça n'avait donc été qu'une farce, il était drôlement soulagé quand même. Il savait bien que cela devait finir ainsi. Ces ennemis encore défaits, ils allaient bien finir par se décourager. Mais il avait commencé à lancer de drôles de regards à Maddalena, regards amusés, entendus, des regards qu'elle ne comprenait pas. Et cet étonnement le désarmait toujours. Il se disait tout satisfait : Eh bien voilà, elle a encore vaincu mes démons ! Cela le faisait rire. Mais il avait eu peur, il voulait oublier.

Un soir pourtant, oui, elle parle, raconte, pose des questions, enchaîne sans attendre la réponse. Est-ce que ses lèvres étaient plus rouges, il sent une brume de chaleur l'envahir et balbutie « Je voudrais, je voudrais... » et pose sa bouche sur la sienne, ses mains sur son corps. Oui, il a envie d'elle, d'elle comme avec les autres. Il la désire simplement, oui, le grand élancement des corps ce soir, cette nuit d'interminables caresses, et la confusion, plus rien n'existerait que la chaleur et les baisers. Elle est saisie, ne pousse pas un cri, s'immobilise, ne dit rien. Il n'y a plus d'étonnement dans son regard. Seulement une frayeur douce. Pas même la surprise, juste une petite peur. Il retire ses lèvres des siennes, sourit maladroitement.

Peut-être que je suis rouge, cramoisi (car il se sentait le feu aux joues), je dois avoir les yeux un peu fiévreux. Alors il redevient stratège. Il lui dit dans un souffle : « Je vais tout t'expliquer, tout t'expliquer. » Et là sans dire un mot, il se met à sa table, et commence à écrire.

Il levait la tête parfois, se levait pour prendre un livre,

elle assise sur le rebord du lit. Elle l'avait regardé écrire, muette et douce. Avec confiance. Il allait expliquer, mais pourquoi écrire ? Et puis, elle avait fini par s'endormir, ses yeux ne tenaient plus ouverts. De toutes les manières elle n'avait plus peur, la chaleur était douce dans la petite chambre. Si simple : le lit, le bureau, l'armoire, l'étagère et deux chaises. Il se retournait parfois, rarement. Mais pourquoi est-ce que cela lui crevait le cœur de la voir dormir, son innocence démultipliée, ce dessin parfait de la bouche, cette beauté abandonnée au pur spectacle ? Non, il ne la regarderait pas dormir, car autrement... Il fallait redevenir stratège, il la voulait, il la désirait. Oui il la voulait pour se venger des autres, de leurs machinations ratées, de leurs haines. Il fallait noyer, dans le mélange des corps, dans le chant des chairs, dans les sueurs du plaisir, l'angoisse ressentie un soir de novembre, l'angoisse en surprenant chez le bailli, pour la première fois, quand il regardait par la fenêtre de rares flocons légers dansant dans l'air gris, un front pessimiste. Alors il avait ressenti l'angoisse, celle de la bête traquée, angoisse de la défaite et de la fin.

Grandier avait écrit toute la nuit, combien de bougies allumées, dans le froid il avait écrit fiévreusement. Au petit matin, il part donner ses messes. Elle dormait toujours. Il laisse les feuilles sur la chaise, près du lit. Il était redevenu stratège. Quand il revint, elle était toujours là. Elle avait lu, lu et relu. Elle n'avait gardé de ces feuilles de la nuit que quelques idées fortes : qu'on ne pouvait imposer à personne des choses impossibles à accomplir, que le célibat ne pouvait convenir à tous les prêtres, d'ailleurs le mariage était une loi sainte destinée à multiplier le peuple de Dieu, que les apôtres étaient mariés et n'avaient abandonné leurs enfants et leurs femmes que parce qu'il était malséant de les faire voyager, et les prêtres, contrairement aux moines, avaient reçu l'interdiction du mariage sous la contrainte et une contrainte pouvait être levée. Elle se répétait ces idées, une chose l'avait impressionnée : qu'une abstinence forcée ne pouvait que conduire aux pires excès, comme un fleuve retenu trop longtemps. Et la parole surtout, la parole de saint Paul : « Il vaut mieux se marier que de brûler. »

C'est là qu'elle s'était dit : Je le sauverai, je le sauverai de la luxure et du vice, je le sauverai, je deviendrai sa femme. Elle l'attendait, et quand il arriva, c'est elle qui l'embrassa.

Et maintenant il regardait le corps nu de Maddalena. Pour la première fois, ses épaules rondes et les cheveux défaits. Qu'avait-elle connu ? Elle s'était donnée à lui, pour lui, par lui, en lui. Elle avait ressenti d'abord la douleur. Plus tard seulement les doux éclairs, plus tard les frissons agréables. Elle avait eu mal. Cela doit être ce qu'on appelle le plaisir, se disait-elle en gémissant doucement. Elle n'avait pas fermé les yeux. Elle s'était laissé faire, confiante, résignée, docile, indifférente à tout ce qui n'était pas son adoration pour son prêtre.

Et maintenant il regardait le corps nu de Maddalena. Elle dormait sur le côté. Qu'avait-il fait ? Est-ce qu'il fallait qu'elle soit comme les autres femmes ? Elle était devenue sa femme. C'était sa condition : « Mais alors, je serai ta femme, et nous serons unis à jamais, mariés, tu en as le pouvoir. » C'est pour ça qu'elle avait accepté. Et lui : À la bonne heure, c'est moi le sacrificateur, l'ordonnateur, je fais et refais les alliances.

Il s'en voulait, vaguement, mais que cherchait-il ? Il

avait brisé la possibilité de ces moments où il pouvait se dire vaguement « un jour peut-être » en lui caressant doucement le bras. Il avait brisé l'étendue de ce désir qui se nourrissait de sa promesse. Il savait maintenant, maintenant il connaissait son corps, le grain de sa peau, la saveur de son ventre. Tout s'userait peut-être, le plaisir vieillirait ? Qu'espérait-il encore des corps ? Ou bien si c'était simplement pour se rassurer, ne plus avoir peur, ne plus avoir froid, ne plus trembler.

Grandier pensait. Maddalena dormait. Elle s'était offerte à lui simplement. Elle s'était dit qu'en se donnant à lui, elle devenait sa femme pour l'éternité. Elle était sa femme, sa femme devant Dieu, Dieu l'avait vue faire tomber sa chemise en récitant une prière de louanges.

OCTOBRE 1633. C'est une journée d'automne finissante. La lumière est orange pâle, le ciel presque violet. Un jour sans nuages, sans rien – une survivance décadente d'été, aux derniers jours d'octobre, un éclat de vieil or avant le froid, le vent, l'hiver et la grisaille.

Laubardemont est à Loudun, encore. Il a reçu ordre du roi de faire tomber le donjon et le donjon est tombé. Il laisse traîner, errer, planer son regard sur un terrain vague : sol inégal, quelques morceaux énormes de rocher, des planches de bois brisées, certains pics. Il a aux lèvres un mauvais sourire : là s'était élevé le manoir du gouverneur de Loudun ! Ce d'Armagnac, fidèle du roi, qui se croyait protégé ! Et même il avait exigé la restauration du donjon, voilà sept ans ! Pour y établir sa demeure. Alors qu'on avait bien dit qu'il fallait faire place nette dans toutes les villes de France : qu'elles ressemblent à ces roses ouvertes, sans épines, déployant leurs pétales ! Quelle morgue, quelle insolence. Mais que croyait-il donc, d'Armagnac ? Qu'on allait faire exception pour sa ville, une ville bourrée de huguenots ! Histoire qu'ils gardent des places fortes pour narguer le roi de France, recevoir le soutien des Anglais, n'en faire qu'à leur tête, commander aux autres. Non, il fallait que la France devienne cette plaine immense. Les fortifications, elles seront aux frontières. Le seul rempart, c'est désormais la loi, la fidélité à son roi. Dans les cœurs. Et la France entièrement visible, sujette, indivisible, une.

Le sol est jonché de gravats, de clous énormes tordus, de pioches oubliées. Laubardemont n'aime rien tant que regarder ce désastre, ce paysage en ruine qu'on lui avait donné l'ordre de produire, cette terre dévastée. Il ne reste plus rien debout. Le maître des travaux l'accompagne depuis le matin, expliquant les difficultés rencontrées, la distribution des pierres, la surveillance du chantier la nuit. Ils ont passé ensemble la matinée à vérifier la destruction complète. Seule demeurera une tour carrée, inutilisable, qu'on a laissée, ironique témoin, inutile. Et maintenant, là, ils contemplent la place vide du donjon.

Laubardemont simplement murmure : « Il ne reste plus rien. Bon travail. Le cardinal sera content. » Il va rentrer bientôt à la cour, se faire féliciter à Paris. Le donjon debout, comme Richelieu avait dit au roi, c'est comme une épine plantée dans le sein de la France. Le témoignage de temps anciens où chaque ville se prétendait un royaume. Or on avait tourné la page. La France était devenue un État.

Le soir même, il voit Mesmin, le maire de la ville, qui n'est pas seul. Dans la vaste salle, autour d'une table immense, muets, les autres paraissent l'attendre : les yeux fixes, silencieux. Il y a le triste Trincant, Menuau l'intrigant, Hervé l'air toujours furieux, et le gros Mignon qui se tord les mains. Le maître de maison prend la parole :

– Nous voulions, monsieur de Laubardemont, d'abord vous remercier pour votre diligence. Vous savez que, pour notre compte, nous avons toujours soutenu ce projet de raser les murailles de la ville. Comme je l'avais écrit à notre cardinal, c'est dans nos cœurs que doivent être fichés les murs les plus solides.

– Je connais votre attachement, et à tous vous sais gré de m'avoir rendu la tâche plus facile. Car comme moi vous savez que tout un parti chez vous, soutenu par les huguenots et quelques catholiques malavisés, a fait de grandes manœuvres pour empêcher que le donjon soit abattu, prétextant de vieilles lunes. Vous avez connu, vous, le nom de votre patrie véritable et qui sont vos vrais maîtres.

– Très cher ami, vous nous avez quittés cela fait plus d'un an. La destruction du château était bien avancée, mais défense était faite de toucher au donjon. Nous eûmes ensemble, avant votre départ, une longue conversation sur la nécessité d'en finir avec ces symboles du vieux monde. Aujourd'hui la place est nette.

– Je suis, monsieur, votre serviteur.

Tous ces mots sont prononcés lentement, avec une grande solennité. Suit un silence un peu lourd. Les autres convives ne disent toujours rien. Mesmin reprend encore une fois la parole.

– Comme vous savez, nous avons eu la peste. Ce mal terrible nous a retiré trois mille âmes. S'il s'était prolongé encore quelques mois, Loudun aurait ressemblé à un désert. Et comme si ce n'était pas assez, un drame atroce est survenu au couvent des Ursulines, frappant de pauvres âmes, toutes dévouées au Christ, qui ont donné leur vie pour prier au salut de nos âmes !

Ici un frémissement de tous. Le père Mignon chuchote

une prière angoissée, lève au plafond des yeux trempés de larmes.

– Le chanoine Mignon, ici présent, est leur confesseur, il les connaît toutes. Il peut dire ce qu'elles ont enduré.

– J'ai pris connaissance de cette affaire, répond calmement le commissaire. La supérieure, sœur Jeanne, est une de mes parentes par ma femme, ainsi que deux demoiselles de Dampierre. J'ai appris leurs visions. J'ai su combien cette affaire était...

Il laisse sa phrase en suspens, marque un silence. Il reprend d'une voix hésitante, un peu lasse :

– Mais je sais aussi qu'à la cour on a ri. M. de Richelieu, certainement prévenu par de méchantes langues et des récits faussés, paraît peu enclin à comprendre la gravité de cette histoire.

– Mais quoi, s'écrie Mignon, sa propre parente, Claire de Saint-Jean, a souffert le martyre dans cette possession !

– J'ignore s'il écoute les femmes.

Mesmin demeure de marbre, d'un calme résolu, écoutant la réponse. Les visages à nouveau se sont fermés. Mignon, en regardant ses mains, dit précipitamment :

– Si vous saviez, monsieur, la scandaleuse injustice. Non seulement certaines sœurs ont eu à souffrir des mois durant et dans leur chair la possession. Agitées, torturées par des démons qui leur travaillaient et le corps et l'esprit, qui les faisaient se tordre dans tous les sens, en proie à d'horribles convulsions, les laissaient inanimées de longues heures. Et aujourd'hui, on rit d'elles, on les transforme en mauvaises farceuses, en filles délurées, en malades complaisantes ! Et connaissez-vous, monsieur, le fruit de ces méchants discours ? Les familles ont toutes retiré leurs

POSSÉDÉES

enfants auxquelles les sœurs donnaient autrefois une éducation exemplaire. Et en plus de la souffrance et en plus
de la honte, nous avons la misère !

Les derniers mots se perdent dans des sanglots très
lourds, se voulant déchirants.

– Monsieur de Laubardemont, reprend Mesmin, nous
savons que vous avez dû, il y a quelques années, dans le
Béarn, vous porter au secours de villages entiers que des
âmes damnées, ayant pactisé avec le diable, avaient
accablés de maléfices. Des animaux malades, des morts
inexpliquées, des récoltes saccagées, des coups de folie…

– Ce fut pour moi un honneur que d'envoyer au bûcher
ces hommes, ces femmes immondes qui avaient vendu
leur âme au diable afin de jouir et du malheur des autres et
d'insolents pouvoirs.

Le ton soudain est à la fois plus vif et plus cassant,
comme si le souvenir des flammes, des cris, des séances de
torture, ranimait son ardeur.

Trincant avec conviction s'en mêle :

– Les sœurs Jeanne, Agnès, Claire ont directement
nommé la source de leur mal. Grandier, par les pouvoirs
que lui donnait le diable, venait les visiter la nuit, les inci-
ter à la luxure. C'est lui qui leur envoya dans le corps une
armée de démons, commanda à leur chair ces désirs obscènes. Notre prêtre, notre curé de Loudun aux ordres de
Satan, vous imaginez bien ! (Ici, il se couvre les yeux des
deux mains, en posture d'affliction.)

Laubardemont se lève lentement, très calmement reprend :

– Je vous le redis, messieurs. On a bien ri là-bas de
votre possession. La résolution en fut si prompte qu'elle a
fait croire à des jeunes filles qu'on corrige de leurs pitre-

ries par un coup de semonce. Et le cardinal s'est amusé
d'apprendre quel bon latin parlait le diable.

– Mais enfin, s'écrie Hervé indigné, c'est qu'on n'a
jamais fait remonter à la cour que des procès-verbaux
tronqués, falsifiés.

– Ne voyez-vous pas, monsieur, dit alors Menuau en
prenant son ton d'avocat (persuasion douce, un peu traînante), dans la brusquerie même de cette interruption la
main du diable ? Voyez plutôt : le magicien entretient ces
femmes possédées, convulsives, quand nous nous achar-
nons à les délivrer. Et quand M. de Sourdis, celui-là même,
remarquez bien, par qui Grandier fut pardonné de ses
anciens crimes, quand c'est lui qui dépêche au couvent, je
ne dis même pas une légion d'exorcistes expérimentés,
mais un seul médecin armé de sa seule pauvre science
humaine, alors là tout brusquement, plus rien ! Cela
n'excède-t-il pas les forces de la Nature ?

– Je veux bien croire que l'archevêque lui-même a pu se
constituer l'innocent instrument des visées de Satan. Mais la
possession est finie, et il faudrait quelque raison spéciale...

Mesmin prend alors gravement la parole :

– Avez-vous, monsieur, souvenir de la *Lettre de la cordonnière* ?

– Cet immonde pamphlet qui insultait et le roi et notre
cardinal !

– Ce pamphlet-là, monsieur.

– M. de Richelieu en frémit encore de rage.

– L'auteur en est Grandier.

Laubardemont marque un point d'arrêt, avant de
demander :

– Des preuves ?

– Davantage qu'une rumeur.

Laubardemont lève le regard lentement vers les poutres de chêne, noires. La *Lettre de la cordonnière*, évidemment il se souvenait du scandale. Et il avait, à l'époque, ri méchamment, comme tous. Pensez donc : on y parlait des hémorroïdes du cardinal, des faiblesses sexuelles du roi. Richelieu à sa lecture devint plus rouge que sa robe tant il était en rage. On avait pu remonter jusqu'à l'imprimeur qui avait fini aux galères. L'auteur ne fut pas retrouvé.

– Qu'est-ce à dire ?

– Tenez cette lettre rédigée par les capucins de Loudun. Elle accuse Grandier d'être l'auteur du libelle. La lettre dénonce encore bien d'autres infamies et se plaint de la honte pour notre ville d'avoir ce curé plein de vices.

– À qui est-elle adressée ?

– Au père Joseph.

– Le père Joseph ?

– Ce sont les capucins de son couvent qui lui écrivent, ils vous demandent par nous de la remettre à leur supérieur.

– Le père Joseph...

Le père Joseph, c'était l'ombre de l'ombre, le conseiller du conseiller : l'éminence grise. Le roi écoutait Richelieu. Richelieu écoutait le père Joseph.

– Alors monsieur, reprend Mesmin avec conviction, l'indignation bientôt du père Joseph, des procès-verbaux accablants et authentiques de la possession de l'automne, la *Lettre de la cordonnière*, c'est assez, non, contre un seul homme qui par sa vie a insulté et l'État et l'Église ! Ne voyez-vous pas que tout s'enchaîne, n'apercevez-vous pas maintenant dans l'histoire de notre ville, depuis vingt ans, la marque du diable ?

Laubardemont écoute, puis il se laisse tomber sur une chaise. Il se remet à table.

– Car souvenez-vous, poursuit Mesmin, Grandier s'est opposé à la destruction des murs. Il a tout fait et jusqu'au bout pour empêcher qu'on fasse écrouler le donjon. Il s'est allié aux huguenots. Cet homme a fait pacte avec le diable. Laissez-le vivre et après-demain on s'entretue à nouveau dans les rues de Loudun.

– Accusations graves. Elles mènent droit au bûcher.

– Enfin, s'exclame Mesmin, ne voyez-vous pas là, pour vous, l'occasion d'être le bras armé de notre foi ? Un magicien qui brûle, c'est l'éclat de Dieu qui se fait sentir aux yeux de tous. C'est vous qui porterez haut la gloire de notre religion catholique, vous qui ferez valoir la grandeur de l'État très saint de France.

Laubardemont alors se lève, fait quelques pas autour de la table, pensif. Menuau prend une voix sentencieuse pour dire :

– Le feu qui consume un sorcier illumine notre foi.

Laubardemont se retourne vers les conspirateurs attablés :

– Je pars demain. Je porterai au père Joseph la lettre de ses capucins.

– Je vous garantis, ajoute Mesmin d'une voix douce, que le père Joseph, en lisant les révélations que lui font ses capucins, sera horrifié. Il sentira combien un tel homme doit trouver ses juges sur la terre. Et il vous saura gré, en lui portant la lettre, de vous faire le bras armé du commencement de Sa vengeance.

Laubardemont prend la lettre, salue, et part.

– Messieurs, dit-il, nous allons faire bon ménage.

L AUBARDEMONT a pris soin, la veille de son départ de
Loudun, d'inviter Grandier à dîner, pour endormir
sa vigilance. Un repas, comme il disait, de réconciliation
entre honnêtes hommes qui, malgré des différends politiques, partageaient les mêmes valeurs. Quand le prêtre
se plaignit auprès de lui des mauvaises histoires qui tour-
naient sur son compte, il l'assura de son soutien. Il s'indi-
gna fort des tours de ses ennemis. Il en prit congé
comme d'un ami.

Laubardemont fait un détour par Chinon, récupère
auprès de Barré les procès-verbaux que la justice royale
avait autrefois déclarés irrecevables. Il trouve ce fanatique
devant la porte de son église, entouré d'une horde de péni-
tents faméliques qui se flagellent en priant Dieu et murmurant : « La fin est proche. » Les yeux brillants, le regard
exalté, Barré lui dit en remettant les feuillets sans nombre,
les dossiers lourds : « Vous tenez là le récit véritable de la
première possession. D'autres suivront sans doute. Faites-
en, monsieur, un usage très chrétien. Vous trouverez de
quoi allumer un feu immense de purification. »

Le soir, Laubardemont se trouve auprès du père Joseph.

À cinquante-cinq ans, c'était un vieillard déjà, prématurément usé par les privations, les ascèses répétées, les jeûnes fréquents, les interminables prières, les recueillements sans fin. Laubardemont avait croisé dans la cour du couvent un vieil homme voûté, vêtu d'une robe de bure sombre et sale, des mains creusées de rides, portant un seau puant. Il avait lancé d'un ton sec, rapide, sans prévenance : « Conduisez-moi vite au père Joseph, pour une affaire d'importance. »

« C'est moi-même », avait répondu l'autre, relevant lentement la tête.

C'était lui, le moine maigre et presque chauve, lui l'ancien baron qui, à vingt ans, avait renoncé à tout pour prier Dieu et s'abîmer dans Sa contemplation. Lui, le petit capucin qui avait travaillé à emporter l'Europe dans une croisade contre les Turcs, le moine qui traversait à pied les montagnes d'Italie et les plaines d'Allemagne, portant dans sa besace de cuir des lettres royales, des propositions d'alliances secrètes, de trahisons ouvertes.

Laubardemont ne pouvait se douter que celui qui avait fréquenté toutes les puissances de la terre, fomenté ces intrigues qui déchiraient aujourd'hui les peuples, ressemblât à ce point à un mendiant. Il se trouve penaud.

– Veuillez pardonner, mon père, le ton vif que j'ai pu prendre. La fatigue du voyage et toutes mes inquiétudes...

L'autre regarde avec détachement, méfiance :

– Et dans quel but venez-vous visiter un pauvre homme qui ne veut plus vivre que dans la proximité de Dieu ?

– Pour des raisons chrétiennes, si vous voulez bien lire ce que vos capucins de Loudun vous ont écrit. Pour aider notre religion catholique et romaine à se faire voir dans son authentique grandeur.

– Rentrons, fait l'autre.

Le soir tombait.

Laubardemont se retrouve dans une étroite cellule, aux parois nues et sales, où pend un crucifix plus sombre encore que la poussière, assis sur un tabouret de bois pendant que le père Joseph, en secouant lentement la tête, lit, à la lueur d'une bougie, la lettre accusatrice. Les vacillements de la flamme lui donnent un air très inquiétant : ses rides font de larges sillons noirs, sa peau a la couleur gris-jaune du parchemin.

La lecture achevée, il range soigneusement les pages, marque une pause, puis :

– N'avez-vous pas, monsieur, bien autrefois chassé les démons dans le Béarn ?

– C'est moi, monsieur.

– Vous savez donc la puissance du diable. Alors voyez-vous, moi qui suis un pauvre homme, cette histoire ne m'étonne pas. Les terres du Poitou sont infestées de démons depuis longtemps. Voyez dans quelle extraordinaire mesure l'hérésie des réformés y a corrompu les âmes ! Je me souviens autrefois, à Saumur, comment j'ai dû me battre pour faire revivre notre foi catholique. J'allais d'église en église, prêchant toujours, afin que le feu ne s'éteigne pas. À Loudun, le diable rampe depuis long-temps, croyez-moi.

Et prenant un ton mystérieux :

– C'est lui qui a interrompu la peste, cette œuvre de purification par la maladie et la mort. Si le fléau de Dieu avait encore duré, cette cité maudite aurait été nettoyée. Il ne serait resté qu'une poignée de vrais croyants. À la place, la peste s'arrêta, et remarquez qu'aussitôt après la possession commence ! Le démon a trouvé son instrument : un homme, un prêtre catholique !

Il prononce ces derniers mots dans un chuchotement qui crépite.

ILS SONT près du feu. Le rouge et le gris. L'éminence écarlate et la grise. Le cardinal et le capucin. Richelieu et le père Joseph. Dans la pièce immense et haute, très froide, on a fait allumer un feu dans la cheminée énorme, ouvragée. Ils se tiennent là comme deux petits vieillards, de loin deux vieillards assoupis, chacun un peu replié sur lui-même mais les yeux terriblement ouverts. Un petit tas sombre d'un côté, robe de bure élimée, propre mais ancienne, une cordelette simple, capuche rabattue sur les épaules, tête chauve penchée presque sur les genoux. Et puis à côté, l'habit rouge somptueux, élégant, les plis soignés, la calotte ouvragée, Richelieu lisse sa pointe de barbiche l'air pensif. Le cardinal reste silencieux un moment. Le moine prend la pose méditative, les mains jointes, légèrement courbé. Attendant que le cardinal lui donne signe pour parler, semblant prier, mais déjà affûtant ses propos.

Ils avaient eu déjà souvent ensemble d'interminables colloques. Un seul objectif toujours, pour l'un et l'autre : hisser Louis XIII au rang de conducteur, premier monarque d'Europe. Pour Richelieu, parce qu'il fallait dominer pour ne pas être dominé, qu'il fallait faire de la France, dans l'équilibre des puissances, l'aiguille de la balance. Pour Joseph parce que, fils aîné de l'Église, le Roi Très Chrétien avait vocation à devenir la tête mystique de l'Europe, à réunifier autour de lui les peuples catholiques. Au nom de la concorde promise avant l'effondrement des mondes et le retour du Christ. Chacun près du feu réfléchit, rêve.

Moins de dix ans plus tard, le cardinal et le capucin, Armand et Joseph, seront morts, dépouilles gisantes. Le processus de décomposition avait déjà commencé, leur sensibilité était morte déjà et leur cœur refroidi. Mais c'est encore eux là qui décident du destin et de la mort.

Les flammes projettent en ce moment un jaune vif sur les deux assis. Elles se noient dans la bure grise du capucin, comme bues par un abîme de ténèbres. Elles font reluire en rouge sang la robe du cardinal.

Est-ce qu'ils pensent seulement ? Chacun tout occupé à démêler ses stratagèmes, chacun plongé dans ses prophéties internes, à calculer au plus juste, à regretter ou bien anticiper. Fallait-il, se demande encore Joseph, chercher jusqu'à l'alliance de la Sublime Porte pour contrer les Habsbourg, accepter cette fois l'aide des Ottomans ? Pourtant, la croisade contre les Turcs avait été la grande idée et l'échec immense de sa vie. Toutes ces années passées dans Rome à tâcher de lever une milice chrétienne, à persuader, convaincre, parcourir les chemins, à pied, de souverain en souverain. Il avait fait le tour des cours d'Europe. Dans cette croisade contre l'infidèle, pensait-il, les chrétiens auraient oublié, délaissé leurs divisions coupables ! Et on aurait bien vu alors le triomphe de l'Église catholique et romaine ! Même des princes protestants avaient rallié la cause, se montrant disposés à prêter des hommes ou diriger des armées. C'était un signe, *le* signe. Mais les Espagnols avaient freiné, et comment faire sans eux alors ? Tous englués, pauvres souverains, dans leurs calculs, sans voir le ciel. Et comment faire basculer ce monde vers son dimanche ? C'était son destin à lui pourtant, à lui son destin ici-bas : faire passer le monde vers son dernier moment. L'Église redeviendra ce manteau sans coutures. Alors Il reviendra, souriant, étincelant, transparent. Même entre le roi et sa mère, entre le cardinal et le roi, il s'était attelé à briser les murs de séparation, effacer les lignes de discorde, faire oublier les oppositions. Réunir.

Joseph rêve, les yeux plissés. Mais quoi, le diable trop, encore, toujours le diable... et les hommes complaisants à ses susurrements. Le diable les Turcs, le diable les protestants, le diable les complices des huguenots et des Turcs.

Le diable, Joseph le connaissait depuis ses vingt-deux ans, depuis qu'une femme, pendant un banquet libertin, nue, lascive, sous les huées et les rires, s'était jetée sur lui un sourire ignoble aux lèvres. Vingt-deux ans. Il était encore François Leclerc du Tremblay, baron de Mafflier, au temps de l'ancienne vie. Il avait vu le diable et depuis ce jour il n'avait jamais, hormis sa mère, adressé la parole à aucune femme. Il rêvait. Réunir toujours, réunir. La paix dernière, le dernier âge du monde, le roi de France arc de voûte. Mais là, le diable partout, il le voyait déchirant les unions, empêchant les réconciliations. Et les complices grouillants, qu'il fallait reconnaître, déjouer, abattre. Ce que Dieu permet, c'est pour nous l'occasion de prouver notre foi. Tous ces combats interminables. Le mal toujours renaissant, le démon partout actif, perpétuellement pour éprouver la ferveur. Se battre, se battre par tous les moyens se battre. Faire triompher Dieu, la religion, l'Église. Richelieu, lui, ne voit qu'une seule chose : tenir bon, déjouer les complots, deviner le mieux offrant.

Alors de quoi rêvent-ils, en cette nuit d'automne 1633, devant le feu ?

– Ézéchiel, Ézéchiel...

– Je vous écoute, monseigneur.

– Que vous apprennent alors vos petits capucins ?

Les capucins, ce maillage de capucins sur toute la France, particulièrement au Languedoc, dans le Poitou, cela avait été la grande réussite du père Joseph. Les missions autorisées par le pape, par dizaines. On faisait grouiller dans les cités protestantes des poignées de capucins qui confessaient, espionnaient, recoupaient les informations, convertissaient, calomniaient, rapportaient. Pendant que ses filles du Calvaire, bien cloîtrées, priaient à en mourir pour le succès de ses calculs compliqués, ses capucins sillonnaient, interrogeaient. Ces ombres grises glissantes, avides, affairées dans les villes. Une police efficace, discrète, redoutable : la police séraphique.

– On réclame votre secours.

– Qui donc ?

– Les capucins de Loudun, si vous saviez...

– Loudun, encore Loudun. Cette ville, Ézéchiel, n'existe déjà presque plus, coupe Richelieu d'une voix lasse. Son château est à terre. Le donjon même est tombé.

– Ce qu'il y reste d'authentiquement catholique réclame notre secours.

– Expliquez-moi.

Joseph percevait des appels. Il avait eu ce frisson particulier en parcourant les papiers que Laubardemont lui montrait. Cette invasion des diables, puis leur repli soudain, c'était le signe. Il fallait une intervention supérieure. Mais il faudrait convaincre, faire comprendre la coïncidence de la raison d'État et de la raison d'Église.

– Le curé de Loudun a pactisé avec le diable.

– C'est donc cette affaire qui vous occupe. Mais enfin la possession a pris fin, je crois.

– Apprenez donc que Grandier a gêné tout autant qu'il a pu la destruction des murs. Apprenez aussi qu'il fut l'auteur de ces lettres autrefois qui vous ont insulté.

– La *Lettre de la cordonnière* ?

– Oui, ce pamphlet ignoble contre Votre Grandeur.

– Ézéchiel, Loudun n'existe plus.

– Aujourd'hui encore une fois la raison d'État et la raison d'Église exigent en chœur de faire juger cet homme qui s'est opposé à votre politique, qui a possédé les vierges de Loudun. En condamnant son prêtre, on condamnera une ville aujourd'hui infestée de huguenots. Pensez, monseigneur, à votre ville, elle n'en paraîtra que plus pure.

Richelieu demeure silencieux longtemps. Il pense et le feu crépite.

– Nous en parlerons au roi.

Salle du Conseil royal, le 30 novembre 1633. Une salle immense ornée de grands tableaux de chasse et de guerre. C'est une journée d'automne triste et fade, pourtant la lumière est forte dans la pièce, soutenue par les dorures, le blanc parfait des stucs, multipliée par d'immenses miroirs. Une grande table de chêne ouvragée, placée au centre, qu'entourent de lourds fauteuils en bois sculpté. Tout ici est impeccable. Face à face se tiennent le père Joseph, dont la robe de bure détonne ici, et le cardinal en rouge. Puis viennent Laubardemont et le chancelier Séguier. Enfin le surintendant Bouthillier de Chavigny et le secrétaire d'État Phélypeaux de la Vrillière.

Le roi arrive, annoncé. Ils se lèvent tous pour saluer, faire la révérence. Il s'assied en bout de table, raide, puis prend la parole avec ce bégaiement qui mettait chacun mal à l'aise :

– Messieurs, je vous ai convoqués à ce Conseil pour examiner ensemble une seule affaire, qui me tient en grande inquiétude. Vous savez le prix que j'attache à ce que notre religion catholique ne se trouve pas offensée dans mon royaume. Monsieur le cardinal, exposez-nous plutôt le cas.

– Mon très révéré roi, messieurs, l'affaire en jeu concerne des territoires qui nous sont chers. Vous n'ignorez pas que je fais bâtir, avec votre soutien, une ville nouvelle : Richelieu, qui sera un exemple de fidélité, de respect, d'ordre. Le Poitou, qui s'est laissé envahir par la prétendue Réforme, a bien besoin de cet exemple. Ce pays nous a donné du mal : on s'y est battu pour soutenir notre foi catholique. À Loudun, on s'entretuait dans les ruelles. La paix revint. Je vous rappelle que nous avons donné commission à M. de Laubardemont, ici présent, d'abattre les citadelles de Loudun, ce dont il s'est parfaitement acquitté. L'automne dernier, une légion de démons s'est abattue sur le couvent des Ursulines. Le diable, messieurs, a investi Loudun. Pendant tout un automne.

Séguier l'interrompt presque :

– Mais qu'attend-on de nous ? La possession ne regarde-t-elle pas l'Église ? L'archevêque de Bordeaux n'y a-t-il pas mis bon ordre cet hiver ?

Le cardinal le reprend avec une rudesse agacée :

– Ne soyez pas, monsieur le chancelier, aussi prompt à conclure. Quand les démons incitent à écrire des libelles contre notre politique, quand ils encouragent l'hérésie, l'État est menacé ! La puissance publique doit se porter au secours de Loudun.

– Grandier est prêtre, il relève de la justice d'Église, réplique Séguier.

La veille, Richelieu avait parlé au roi en privé, il n'eut pas de mal à le convaincre. Son propre secrétaire, Michel Lucas, l'avait déjà prévenu contre Grandier. Sa Majesté avait roulé de grands yeux effarés :

– Alors les démons habitent leur corps, comment cela se ressent-il ?

– Ils se logent, avait répondu le cardinal, en divers endroits qu'ils agitent de manière extraordinaire. Ils parlent, usant de la bouche des possédées comme d'un canal pour déverser les immondices. Ainsi une vertueuse ursuline se transforme soudain en un corps agité de folles convulsions et prononçant d'impossibles turpitudes.

– Cela doit être un bien étrange spectacle à voir. Croyez-vous que... ?

– Impossible, Votre Grandeur en serait insultée, car le diable se livrerait devant vous à des postures immondes auxquelles on ne saurait assister sans en être outragé.

– Tiens donc..., avait fini le roi d'un air rêveur.

Le père Joseph se lève, appuie ses longues mains grises sur la table pour dire :

– Sire, messieurs les ministres, monseigneur, vous savez qu'il a été dit que la lutte contre le démon ne pourra prendre fin qu'avec les derniers jours du monde. Mais dans cet interminable combat, il nous faut remporter quelques victoires pour plaire à Dieu et soutenir notre courage.

À quoi le roi répond :

– Je vous donne raison, père Joseph. Il faut connaître si ce prêtre est sorcier ou simplement débauché. Monsieur de Laubardemont, vous conduirez l'enquête avec la rigueur dont on vous sait capable.

Le Conseil du 30 novembre est levé, on s'incline bien bas. Laubardemont repart avec une lettre lui confiant

l'instruction de l'affaire, le nommant commissaire spécial. Il lui est demandé de revenir sur la chose jugée, de
reprendre les anciennes accusations de libertinage et de
luxure, qui prenaient une autre profondeur quand on les
rapprochait de la possession de l'automne.

Au MÊME MOMENT, Grandier, à Loudun, part porter un peu loin à un mourant les derniers sacrements. Sur le chemin, il pense à la douceur de Maddalena. Il avait eu peur de la lassitude des plaisirs et il avait eu tort. Quelque chose entre leurs corps s'est installé doucement, une vibration exacte qui dure. Il tourne dans sa tête son prochain sermon, invente des formules. Tout virevolte dans l'air vif de cette fin de matinée, il se veut heureux de marcher dans le vent et les arbres. La nature pourtant lui semble un peu lugubre.

Maddalena. Grandier passe désormais l'ensemble de ses nuits avec elle. Maddalena ne réclame rien, elle jouit de tout. Ils ont fait de l'amour leur rituel, une prière lente des corps chaque nuit. La douceur de sa peau le rassure. Dès qu'ils sont couchés, elle réclame d'une voix presque autoritaire : « Caresse-moi. » Lui l'appelle « ma fabuleuse », recouvrant de ses mains ses fesses et ses seins. Elle était dans l'amour abandonnée, elle sentait en elle désormais les vagues de chaleur qui traversaient son corps, elle les respirait toutes. Elle ondule comme une mer, les yeux clos, la bouche ouverte. Et il sent la contraction des cuisses, les mouvements saccadés, son souffle court. Et quand il avait joui et qu'il restait en elle, il adorait la force urgente, intense de ses mains au moindre mouvement pour le retenir, qu'il ne bouge pas, qu'il reste là, planté, fiché en elle. « Ne bouge pas, surtout pas s'il te plaît. » Elle enfonçait ses ongles pour qu'il demeure ainsi. Et lui gardait sa tête dans ses cheveux longtemps. Il aime la voir dormir au matin quand un peu de jour entre par la fenêtre. Qui faut-il remercier vraiment d'avoir dessiné cette bouche, la perfection des cils ? Il voyait dans la nuit parfois son bras gauche s'élever, sa main tourner, et l'autre main frôler longuement, en montant, descendant, ce bras qui tendait vers le ciel un appel muet. Maddalena, je t'aime.

LES ENNEMIS du prêtre savourent leur triomphe. Ils ont préparé la scène : c'est au moment où il rentre pour dire la messe, sur la place Saint-Pierre, qu'il est arrêté. Le 16 décembre 1633. Grandier aurait dû se méfier, mais à quoi bon ? Se serait-il enfui, et où encore ? Il y avait Maddalena, le dessin de la joue de Maddalena. Un soir, il y a longtemps, elle avait mis du rouge aux lèvres, ce qu'elle faisait si peu. Elle avait mis du rouge, cette blessure parfaite l'avait transpercé, et s'il avait pu prendre sur ses lèvres un peu du sang parfaitement dessiné là, ce rouge qui l'avait blessé. Mais comme elle était belle. Sa beauté lui faisait mal : l'exposer au temps qui passe, mais comment retenir, et être belle à ce point ? Il avait évité de la regarder, il avait beaucoup parlé, il avait tenté d'oublier, en parlant, oublier ses yeux, son visage et ses lèvres. C'était il y a longtemps. Maddalena, je t'aime.

Laubardemont est là, raide, froid, ce matin de décembre 1633, en manteau noir, accompagné de quelques archers qui forment un premier groupe près de l'entrée de l'église. Un peu plus loin se tient Trincant avec quelques complices

(Menuau, Hervé, Adam). Ils composent le second groupe, goguenard, insolent, hilare.

Laubardemont a un air sinistre, platement sinistre de qui veut faire seulement son travail, aller vite. Il n'y a plus aucune trace, dans son regard, de l'obséquiosité un peu visqueuse que Grandier lui connaît d'ordinaire et qui fait que, tout en acceptant ses témoignages de respect et d'amitié, le prêtre ne pouvait s'empêcher de mépriser un peu cet homme. Laubardemont est devenu sec, catégorique, brutal. Il prononce un « Monsieur, il faut nous suivre » qui n'est pas sympathique, ne laisse pas deviner que les deux hommes avaient pu un jour se déclarer amis, se faire des politesses. « Monsieur de Laubardemont, vous êtes bien matinal. Ne voudriez-vous pas plutôt suivre la messe que je dois donner, et faire ainsi devoir de bon chrétien ? » Grandier avait ce ton badin, presque léger qui lui venait dès qu'il se sentait en danger. Il ne pouvait s'empêcher d'être un peu spirituel. Laubardemont ne prend pas la peine de répondre. Il fait un signe à deux archers qui lui saisissent chacun un bras. Grandier prononce d'une voix assourdie par la colère froide : « Ne me touchez pas, cet habit que vous empoignez, il signifie notre Seigneur. Je vous suivrai, je suis sûr du secours de mon Dieu. » Les archers, vaguement inquiets, lâchent prise, se tournent indécis vers le commissaire, lequel simplement dit : « Allons-y maintenant. »

Une voiture sombre attend sur la place, deux chevaux noirs attelés. Les archers et leur prisonnier s'y engouffrent.

Laubardemont a déjà pris le chemin du presbytère, cette fois accompagné des autres, de l'avocat du roi, du gendre de Mesmin, du lieutenant criminel, et un archer quand même. Ils se dirigent droit aux appartements de Grandier. Jeanne d'Estièvre est là. Elle a l'habitude d'attendre son fils après la messe du matin, pour lui donner son linge, converser et donner ses conseils. Maddalena, elle, est partie réconforter des pauvres.

– Messieurs, qui vous permet ?

– La justice du roi, madame.

– Je ne vois là aucun juge, je ne vois que des ennemis. Et que venez-vous faire ? Mon fils n'est pas là, que lui voulez-vous encore ?

– Votre fils, madame, est parti entre deux archers pour la prison d'Angers, nous sommes autorisés à saisir ses papiers.

– De quel droit ?

– Ordre du roi, madame. Poussez-vous donc !

Laubardemont fait signe à l'archer qui saisit brutalement la vieille femme par le bras. Il l'immobilise tandis qu'ils entrent dans les appartements du prêtre. Laubardemont ne peut s'empêcher de faire un peu de théâtre, ici s'écriant : « C'est donc là la maison du péché, l'antre de tous les démons, la demeure du vice. » Puis il s'assied face au bureau du prêtre, commence à faire l'inventaire au greffier de l'ensemble des documents dont il prend possession, avec des éclats de voix parfois : lettres de D'Armagnac, attestations de prêt, un exemplaire de la *Lettre de la cordonnière*, poèmes obscènes. Ils trouvent le manuscrit sur le célibat des prêtres, qui leur fait pousser des grands cris de scandale.

Ils prennent tout, emportent tout. Jeanne d'Estièvre a beau crier qu'il y a là des papiers qui lui appartiennent, des titres précieux dont elle a grand besoin, ils prennent tout. Tout pourra servir.

APRÈS ce premier acte, Laubardemont procède méthodiquement. Il sait d'expérience que, dans ces matières, pour obtenir des résultats il faut aller vite, frapper fort, les demi-mesures ne servent à rien. Il recommence l'instruction de 1630, à sa manière. Ce ne sont plus, comme avec Trincant, des incitations sournoises, du débauchage mesquin. Laubardemont a une liste des ennemis, des envieux et des lâches parfaitement respectables qu'il convoque. On laisse de côté les gueux qu'on était allé chercher autrefois dans les tavernes. Laubardemont ne veut que du beau monde.

Il a installé un bureau des plaintes dans une pièce de la maison où il loge, pas loin de la place Saint-Pierre. Tous les matins il reçoit, accompagné d'un greffier, dans une pièce étroite, sinistre, meublée d'un seul bureau, de deux chaises et d'un crucifix noir cloué au mur.

Pour rendre les révélations plus faciles, nombreuses, nourries, le commissaire fait faire un monitoire. Pendant plusieurs semaines, les capucins et les carmes se déchaînent dans les églises, accusant Grandier des vices les plus atroces, exigeant des témoignages. Le commissaire obtient par ce moyen des dizaines de dépositions. Quelques fidèles inquiets se disent qu'à défaut d'échapper aux tourments éternels en cachant ce qu'ils savaient, peut-être pouvaient-ils s'assurer le salut en disant ce qu'ils ne savaient pas. C'est qu'ils ont bien senti dans l'exaltation des frères prêcheurs que ce qui compte surtout, c'est d'accuser le prêtre. Beaucoup croient ainsi faire leur devoir en lançant des accusations vagues, affirmant qu'effectivement ils ont bien entendu raconter ceci un jour ou cru voir cela un autre. Ces dépositions sans valeur créent une ambiance. Quant aux autres, quant aux accusateurs de 1630, les mêmes qui s'étaient rétractés en 1631 devant le présidial de Poitiers, Laubardemont les fait revenir pour leur signifier que la culpabilité du prêtre étant devenue désormais raison d'État, ils ont plutôt intérêt à se montrer coopérants. On voit ainsi repasser Meschin, Moussaut, Mannoury et les autres. Mais enfin ils sont applaudis en sortant, un groupe de trois à quatre personnes, toujours en place se tenant tous les matins à la porte, louant chacun de participer à la gloire du roi et de l'Église.

Quelques témoins ont bien tenté de se présenter devant Laubardemont pour défendre le curé, son honneur, sa vertu. Des proches du bailli, de Maddalena ou les frères de Grandier ont évoqué son héroïque dévouement au plus fort de la peste, alors que tous ses pleutres ennemis s'étaient réfugiés à la campagne. Non seulement on ne reçoit pas leurs dépositions, mais Laubardemont crie au scandale, les accusant de complicité et de lâcheté. À l'entendre, leur comportement insulte la justice. Ou alors, il les traite de corrompus. Le bailli de Loudun condamne haut et fort ces pratiques, s'indigne, mais il a les mains liées. Laubardemont agit en vertu d'une commission supérieure. Le bailli représentait l'État, le commissaire, lui, est la raison d'État.

Une fois que le commissaire s'est constitué une collection suffisante de témoignages tous aussi accablants, il passe à la seconde étape : le couvent des Ursulines. C'était là que la condamnation à mort devait trouver ses plus puissants motifs. Que Grandier fût un débauché était une chose, la sorcellerie constituait un péché bien plus mortel encore. Il avait évité de s'y rendre au moment de la première possession, alors même que Jeanne des Anges était une de ses parentes par sa femme. Le roi ne paraissait pas y croire. À la cour, on avait permission d'en rire ou de s'en scandaliser, on avait même entendu Richelieu prononcer des paroles sévères contre ces bacchanales qu'il jugeait dégradantes.

Mais depuis la lettre des capucins et les certitudes du père Joseph, les contorsions des jeunes moniales avaient changé de statut : ce n'était plus les facilités lascives et un peu vicieuses que s'accordaient des jeunes filles ennuyées, mais la manifestation de puissances diaboliques qui mettaient la ferveur catholique à l'épreuve. On reconnaîtra bien alors les authentiques chrétiens : ceux qui s'inclineront devant le triomphe de Dieu quand Il permettra l'expulsion des diables. On verra bien alors aussi les chicaneurs, les hérétiques recouvrant tout de signes de fausse intelligence : ils clameront que tout cela n'est que théâtre et foire.

Dans le couvent, tout n'est que découragement et tristesse. Le commissaire se présente un matin de janvier 1634 et demande à la sœur tourière s'il peut visiter sa parente. Jeanne met du temps à venir, tandis que l'ursuline au seuil demeure murée dans un triste silence.

Au mois de décembre 1632, avec la fracassante sortie des diables, avait commencé pour les ursulines ce temps d'humiliation et d'abattement, après les grandes agitations. Les familles de Loudun eurent tôt fait de retirer leurs enfants d'un couvent dont elles devaient se dire qu'il était tenu, au choix, par des possédées du diable ou des folles hystériques. L'une ou l'autre solution rendait le lieu infréquentable. Cette désertion massive et soudaine des pensionnaires eut un effet immédiat : les rentrées d'argent ne se faisaient plus, la viande, le bois et le linge manquaient. Plus personne ne les secourait. Les ursulines tout juste faisaient l'objet de moqueries dans les tavernes où on mimait les postures lascives, on appelait « Ursule » tout ivrogne aux gestes désordonnés, et dire d'une femme qu'elle avait « fait son ursuline » signifiait qu'elle s'était prêtée aux débauches les plus excentriques. On doit redire ici que Mignon (mais se sentait-il aussi un peu responsable de ce désastre) manifesta un dévouement admirable. Il faisait le tour du clan Trincant pour quémander des fagots, des jambons, des navets, et on le voyait, claudicant, monter la rue du Paquin le matin tôt pour porter aux religieuses ce qu'il avait pu obtenir. Cela permit au moins de ne pas mourir de froid, de faim. Mais l'âme demeurait prise par la glace de l'humiliation, de la défaite. Les sœurs osaient à peine parler entre elles, se regarder. Que tout s'achevât ainsi dans le déshonneur et la honte était pour Jeanne une source de rage infinie. Plus personne ne venait au parloir.

Laubardemont attend. Enfin sœur Jeanne apparaît derrière la grille.

– Ma mère, je suis bien heureux de vous voir.

– Que Dieu vous ait en Sa sainte garde, pour quelle raison venez-vous voir votre parente ?

– Je trouve le temps enfin de m'enquérir de vous. Comme vous l'avez peut-être appris, je suis venu de nombreuses fois à Loudun, et depuis plusieurs années déjà. Mais impossible alors de prendre le temps d'une visite. C'est que je me suis battu, battu pour imposer ici la décision du roi de détruire le château. La lutte m'occupait chaque seconde. Et savez-vous seulement contre qui ? Contre le curé de cette ville, Urbain Grandier, qui contestait chacune de mes décisions, chacun de mes partages, mettant mille embarras chaque jour à l'avancée de l'entreprise. Imaginez-vous seulement cela, ma mère, un prêtre catholique qui s'est fait pendant deux années le complice des huguenots !

Le nom sans doute la fait tressaillir un peu, mais ce frisson s'achève en de très longs soupirs. Elle demeure silencieuse, comme absente. Il change un peu de ton.

– Ce que j'ai à vous dire maintenant, ma mère, est capital, je vous demande de bien m'entendre. Je suis donc revenu, revenu mais pour autre chose. Pour vous rendre pleine justice. Les forteresses n'existent plus, le donjon n'existe plus. Je suis revenu désigné par le roi, et j'ai l'entière confiance du cardinal, les encouragements du père Joseph. Je suis venu pour confondre Grandier au grand jour, faire la démonstration éclatante de ses turpitudes d'abord, mais surtout de son état de sorcier.

– Savez-vous, monsieur mon parent, seulement qui il est ?

– Je sais, chère mère supérieure, et je connais le mal dont vous avez été frappées à l'automne. J'en connais aussi l'étrange résolution. Et je n'ignore pas quel coup diabolique ce fut de laisser croire que tout était terminé, afin de vous faire humilier davantage.

– Vous imaginez mal ce que nous avons souffert. Avoir subi ces vexations, nos corps martyrisés, nos âmes torturées... Et on nous accuse aujourd'hui d'avoir joué la comédie.

– Alors que rien n'est fini. N'est-ce pas que rien n'est fini vraiment ?

– Voulez-vous savoir comment nous passons nos journées ? Nous passons nos journées à lutter. Par des prières, en affliction, et à nous lacérer le dos par la discipline, en demandant à Dieu ce que nous avons pu faire pour avoir enduré de telles épreuves.

– Mais si, pour la gloire...

– La gloire, quelle gloire, la gloire de se voir traiter de farceuses ?

– Je sais qu'il a lâché mille diables dans vos corps, je sais que les démons chez vous grouillent à bas bruit. L'archevêque de Bordeaux s'est laissé prendre à leurs ruses, au simulacre du départ. Mais si Dieu permet ainsi qu'ils demeurent, c'est pour rendre leur sortie plus éclatante, et publiquement vous rendre aux honneurs de la pureté et de la justification. Car le temps est venu, cette fois oui, le temps est venu pour que l'expulsion des diables mette tout le peuple à genoux et en pleurs.

Il se fait un long silence, une lueur trouble tremble au

fond du bleu des yeux de Jeanne. Elle demande d'une voix détachée :

– Que faut-il donc ?

– Déjà accepter de déposer vos témoignages, je les prendrai moi-même avec rigueur, piété et respect. Et puis ces diables assoupis, faiblement remuant au fond de vos ventres, il faut les laisser se réveiller, les laisser renaître. La justice du roi sera auprès de vous pour manifester que vous étiez victimes.

Jeanne sourit faiblement. Elle se lève sans un mot, fait un signe de tête à travers la grille du parloir, et s'éloigne à pas lents. Le commissaire le lendemain revient avec un greffier, et prend les dépositions de sept moniales assurant qu'elles avaient effectivement été possédées, que Grandier était personnellement venu les surprendre et les prendre, auréolé d'une lueur rouge, dans les nuits de l'automne 1632.

APRÈS avoir rassemblé cette première collection de dépo-sitions, Laubardemont se rend au château d'Angers les opposer au prêtre. Il n'attend pas grand-chose de cette première confrontation. Mais enfin c'était la procédure. Grandier récuse tout, demeure muet. Il reconnaît seulement avoir écrit le *Traité contre le célibat des prêtres*.

Tout le temps que le commissaire l'interroge, qu'il lui tourne autour comme un mauvais corbeau, Grandier pense à Maddalena. L'ovale de son visage, l'élégance naturelle que lui donnaient ses grands cils, est-ce que c'était de la tristesse après tout ce très fin rideau noir qui lui tombait sur le regard ? Le commissaire parle, énumère les témoignages, accuse, exige que le prêtre produise des preuves contraires, menace. Grandier se tait. Il faisait froid, il avait faim, on le traitait si mal dans le château d'Angers. Il se disait : Mais quand je reverrai Maddalena, je lui dirai : « Par toi seule j'ai compris ce qu'on appelle amour », la joie qu'il aurait simplement de la voir, ce que c'est qu'être deux, sentir son corps. Et l'autre commissaire qui lui tourne autour, calculant, et l'assurance de sa force haineuse. Maddalena, *« Je suis ton destin »*, mais où avait-il lu « *Ton plus précieux soutien, ton point d'effondrement* », « *Je suis ta damnation et ton salut* ».

Le commissaire revient d'Angers comme il était venu. Grandier n'a rien dit.

De là, Laubardemont repart pour Paris, le lendemain. Il y avait menace. Jeanne d'Estièvre s'était démenée, les frères Grandier aussi : les requêtes s'étaient multipliées, à ce point que le Parlement pouvait, à force, accepter de regarder l'affaire et écarter Laubardemont pour impartialité. Le commissaire savait que, comme il avait voulu aller vite, il ne s'était guère embarrassé de procédures. Pouvait-il être dessaisi ? Le clan Grandier y travaillait. Il faut dire que les motifs étaient énormes : parent de la supérieure des Ursulines, réquisition forcée de témoignages à charge, amitié avec les ennemis déclarés du prêtre... Il fallait à Laubardemont une commission plus franche encore, plus tranchée, nette, éclatante. De quoi museler définitivement les arguties, empêcher les nouvelles requêtes qui pullulaient, faire taire les critiques. Et que le théâtre enfin commence. Il avait déjà les pleins pouvoirs d'action, il lui fallait encore l'assurance de l'impunité.

Il l'obtient. Louis XIII rédige un décret empêchant toute requête.

L E SPECTACLE allait pouvoir commencer. Laubarde-mont a mis au point son plan, défini des étapes, il se frotte les mains d'avance. On allait bien le remercier. Les félicitations de Richelieu, du roi lui-même, le Roi Très Chrétien. Il irait loin, tous le craindraient, on parle-rait partout de lui comme du serviteur le plus efficace, le plus redoutable, le plus habile, le plus zélé. Il tient à sa légende noire.

Il fait revenir Grandier à Loudun, le fait enfermer dans une méchante bâtisse, immense, qui appartient au clan ennemi et qu'on avait préparée pour recevoir ce suppôt de Satan. Grandier est mis dans un bouge, au dernier étage. On a barré la cheminée de grosses barres de fer, car on craint que les démons ne l'emportent à travers le boyau de pierre pour le faire échapper. Les fenêtres sont protégées par de grosses planches clouées qui laissent à peine passer un peu de jour et d'air.

On lui a assigné deux capucins aussi qui font des prières tout le jour pour éloigner les diables, exorcisent la pièce sans cesse et toutes les heures demandent au prêtre s'il veut confesser ses fautes. Devant l'entrée principale, des archers se relaient. La maison est habitée par les époux Bontemps, qui avaient travaillé autrefois pour Trincant. Une mégère atroce et un ivrogne brutal, qui ont l'assurance de la bêtise et la méchanceté des parfaits imbéciles. Ils couvrent leur hôte d'insultes basses, colportent les plus infâmes rumeurs, le nourrissant des restes de leurs propres repas sur lesquels ils crachent copieusement, lui refusant de l'eau, et grognant toute la sainte journée que ce curé leur coûtait cher. Grandier tâche de trouver un peu de patience dans la prière, dans le visage rêvé de Maddalena dont il prononce pour s'endormir le nom doucement. Il demande des visites qu'on ne lui accorde pas, exige d'autres confesseurs qu'on lui refuse.

On le fait un jour sortir, bien encadré par quelques archers et une poignée de carmes hystériques qui exorcisent les pavés et le vent, agitant violemment des croix le long des murs. C'était pour se rendre au couvent des Ursulines pour une confrontation entre les vierges et le pactiseur, que le commissaire avait organisée pour mettre au dossier une pièce de choix. Grandier avait vite fait parvenir dès qu'il avait appris l'affaire une lettre à Laubardemont implorant qu'on fît pour lui comme on avait fait pour saint Athanase qu'une femme accusait de l'avoir abusée : elle eut à le reconnaître entre plusieurs et avait été par là confondue. Mais Laubardemont refusa cette épreuve, la jugeant déshonnête, insultante pour les moniales.

On a donc réuni sept sœurs, les sept très officiellement possédées d'après les procès-verbaux du mois de janvier, on les a fait venir dans la chapelle du couvent. Elles sont arrivées en fin de matinée, amenées depuis leurs demeures respectives, car entre-temps Laubardemont, tenant à res-

pecter quelques formes, les avait séparées, « séquestrées »,
tout en prenant soin de les loger chez des ennemis recon-
nus du prêtre. Adam était passé les voir toutes assez tôt,
leur administrant juste assez, sous prétexte de les soigner,
de ses liqueurs pour les rendre un peu fébriles quand
même. Elles allaient donc voir le maître des diables, elles
allaient voir leur visiteur tel que la supérieure l'avait
désigné, celui qui guidait leurs doigts et désarmait leur
conscience, celui qui avait envoyé l'impureté dans leur
ventre, qui leur faisait insulter la Vierge et Dieu, montrer
leurs jambes, découvrir la langueur des soupirs. Elles
allaient voir un magicien, un ennemi de Dieu.

– Mes sœurs, reconnaissez-vous ici présent celui qui
vous persécute depuis si longtemps, trop longtemps ?

Les sœurs se regardent un peu l'une l'autre, comme si
elles cherchaient à voir qui allait commencer, et puis après
quelques secondes elles inclinent la tête lentement, en sym-
phonie. Surtout, elles ne l'avaient pas imaginé avec des
yeux si fatigués. C'était donc là leur sorcier, leur amant
diabolique. Elles étaient déçues certes, et confirmées aussi
car le commissaire leur avait annoncé le matin que c'était
toute la ruse du diable de décevoir pour mieux attendrir,
mieux surprendre, mieux attacher. Donc elles sont désap-
pointées un peu, mais trouvent dans cette déception même
la vérité de leur état. Jeanne des Anges seule le fixe de ses
yeux bleus et fous.

Grandier s'adresse à elles d'un ton humble.

– Mes sœurs, comment pouviez-vous prétendre que
c'était moi, moi qui venais la nuit – vous me voyez aujour-
d'hui pour la première fois ?

Elles demeurent silencieuses en regardant leurs pieds.

Jeanne garde la tête droite, elle regarde un persécuteur, elle regarde un ennemi. Était-ce le même ? Grandier voit la bosse, il interroge les yeux de Jeanne, il se dit : Elle me regarde sans me voir. Elle frémit de rage : Pourquoi me regarde-t-il comme s'il me demandait : « Alors, ose dire que c'est moi », quelle audace, quelle prétention, lui qui s'est vautré dans mon lit une nuit d'automne, moi sûr que je le reconnais, je le connais même d'avant. Elle lève lentement le bras et pointe un index sûr devant elle, déclarant : « C'est lui, c'est bien lui. »

O<small>R</small> ils s'étaient vus avant ? Jeanne ne mange presque plus depuis plusieurs semaines, elle ne tient que par les drogues de l'apothicaire Adam, qui lui prépare des fortifiants et spécialement des lotions qui la disposent aux exorcismes. S'étaient-ils vus ? Je veux dire avant, avant même qu'il n'ait fendu les murs en septembre 1632, mais là c'est vrai que la nuit était noire. Or tout à l'heure elle avait bien reconnu ses lèvres et ses yeux. Elle l'avait reconnu ! S'étaient-ils vus quand jeune encore elle prenait possession du couvent au milieu des années 1620 ? S'étaient-ils vus quand elle avait encore sa peau de pêche et les lèvres un peu roses ? Impossible ?

Dans la nuit qui sépare la confrontation avec les ursulines de l'exorcisme pendant lequel le démon à travers elle dévoilera les points d'insensibilité de son maître, un souvenir lui est, dans cette nuit-là, revenu, un souvenir net comme une lame. Comment avait-elle pu l'oublier ? Dans la nuit ou au petit matin elle se souvint soudain. Cela devait être en 1626 ou 1627, allez savoir, elles n'avaient plus de confesseur alors, le chanoine Meyssier était mort et elle était sortie. Sortie, comment sortie ? Et son vœu de clôture alors ? Elle avait dû prendre un air mystérieux pour la sœur tourière et dire qu'elle devait avoir un entretien avec le père Joseph. Dès que ce nom était prononcé, cela suffisait à imposer le secret, installer le mystère, suggérer la défense d'intérêts supérieurs de l'Église, propres à briser les anciennes promesses, rompre tous les serments devenus, sous son invocation, secondaires. Le souvenir net, tranchant comme une lame : elle est au presbytère, une grande pelisse noire sur les épaules, avait-elle gardé la large capuche ? Elle est au presbytère. La rue du Paquin était vide, personne ne l'a vue sortir, personne ne la verra rentrer tout à l'heure. Il est assis à son bureau, il a des cheveux ondulés, des yeux bruns et rieurs, il est en chemise, il a des mains nues qui caressent l'air quand il parle, il a des lèvres un peu épaisses et les dents blanches. Elle reste debout. Elle est sortie de son couvent, elle se retrouve seule avec un homme en chemise.

– Vous avez dû certainement recevoir ma lettre, je l'ai fait porter hier au soir.

– Votre lettre, ma sœur, oui, je l'ai lue ce matin. Je n'ai pas répondu.

– Quelles difficultés voyez-vous à venir nous confesser ?

– Pas de difficulté particulière, simplement le temps manque, entre les mariages, les enterrements, les baptêmes, et toutes les femmes de Loudun à confesse, je ne peux me charger davantage.

– Laisserez-vous toutes ces filles sans défense ?

– Votre virginité, votre sainteté, votre solitude vous protègent. Les tentations sont peu nombreuses entre vos prières, vos travaux, vos leçons et vos messes.

– Vous savez le risque que j'ai pris en venant personnellement vous voir ?

– Je le mesure, je vous trouve courageuse d'accepter de vous retrouver seule devant un homme en chemise.

Et il avait ri, ri, ri, elle s'était enfuie alors. N'était-ce pas après cette visite qu'elle était tombée tellement malade et qu'elle eut de la fièvre ? Était-ce le début de l'envoûtement ? Les visites interminables au parloir, quand elle essayait de savoir, c'était après ce jour ? Les flagellations multiples, c'était après, le malheur et la chute, c'était après. Est-ce que c'est là alors que tout avait commencé ? Est-ce qu'il avait déjà pactisé en cet après-midi où il était en chemise et se passait la main dans les cheveux ? Mais pourquoi alors n'avoir pas accepté, cela lui aurait permis d'être chez elle tous les jours ? Il avait les yeux du diable, les lèvres du diable, les mains du diable. Mais avait-elle seulement vécu ce jour ?

JEANNE des Anges arpente faiblement son couvent vide, soutenue par deux carmes. Si faible, elle ne mange presque plus depuis de longs jours, d'interminables semaines. Tout a recommencé en elle, ce tintamarre des diables, les insultes dans sa bouche. Ils sont revenus les démons, c'est comme il avait dit, le commissaire. On est allé la prendre dans la maison d'un cousin du maire de la ville, où elle est logée seule. Mon couvent, se disait-elle, mon couvent déserté, ma mission du Poitou, et ces dizaines de diables qui vont d'un corps à l'autre. Pourquoi l'a-t-on fait venir ? Un carme vient la chercher, lui dire qu'on l'attend dans la chapelle, sa chapelle. Les pères Mignon et Barré se trouvent là déjà, étole violette autour du cou, marmonnant des prières. Autour d'eux quelques frères prêcheurs diffusaient de l'encens. Elle sait qu'il faut recommencer, elle tremble, mais elle est prête.

Cela doit recommencer. Au milieu, on a fait poser son petit lit de fer. Elle va s'y coucher, toujours pareil, presque une somnambule, ma mère voulez-vous qu'on vous attache, non ce ne sera pas nécessaire, mais vous pourriez vous faire du mal, non je vous dis ce sera bien ainsi. Il y a la litanie des saints, ces noms épelés en cascade, elle s'abandonne à cette énumération, elle aurait pu elle aussi répéter Silvestre, Grégoire, Ambroise priez pour nous, Augustin et Jérôme, les prières et le *Credo* tout cela faisait dans sa tête des vagues. Non vraiment, quand est-ce que cela exactement commençait, qu'elle s'entendait grogner, que des ricanements lui venaient, c'était toujours au psaume cinquante-trois, *alieni insurrexerunt adversum me*, c'était le signe, les exorcistes le savent bien qui à ce point se regardent et paraissent attendre, et vraiment là ses lèvres susurrent « méchant prêtre », et dans l'oraison suivante elle explose de rage, de colère et de vie. Le démon s'est rendu disponible, il éructe, parle, profère ses obscénités coutumières, habituelles. Laubardemont entre sur scène, accompagné de son sempiternel greffier, il écarte les exorcistes qui lui soufflent : « C'est Asmodée, Asmodée ! »

Le commissaire se plante donc devant Jeanne, dont le visage violacé tremble de haine, d'envie : « Asmodée, seigneur de Baator, serpent entre les serpents, dis-nous, dis-nous où se trouvent les marques du démon, où Satan déposa sur le corps du magicien ses baisers maléfiques ? »

Oui c'était bien le démon de la luxure, car il hurla par la bouche de Jeanne : « *In duobus natibus et in testiculibus.* » « Notez, ordonna le commissaire d'une voix sombre, prenez bonne note des fesses et des testicules. »

MON DIEU, j'ignore à peu près ce qui m'arrive mais je suis bien disposée encore à Vous servir. M. de Laubardemont, mon parent, me conseille les voies qui devraient assurer Votre gloire. Toutes ces voix mauvaises qui hurlent en moi, Vous avez sans doute permis qu'elles logent dans mon ventre afin que leur expulsion soit synonyme de Votre triomphe. Quelle épreuve ! Or est-ce donc à cette hauteur que Vous mesurez l'étendue de notre ferveur ? Quel éreintement ces exorcismes auxquels je me soumets pour être Votre servante. Et quand j'entends en moi pousser les cris de haine, les accusations sortir de moi dont le commissaire me prévient bien qu'elles sont nécessaires à notre lutte pour Vous mon Dieu et contre Vos ennemis, ces blasphèmes, ces paroles mauvaises que je laisse se former sur mes lèvres, que j'entends proférer par moi et qui m'effraient moi-même. Mais ma bouche alors n'est plus à moi, je suis Votre obligée et Vous acceptez, je le sais, que je sois l'incarnation des diables afin que publiquement ils soient châtiés, expulsés avec Votre secours. Et cela me fait mal mais je suis prête à tous les sacrifices pour Vous. Vous connaissez la pureté de mon cœur, et si Vous avez pu laisser mon corps devenir le logis des démons c'est pour que les vrais coupables soient trouvés, dénoncés, punis, anéantis, et que les huguenots entendent la puissance de Votre Église. Mais est-ce à ce point nécessaire cette noirceur, ces gestes impudiques, ces paroles immondes, que j'en sois moi la marionnette agitée et soumise ? Votre sagesse sans doute a décidé de tout, apprenez, mais Vous le savez mieux que moi encore, apprenez, ô Vous qui savez tout, apprenez qu'en ces moments je ne consens à rien. Mais ces diables habitent tant les parties de mon corps, mes lèvres et ma poitrine je les sens gargouiller dedans, et je me sens entre leurs mains comme la poupée de chiffon qu'on se lance. Il ne me reste qu'un petit coin d'âme, tout à fait pur et horrifié, et qui se joint à Vous du mieux qu'il peut, pendant que mon corps convulse, que ma bouche prononce ces mots sales. Ce petit coin demeure stupéfait de ce qu'il voit, ce qu'il entend, et s'accroche à Vous mon Dieu. Je Vous assure que d'ici, ce n'est pas beau à voir. Mais c'est ma destinée de servir. Vous n'intervenez pas, mon Dieu, Vous permettez seulement. Vous voyez tout de haut, et Vous voulez mesurer notre ferveur. Je sais que Vos bras armés en cette lutte ce sont mes exorcistes qui m'épuisent, me harcèlent. Vous contemplez mon Dieu ce spectacle, et Vous attendez ma délivrance. Pour me délivrer ils vont réveiller en moi ce qui dort, se tapit, se cache. Je suis mon Dieu Votre victime, la malade éternelle. Monsieur le commissaire m'assure qu'il faut tenir, bien suivre ses recommandations, il paraît que le cardinal s'y intéresse, et le père Joseph soutient notre combat avec la dernière extrémité.

Toute l'Église est avec moi, je suis l'Église, sa justification et sa gloire. Le commissaire mène cette lutte dont je suis le théâtre misérable, atroce, mais glorieux j'en suis sûre. Ô mon Dieu, quelle pauvre tête il avait ce prêtre satanique, on l'aurait presque cru malade, et si pâle encore, quelle pauvre tête, ah ils se dissimulent bien. Mais je ne me suis pas laissé tromper, j'ai bien vu la lueur, là j'ai cru défaillir il a signé, mon Dieu, il a signé le pacte, il avait une flamme rouge qui lui dévorait les yeux par instants. J'ai tout vu, non je ne me laisse pas tromper. C'est lui, c'est mon ennemi, c'est Votre ennemi, mon Dieu.

L ES INQUISITEURS depuis la fin de la Renaissance affirment l'existence de preuves objectives de sorcellerie, des stigmates indiscutables qu'ils appellent les « marques insensibles ». C'est par là qu'on confondait les sorciers. On prenait soin de raser entièrement le corps des individus suspects ligotés nus sur une table, on demandait à un chirurgien dépêché exprès de « chercher ». Chercher, c'est-à-dire enfoncer de longues aiguilles qui faisaient hurler les malheureux, jusqu'à *trouver*, trouver un morceau de corps tout à fait insensible, tellement que de l'aiguille enfoncée il ne ressortait rien. Ni un cri de douleur ni une seule petite goutte de sang.

Laubardemont, accompagné d'un carme, de deux archers, d'un barbier et de l'atroce Mannoury, au sortir de l'exorcisme de Jeanne s'est rendu chez les Bontemps, il a fait s'étendre Grandier sur une grande table, après lui avoir ordonné de se déshabiller. On n'avait donné aucune explication, seulement quelques ordres brutaux. Une fois qu'on l'a ligoté, le barbier le rase en soupirant. Le prêtre a les yeux bandés, il entend Fourneau, le bon Fourneau lui dire : « Mon père, je suis là pour vous raser le corps. Je

POSSÉDÉES

viens contraint. Tâchez de ne pas bouger, je vous prie, je vais procéder lentement. Ne bougez pas, mon père, tout ira bien. » Grandier répond : « Faites votre métier, je vous pardonne bien volontiers, ils sont décidés à tout contre moi mais j'ai le soutien de mon Seigneur qui me rassure au-delà de toute humiliation. » Il entend bientôt derrière lui, alors qu'il est étendu et lié, la voix de Mannoury se plaindre de ce que cela prenait trop de temps. Grandier murmure :

– Monsieur le chirurgien, qu'êtes-vous venu faire dans cette farce encore ?

– Mon travail, avec l'aide de Dieu.

Or Grandier ne peut voir le mauvais sourire jeté à une longue et très fine aiguille dont Mannoury vérifiait sur son pouce la pointe. Quelques carmes commencent à marmonner en agitant des encensoirs. Et puis ce sont, au milieu des prières, les gémissements de douleur du prêtre, parfois ses cris quand le chirurgien met à sa recherche trop de zèle. Une bande sinistre entoure un corps nu, totalement rasé et qu'on perce de toutes parts, corps perlé bientôt de gouttes de sang comme une plaine d'automne parsemée de feuilles rouges.

Fourneau reste debout près de la table, les bras ballants, on a oublié sa présence, mais il n'ose partir sans qu'on le lui ordonne. Il n'ose pas non plus consoler son curé. Il y a un seul moment cependant où il intervient. On avait basculé le corps tremblant du prêtre sur le côté, et Mannoury pressait doucement de l'aiguille la fesse gauche sans obtenir de plainte. Fier, il s'adresse au commissaire d'une voix solennelle : « J'ai trouvé, oui, j'ai trouvé un point insensible, fesse gauche. » « Fesse gauche, notez. » Fourneau alors s'exclame : « Mais enfin, vous avez retourné l'aiguille, vous avez appuyé le bout rond ! »

Il y a un silence un peu lourd. Chacun reste interdit, vaguement gêné. Le greffier, qu'on avait installé sur un petit bureau, tient sa plume suspendue au-dessus du papier. Le commissaire reprend : « Qu'insinuez-vous ici ? » « Eh bien quoi, regardez ! » répliqua le barbier qui se saisit de l'aiguille et l'enfonce à son tour à l'endroit désigné. Un long cri déchirant traverse la pièce.

Le commissaire, furieux, lance : « Sortez, monsieur, sortez ! » Le barbier empoigné par les archers doit sortir. Le travail de recherche tranquillement reprend. On entend à nouveau les prières des carmes, à nouveau des cris, quelques silences aussi, des conciliabules et le crissement de la plume sur le papier. On trouve ce jour-là sur le corps du prêtre de Loudun deux petits carrés sur la fesse gauche parfaitement insensibles ainsi qu'un autre sur le testicule droit. La supérieure n'avait pas menti.

A VAIT-IL cette fois les bonnes cartes en main, assez de procès-verbaux, de pièces justifiantes, accusatrices, de preuves décisives pour faire condamner le prêtre de Loudun aux derniers supplices par des juges lucides ? C'était plus que suffisant. Laubardemont dispose de dizaines de témoignages de luxure pour l'affaire de 1630, il a aussi les dépositions des ursulines et les marques du diable sur le corps de Grandier. Mais il veut plus encore, il désire davantage : un peuple soulevé de colère contre le vice, une foule immense, haineuse, radicale, une cérémonie gigantesque. Pour cela il faut exciter la populace, susciter la ferveur indignée. Il faut des images.

Laubardemont, aux mois de mai et juin 1634, sera l'instigateur, le maître d'œuvre de ce spectacle immense, de cette foire qui fit accourir tant de monde à Loudun. Le grand ordonnateur des exorcismes publics. Il désigne quatre églises, pour servir de scènes : Notre-Dame-du-Château, la chapelle des Ursulines, Saint-Pierre et la volumineuse collégiale de Sainte-Croix. Pendant deux mois, ce sera partout salle comble : les exorcismes s'enchaîneront et on entendra toujours dégosiller sous les voûtes : « Grandier, Grandier », « *Curatus Sancti-Petri* » devant un parterre fasciné. Loudun sera devenue une attraction de choix et on viendra de loin assister aux prodiges. Les spectacles certes ne seront pas tous de qualité égale. Ou plutôt il y aura, bien distincts, deux niveaux. Notre-Dame, Saint-Pierre et la chapelle du couvent n'accueilleront que des ursulines piètrement possédées mais sachant bien leur texte. Leurs cabrioles seront médiocres, les convulsions plutôt maigres, et les arcs de cercle, prenant appui sur la tête et les orteils des nonnes, dessinés par de subites contorsions, un peu aplatis finalement.

Mais au moins là on trouvera toujours un peu de place, et ce sera merveille tout de même que de voir de sages ursulines, dociles et douces quand elles pénétreront dans le chœur encadrées par des exorcistes affairés et sérieux, bientôt cracher l'hostie, entrer en fureur à l'audition des psaumes, vitupérer d'incroyables insanités, déchirer les habits et prendre des poses lascives. Ce sera certes un peu répétitif, les exorcistes aussi sauront leur texte : *Ascende ad partes superiores*, et il faudra que le visage de la moniale vire de couleur, quitte à lui presser un saint ciboire sur le front si le rouge ne vient pas assez vite ; *Contremisce toto corpore*, et l'agitation devra devenir générale ; *Procede in terram*, la possédée s'effondrera sur le sol, jusqu'au *Erige corpus de terra*. Tout sera merveilleusement prévisible, et de cette manière l'exorciste, au nom de l'Église apostolique et romaine, affirmera sa grandeur. On n'imaginera pas ensuite qu'un démon rendu si docile pût mentir, et c'est contraint par la vertu du saint-sacrement qu'il accusera Grandier. On applaudira – du reste ce sera le signe que l'exorcisme prend fin – quand le nom du prêtre, hurlé à tous poumons, résonnera entre de si saints murs.

Alors bien sûr, à Sainte-Croix, ce sera bien autre chose. Ne s'y produiront là que Jeanne des Anges et Claire de Saint-Jean, mais il faudra pour pouvoir assister être devant la porte aux premières heures du matin, ou bien avoir été expressément convié pour des places toutes réservées d'avance par Mesmin de Silly le maire ou bien le commissaire Laubardemont afin d'y placer des invités de choix. Les exorcismes prendront là une intensité supérieure. D'abord bien sûr les convulsions seront impressionnantes, la couleur du visage et des membres y atteindra des violacés improbables et des rouges éclatants. Les arcs de cercle seront parfaits et les tremblements supérieurs. Il y aura événement. Il faut dire, c'est bien normal, que les démons logeant dans la supérieure seront d'une classe d'élite et disposeront d'informations que n'auront pas les autres. C'est ainsi que Balaam produira, ce sera un grand moment, une copie du pacte que Grandier avait signé à Lucifer, et dont la lecture publique fera grande impression : « Mon Seigneur et maître, je vous reconnais comme mon Dieu et vous promets de vous servir pendant que je vivrai et dès à présent je renonce à tous autres, à Jésus-Christ et à Marie, à tous les saints du ciel et à l'Église catholique et apostolique et romaine, et je vous promets de vous adorer au moins trois fois par jour, faire le plus de mal que je pourrai et attirer à mal autant de personnes que je pourrai... Ainsi signé Urbain Grandier de son sang. » On ira vérifier, et on trouvera de fait une petite entaille au pouce du prêtre, qui se récriera qu'il s'était coupé en se tranchant du pain, ce qui sera trouvé rusé mais inutile. Une autre fois, le démon Béhérit promettra de suspendre la calotte du commissaire dans les airs l'espace d'un *Te Deum*. On ne verra rien cependant, ce que le démon expliquera plus tard en disant qu'il avait eu trop de déférence envers le commissaire, même si de méchantes langues assureront qu'un huguenot avait trouvé, et obligé à descendre, un gamin au-dessus du chœur qui tenait un fil de lin avec un hameçon au bout. Mais comment croire un protestant ? Claire un jour menacera, par son diable, d'élever de trois pieds tout individu qui douterait de la possession.

Le 13 mai 1634, Asmodée, qui s'était installé sous l'aisselle droite de la supérieure, fera une déclaration d'importance. Il annoncera que, trop vivement pressé par les pères Tranquille et Lactance qui décidément mettent dans l'accomplissement de leur tâche une ferveur inouïe, exténué donc il opérera sous peu une sortie de corps, elle aura lieu dans une semaine et le démon sera suivi, dans son échappée, de deux complices, Grésil et Aman, qui s'étaient installés dans le bas-ventre de Jeanne. On fera répéter au démon sa promesse, et la bouche de Jeanne, voix sauvage et rauque, la bouche de Jeanne donne des précisions : il y aura une déchirure à la robe comme signe de sa sortie, laquelle se fera à six heures exactement de l'après-midi.

LAUBARDEMONT, quand il prend connaissance, au moment de le signer, du procès-verbal en palpite de joie. Une séance décisive s'annonce donc qui allait mettre à genoux les protestants et autres catholiques de petite foi et de maigre ferveur. Il y avait là promesse d'un spectacle de choix, le triomphe de l'Église romaine prendra la forme d'une expulsion de trois démons, chassés par les adjurations implacables d'exorcistes payés sur la cassette du roi. Tout concourait à faire du samedi 20 mai un jour de bravoure catholique propre à faire définitivement taire les sceptiques. Le commissaire s'empresse de lancer quelques invitations prestigieuses, pousse le zèle jusqu'à provoquer le parti protestant à venir assister à l'irréfutable. Il mêle les menaces aux courtoisies : leur promettant les meilleures places et déclarant qu'il verrait leur refus comme une insulte à la paix publique, une insupportable défiance envers le roi, le roi qui croyait à la réalité de la possession. C'est que le commissaire aussi a toute confiance dans Jeanne : ses démons tiennent promesse. Les huguenots sentant le piège se réfugient derrière l'article 6 de l'édit de Nantes. Tant pis pour eux.

L'église Sainte-Croix est pleine dès la fin de la matinée du 20 mai 1634. Il ne restait plus bientôt que les places réservées sur lesquelles veillait une escouade de carmes, en profitant pour exorciser les chaises, lesquelles progressivement ployèrent sous des corps de grande naissance et les riches parures des femmes. À cinq heures, arrive la petite procession, constituée par les pères Lactance et Tranquille (exorcistes de choix, parfaitement fascinés), le commissaire et son greffier, la supérieure enfin comptant ses pas, toute maigre, surmontée de sa propre épaule, les yeux remplis de courage et d'épreuves, les bras humbles refermés sur un geste de prière.

Le silence se fait dans l'église. Le commissaire, qui s'était assuré de leur présence, demande à MM. Duncan et Quillet, qui affichaient publiquement leur incrédulité, de bien vérifier que la robe ne présente aucune déchirure. L'examen est fait, Jeanne demeure tout ce temps debout, mains tendues vers le ciel, les yeux fermés.

– Eh bien ?

– La robe est sans échancrure. La possédée sera-t-elle entravée ?

– Parfaitement, on lui liera les mains et les pieds.

On chante un *Confiteor* pour se donner du courage, à la fin duquel Jeanne commence à donner des signes de nervosité. La tête tremble, les lèvres se tordent un peu, et le bleu de ses yeux devient vitreux. On la dispose sur un petit lit en fer, un peu au-devant du chœur, pour s'assurer qu'elle est visible par tous. Elle se laisse faire, simplement ses jambes sont prises de sursauts brusques, projetant de violents coups de pied à d'invisibles ennemis. Elle commence à pousser de petits cris plaintifs, mêlés de grognements brefs mais effrayants.

Le père Tranquille, alors qu'on noue au lit les pieds de la supérieure, prend la parole, sentencieusement, pour dire :

– Je vous demande l'autorisation, monsieur le commissaire, de ne pas lier la supérieure. Beaucoup de paroissiens sont venus pour voir les convulsions. C'est par cette agitation immense du corps que le démon rend manifeste à tous sa face hideuse. Je vous prie, monsieur le commissaire, pour l'édification de tous, et comme je sais que l'impression de ce spectacle difficile est propre à raffermir le fidèle dans la voie du bien comme à épouvanter le récalcitrant, je vous prie de ne pas permettre qu'on lui passe les cordes.

– Mais enfin, s'écria Duncan de sa place, il faut que la déchirure se produise alors qu'elle est entravée pour qu'il y ait preuve !

– Monsieur, lui répondit le commissaire. Vous avez constaté vous-même, cela a été noté par le greffier, que la robe de la supérieure ne présentait aucun défaut. Pour le reste, les droits de l'édification d'un peuple sont supérieurs à ceux de votre scepticisme. Qu'on ne l'entrave pas !

Les cordes restèrent à terre, comme de longs serpents morts aux pieds de Jeanne. On procède au rituel dans l'ordre : la litanie des saints et la lecture des psaumes. Jeanne se démène de plus en plus, elle pousse désormais des grognements sonores, traversés de hululements lugubres. Son corps est pris de convulsions qui se stabilisent un peu parfois sous la forme d'un arc parfait, dessiné entre le sommet de la tête renversée et la pointe des pieds, tout le reste du corps demeurant suspendu dans le vide. Puis le corps retombe lourdement et les bras prennent la relève, battant l'air, maigres branches secouées par des tornades tandis que les mains dessinent d'improbables volutes.

La supérieure soudain pousse un cri immense qui couvre la lecture du rituel. Aussitôt les deux exorcistes s'écartent. Jeanne fait un bond spectaculaire puis se recroqueville, se ferme sur elle-même en poussant des gémissements très longs. Après quelques secondes elle lève un bras, lentement tendu, la main ouverte et droite. Elle a les doigts pleins de sang. L'assistance frémit, et on entend la supérieure qui dit distinctement, avec cette fois la voix de Jeanne : « Ils sont partis. Merci mon Dieu d'avoir permis cette délivrance. Ils sont partis. » Les deux frères prêcheurs se toisent l'air un peu fier et enchaînent des prières.

On ouvre grand les portes de l'église Sainte-Croix, et la foule sort sous le soleil patient. Ce n'est qu'ensuite qu'on apprit (encore une rumeur colportée par les huguenots ?) qu'un de ceux qui se tenaient sur le côté s'était écrié : « J'ai vu, j'ai vu l'éclat dans sa main d'une pointe de fer. » Mais il fut aussitôt cerné par une nuée de capucins qui l'obligèrent à se taire, et à ne pas troubler, par d'inutiles sottises, la sacralité du moment.

Duncan et Quillet dénoncèrent l'imposture. Ils durent quitter la ville le lendemain pour éviter la prison.

L AUBARDEMONT, devant un grand plat de chou, réfléchit. La séance de sortie d'Asmodée n'avait pas été si convaincante. Le commandeur de la Porte était reparti en maugréant dans sa barbe. Certes le procès-verbal dressé par Lactance était tout à fait clair, efficace. Les démons étaient bien sortis par l'aine gauche, déchirant la robe au passage : trois déchirures et trois égratignures. On avait mesuré, on avait vérifié. Mais quoi, dès le lendemain circulaient des chansons moqueuses et quelques placards criant à l'imposture avaient été affichés aux portes des églises. On avait puni sévèrement les auteurs. Le combat contre le magicien était rude. Laubardemont avait pensé à une première liste de juges. Il lui fallait des magistrats dociles, des catholiques fervents prêts. Le procès devait se tenir vite, car Loudun commençait à gronder. C'est que les démons aussi devenaient incontrôlables, et ne s'en prenaient plus à Grandier seulement. Ils commencèrent à dénoncer des magiciens et des magiciennes un peu partout dans la ville. De nouveaux noms fusaient depuis quelques jours à chaque exorcisme public. Or, aussitôt signés les procès-verbaux, il fallait bien vérifier un peu. Laubardemont recommandait l'indulgence certes, mais enfin il avait fallu arrêter quelques respectables notables et trois mères de famille aussi, pour la forme. Des maisons avaient été fouillées de fond en comble, comme les démons avaient dit que des pactes s'y trouvaient. La maison de Maddalena renversée : Balaam avait juré sous Claire que les livres de magie du prêtre s'y trouvaient. Il y eut davantage, les derniers jours de juin, que les indignations : les ironies insistantes des réformés. Mais de ceux-là qu'attendre ? Ils n'avaient jamais cru à la possession, ce qui démontrait leur hérésie. Or certains vieux catholiques s'alarmaient, disant que c'était le retour de l'Inquisition. Les Loudunais inquiets se disaient qu'un jour ou l'autre leur nom finirait par sortir de la bouche des vierges possédées. Plus personne ne se trouvait tranquille.

On avait suffisamment de preuves. Le combat contre Satan était près d'être gagné, *ad majorem gloriam Dei*. Laubardemont rêve souvent du jour où il traînera le sorcier de Loudun au bûcher, et ce jour-là il faudra une foule en colère et acclamant les flammes quand elles déchireront les chairs de l'*inimicus Dei*. Mais est-ce qu'on est sûr du peuple ? Il fallait le préparer à la haine, organiser un dernier exorcisme public pour désigner publiquement, en présence, Grandier comme le sorcier de Loudun, qu'il soit exhibé enfin comme suppôt du Démon. Laubardemont décide d'organiser à Sainte-Croix une confrontation publique entre le prêtre sataniste et les vierges possédées. Ce sera le 26 juin 1634. Après quoi, on convoquera les juges et tout ira très vite.

LA NOUVELLE surprend Grandier, quand le 25 juin on lui annonce qu'il ira le lendemain à l'église affronter les vierges possédées. Il est bien un des derniers à être prévenu : toute la ville était en émoi, se préparait au spectacle. Le prêtre se dit aussitôt : C'est ma chance, c'est le point de bascule, le tournant sera là. Mon innocence éclatera au grand jour, devant le peuple de Loudun. Ma ville. Maddalena sera là sans doute, et d'Armagnac. Et l'archevêque, monseigneur Escoubleau de Sourdis, il viendra certainement. Ma mère et mes frères. Je prendrai la parole bien haut, fort, je confondrai ces misérables. Voilà plus de six mois, plus de six mois que je suis enfermé, ballotté comme un chien. Je prendrai ma revanche.

Il ressent, là, brusquement, une bouffée de confiance, des forces anciennes lui reviennent. Il regarde fièrement les deux capucins qui perpétuellement dans sa chambre égrènent des prières. Mais comme il sent qu'il entrait un peu d'orgueil dans ce tourbillon de pensées qui l'inonde et dessine presque un sourire sur son visage fatigué, il se met à genoux pour prier, demandant à Dieu Son secours, jurant qu'il L'avait toujours aimé, et se disant qu'il avait assez payé pour ses péchés anciens.

Quand on fait sortir, au matin, Grandier de la maison des Bontemps, une petite procession l'attend devant la porte. Elle est composée de Laubardemont, qui affiche un air distant et froid, cinq archers, neuf ursulines qui consultent leurs souliers d'un air sage, et une nuée de capucins l'air soupçonneux, avide, furieux. Grandier est placé en tête, entre deux archers. La foule a déjà envahi la rue. Elle reste silencieuse. Quand même un peu moqueuse. Elle est si compacte qu'il faut une petite heure de bousculades, de tassements pour atteindre la place Sainte-Croix. C'est à peine si Grandier peut sentir que ce matin d'été avait gardé la fraîcheur du printemps. Il s'était soigné, il avait soigneusement épousseté sa soutane, il se disait qu'il allait voir les yeux de Maddalena, qu'il s'en remplirait pour tenir. Le cauchemar prendra fin.

L'église est pleine à craquer, mais d'où venait donc tout ce monde ? Il a peine à trouver des visages connus. Il a devant lui toute une assemblée de voyeurs. Des dames en habit frémissantes, des paysans édentés, des notables ravis, des artisans crasseux, des moines mélancoliques. On s'était passé le mot, on s'était raconté l'affaire : il fallait y être. Comme au spectacle, on avait réservé les premiers rangs, disposé même de petites chaises au plus près de la scène. Ce fut une désagréable surprise : le clan Trincant est au complet. L'archevêque de Bordeaux manque, mais l'évêque est là, le gros La Rocheposay. Maddalena est invisible.

Grandier est dirigé vers le chœur, au fond duquel bientôt se pressent les religieuses. Lactance et Tranquille s'excitent mutuellement en exorcisant les piliers de l'église. C'est pour eux un grand jour. Ce Grandier, dont ils faisaient dégoiser le nom à longueur de séance, ils le voient pour la première fois. C'est donc lui, dans sa soutane sombre, il faut faire attention qu'il ne leur envoie pas aussi un diable au fond du ventre. Heureusement leur crucifix brandi les protège. On fait chanter un *Confiteor*. Déjà quelques ursulines, encadrées par quelques moines, commencent à ricaner, à se pincer et à tirer la langue.

Laubardemont se fait alors donner un mouchoir contenant trois tout petits amas visqueux, froids, dégoûtants. Il commence :

– Urbain Grandier, prêtre de Loudun, je vous expose là trois pactes qui furent, au cours de l'exorcisme du 17 juin conduit par les frères Lactance et Tranquille ici présents, rejetés par Jeanne des Anges, ici présente, supérieure du même couvent. Je vous en donne la composition détaillée par le démon Aman, lequel fut contraint par les pères Tranquille et Lactance à la livrer : peau de fœtus, semence humaine, cils d'ange déchu, ongles de femmes pécheresses, bave de chèvre sacrifiée, fragments de mandragore. C'est par ces pactes diaboliquement introduits dans l'estomac de notre supérieure que vous fîtes entrer trois démons, Iscaaron dans le sein gauche, Asmodée à l'intérieur de la cuisse droite et Balaam sous le nombril. Reconnaissez-vous ces pactes diaboliques, avouez-vous en avoir été le confecteur diabolique ?

– Je ne reconnais rien, monsieur le commissaire. J'ignore tout de ces matières que vous me présentez. Je n'ai jamais eu commerce avec le diable. Je crains trop mon Dieu, je révère trop l'Église pour accomplir jamais ces actes horrifiques. Ce serait insulter Dieu et ma religion que j'ai toujours tenté de servir humblement. Je me reconnais grandement pécheur de faiblesses humaines, mais je n'ai à aucun moment de ma vie succombé à la tentation de Satan.

– Mais enfin, sept religieuses vous ont formellement dénoncé, vous avez rôdé tout un automne la nuit parmi leurs lits en les excitant à des gestes déshonnêtes.

– Comment ont-elles pu me reconnaître puisqu'elles ne m'avaient encore jamais vu ?

– Les démons que vous aviez envoyés dans leurs corps, durement contraints, vous ont dénoncé pourtant !

– Je répète qu'à aucun moment je n'ai eu commerce avec Satan, que je n'ai jamais…

– On nous a porté une copie de votre pacte !

– Si un tel écrit existe, je n'en suis pas l'auteur. J'adore trop mon Dieu pour pouvoir entrer dans ces voies maléfiques.

– Vous niez donc que la possession soit réelle ?

– Monsieur le commissaire, par ignorance il m'est impossible d'en décider. Notre Église a établi des critères très sûrs pour pouvoir le déterminer, car vous savez comme moi qu'en ce domaine l'imposture est un crime aussi grand que l'hérésie.

– Les démons ont hurlé cent fois votre nom et vous ont désigné comme leur maître !

– Monsieur de Laubardemont, permettez-moi, mais je vous trouve imprudent de donner foi aux déclarations d'un diable. Je vous rappelle la parole de saint Thomas : « Il ne faut jamais croire le diable, même quand il dit la vérité. »

– Aucun des exorcistes ici présents, et qui se sont épuisés à interroger ces dizaines de démons auxquels vous commandez, ne saurait se ranger à vos arguties spécieuses. Vous avez l'intelligence que vous prête le démon, mais nous avons celle des lumières de notre Église très catholique. Or je ne parle pas de croire au diable en général, mais seulement quand il est contraint par les exorcismes. Car alors c'est la puissance de l'Église qui se fait valoir et le démon ne peut que s'y soumettre.

– Saint Thomas nous enjoint fortement de ne jamais croire aux déclarations d'un diable. Et c'est pour mieux faire entendre ce « jamais » qu'il ajoute « même quand il dit la vérité ». La précision aurait été inutile autrement.

Le père Tranquille que tout ce débat semble agiter interrompt l'échange pour s'écrier fanatiquement :

– Cent jours ! Cela fait plus de cent jours que nous nous épuisons à extraire les démons de leurs corps, et vous trouvez moyen toujours pour en réintroduire de nouveaux et nous porter aux limites de la fatigue. Les ursulines de Loudun craignent désormais le parfum des fleurs, l'eau des sources, le vent même leur fait peur. Toute nourriture leur paraît un danger mortel. Vous leur avez fait entrer tant de diables dans le corps et par tant de moyens divers. Il n'y a pas un seul recoin de leur chair duquel ils n'aient fait leur logis. Oh vous êtes puissant certes, et vous avez dû beaucoup renier tant vos pouvoirs sont grands. Les pauvres religieuses sont torturées par vous et depuis si longtemps, écoutez leurs gémissements !

Ce fut là comme le signal. On entend depuis le fond du chœur s'élever de longs râles douloureux, sardoniques et lascifs, striés de cris aigus, entremêlés de plaintes caverneuses : « Ennemi de Dieu, ennemi de Dieu ! »

Le père Lactance se met aussitôt de la partie et s'écrie, en même temps que les gémissements des ursulines diminuaient un peu :

– Réconciliez-vous avec Dieu, votre salut tiendra dans cet aveu. Tout le peuple de Loudun est là, et les représentants éminents de notre chère Église. Avouez donc ici et devant tous que vous avez consenti aux offres de Satan, Dieu vous en sera reconnaissant, votre âme s'en trouvera soulagée.

– Mon père, répond Grandier en adoptant un ton qu'il voulait humble et solennel, comme moi vous savez que devant Dieu s'avouer coupable d'un crime qu'on n'a pas commis est impardonnable. Jusqu'au bout je résisterai à vos harcèlements. Mon Dieu qui connaît mon innocence prendrait en horreur ce parjure. Il me sait gré, infiniment, de ma sincérité.

La fermeté de la réponse avait résonné dans un silence grave. Laubardemont réfléchit à une riposte, l'évêque regarde son prêtre d'un air dur et les exorcistes secouent vaguement leur crucifix en tous sens. Soudain on entend la voix stridente de Claire de Saint-Jean hurlant :

– Grandier, notre maître, viens nous prendre, viens nous reprendre, caresse-nous comme autrefois !

Ce cri, ce fut comme le signal pour une tempête d'exclamations lascives, de blasphèmes impossibles. Les moniales commencent à s'agiter, une nuée de capucins les cernent bientôt en prononçant des formules d'exorcisme. Le père Tranquille s'avance vers le prêtre en s'écriant :

– Eh bien voilà, vous pouvez désormais contempler votre œuvre.

Grandier reste un moment sans rien dire, puis subitement s'adresse aux ursulines, levant les bras et d'une voix impérieuse :

– Démons, qui que vous soyez, Astaroth, Balaam, Isacaron, et tous les autres, démons, si vous êtes bien réels, prouvez votre présence en m'infligeant une marque au front, je vous ordonne de me marquer au visage. De cette manière, la preuve éclatante de la possession sera établie, irréfutable, connue de tous. J'expose devant vous mon visage, et s'il s'y dessine une cicatrice, eh bien, nous serons tous convaincus, et plus aucun soupçon d'imposture ne pourra flétrir cette sinistre affaire.

Il se fait un silence lourd, anxieux, puis on entend la voix rauque de la supérieure, une voix impossible qui fait frémir l'assistance :

– Ah rusé, sorcier aux mille tours, tu sembles oublier que nous avons passé un pacte avec toi hier soir, un pacte qui nous empêche de t'atteindre au visage.

Le père Tranquille dit alors, prenant un ton indigné :

– Ô l'ignoble machination, le piège diabolique, tu es capable de tout, Grandier, vraiment, ô ruse atroce pour alimenter l'incroyance.

Le prêtre reste calme, il se tourne lentement vers l'évêque affalé dans un grand fauteuil qu'on lui avait installé près du chœur :

– Monseigneur, vous êtes mon évêque et je suis votre serviteur bien respectueux. Vous représentez ici les plus hautes puissances de l'Église. Vous avez le pouvoir de délier ce pacte s'il existe. Levez ce pacte, et nous vérifierons tous l'authenticité de cette possession. Comme moi vous êtes attaché à la vérité, et nous ne voulons pas faire injure à Dieu. Je vous prie bien humblement monseigneur de délier ce pacte qui empêcherait un de ces démons de me frapper au visage en y laissant une marque. Levez le pacte, toute l'assemblée de fidèles ici réunie sera convaincue, et nous aurons fait avancer la cause de notre Église catholique et romaine.

L'évêque se tortille un peu dans son siège. Il balbutie :

– Mais est-ce seulement théologiquement correct ?

À quoi Grandier répond :

– Si un humble frère prêcheur comme j'en vois tant ici a le pouvoir de contraindre le diable à dire la vérité, je n'imagine pas qu'un évêque soit incapable de lever un pacte. La puissance de notre Église est infinie et celle de ses représentants écrasante.

L'évêque paraît hésiter. Laubardemont fait les cent pas et prend un air dur. Il se demande comment se tirer de ce pas. Les ursulines restent muettes. Les exorcistes chuchotent leurs formules. Alors monseigneur de La Rocheposay a un sourire pervers. Ses petits yeux un peu perdus dans son visage bouffi s'éclairent atrocement. Il dit à son prêtre :

– Apprenez donc que je ne suis pas venu ici pour vérifier la possession, mais pour la constater. Simplement vous me dites là que vous n'en êtes pas l'auteur, et je n'aimerais que trop vous croire parce qu'il est douloureux d'avoir un magicien dans son diocèse. Eh bien, puisque vous vous dites mon serviteur, obligez-moi et exorcisez ces religieuses. Exorcisez et demandez-leur qui dirige les démons qui s'agitent dans leur ventre.

– Vous me demandez d'exorciser, d'exorciser ces filles ?

– Précisément.

– Est-ce théologiquement correct ?

– Très certainement.

– Ce n'est pas là ma compétence.

– Les pères Tranquille et Lactance vous assisteront bien volontiers.

L'évêque paraissait ravi de sa trouvaille. Il affiche désormais un sourire satisfait et se trémousse doucement dans son large fauteuil. On allait avoir du spectacle ! Le père Tranquille retire son étole pour la passer au cou de Grandier qui baisse la tête humblement. Il lui confie aussi un crucifix et un rituel. Grandier se tourne lentement vers le fond du chœur où se tenaient les ursulines, serrées l'une contre l'autre et les yeux pétillants.

Grandier fait un pas vers elles, et ce fut le début d'un charivari immense. Elles se mettent toutes à hurler, et leurs longs cris terrorisent l'assistance. Les religieux tentent de les retenir, elles fondent sur Grandier comme une nuée d'oiseaux fous, mêlant aux blasphèmes des propositions de luxure, arrachant leur coiffe, déchirant leur habit, convulsant à l'envi. Grandier reste droit et les regarde fixement. Lactance crie : « Impossible, impossible ! » et le père Tranquille prestement se dirige vers l'évêque pour lui dire qu'il fallait faire cesser la séance immédiatement, qu'on ne les tenait plus. On ouvre grand les portes de l'église, et tout le monde sort, gavé d'images improbables. Grandier reste toujours immobile, calme, le rituel à la main, devant les furies déchaînées cernées par une dizaine de carmes. L'évêque rit atrocement dans son fauteuil, et sa mitre tremble, secouée par les soubresauts de son corps gras hilare.

Dès le lendemain, Laubardemont annonce qu'il met fin aux exorcismes publics et que les ursulines peuvent retourner dans leur couvent. Il désigne des juges pour étudier les pièces qu'il avait amassées depuis le mois de janvier, annonçant qu'ils rendraient leur sentence le 18 août et qu'elle serait aussitôt exécutée. Dès le 15 août, Loudun déborde de curieux et de voyeurs. Les hôtelleries sont pleines à craquer. On dort dans les rues. Les juges ont travaillé de longues semaines, tout lu, tout étudié, ils se sont retrouvés tous les matins depuis le 3 juillet dans la collégiale de Sainte-Croix. Le jugement peut être enfin rendu.

NON, Maddalena n'est pas venue, elle n'était pas à l'église. Elle restait chez la mère de Grandier, les mains posées sur son ventre. Jeanne d'Estièvre lui avait interdit cette sortie : trop de monde, trop de bruit, trop de haine. On trouvera un autre moyen de le voir. Un autre moyen ? Depuis six mois elle désespérait même de lui écrire. Impossible de l'approcher, il ne paraît que cerné d'archers arrogants et violents qui défendent qu'on lui parle. Toutes les lettres passent par le commissaire qui les ouvre et brûle la plupart, sauf s'il s'agit d'insultes.

Il ne sait pas que j'attends un enfant de lui, se dit-elle. Au moins si j'avais pu me montrer à l'église, il aurait vu mon ventre.

Jeanne d'Estièvre lui avait interdit de tenter même de le lui faire savoir. Cela aurait été, pensait-elle, une raison de plus de le condamner. Pensez bien : un prêtre géniteur. On est en pleine contre-Réforme. Une pièce de plus au dossier : des engrossées après les possédées. Alors Maddalena s'est tue. Elle a accepté de se taire. Elle se dit : Le cauchemar finira. Elle attend Son intercession, un coup de théâtre, quelque chose. Ce vide que lui fait son absence pendant que son enfant silencieusement occupe ses entrailles. Qui faut-il aimer ? Tant qu'il vit, se dit-elle, tant qu'il est là, pas loin son corps, à quelques pâtés de maisons, à quelques centaines de mètres ses mains chaudes et son beau visage, il me reprendra dans ses bras, je poserai ma tête sur sa poitrine, et comment ferons-nous avec ce ventre déjà rond, je me réveillerai à nouveau le matin rivé à lui. Maddalena sourit en regardant son ventre.

E ST-CE qu'il avait dormi, lui Grandier dormi à cette heure, les premières du 18 août 1634, mais comment était-ce seulement possible, possible de dormir, alors que demain, ou peut-être aujourd'hui, tout à l'heure, un jour au moins, à la minute. Il se réveille en sursaut, fait presque un bond de sa paillasse, porte les mains à sa poitrine, en sueur. Les yeux ouverts, mais enfin qu'est-ce que cela pouvait signifier dans ces ténèbres épaisses, d'ouvrir les yeux. La nuit en lui aussi.

Dormi, il avait dormi, réveillé en sursaut par la conscience diffuse qu'il s'était endormi, coup de tonnerre dans sa tête car le corps avait dû céder au sommeil : impossible. Et si... Et comment dormir alors que peut-être quelques heures, précieuses, mais précieuses pour qui, pour quoi ? Il est maintenant debout, bien réveillé debout, le cheveu hirsute, œil un peu hagard sans doute. La nuit partout, à tâtons il n'y voit goutte. Qui je suis, et quand, et où, comment ? Mais tout est trop clair, au contraire. Urbain Grandier accusé par quelques folles, elles soutenues par des infâmes, et condamné d'avance par un tribunal de pleutres, de juges vendus et lâches. Moi, Urbain Grandier, tout à l'heure jugé avec exécution immédiate de la sentence. C'était fini, son histoire finie. Grand Dieu, et Ta justice ! Mais quoi ! Tout ce qu'il avait connu, reconnu, aimé. Maddalena, Maddalena que j'aime au-delà de tout, au-delà de moi-même, Maddalena ton corps en moi, lové comme cet œuf de promesse, en moi ton corps comme mon accomplissement. Tout devient la dernière fois. Quelle heure est-il ? Je l'ignore, mais c'est la dernière que je pourrai vivre, chaque minute la dernière, dernière nuit, dernier matin bientôt, dernière lueur du matin pour moi qui percera à travers les planches clouées sur les fenêtres, un peu disjointes, laissant percer à l'aube des rayons faibles de lumière. Maddalena ! Il hurle son nom dans la nuit. C'est un chien d'angoisse égaré dans la nuit des hommes faits.

Ce mot « dernier », il se le répète parce qu'il résonne pour la première fois comme un roc contre lequel sa pensée s'écrase. Même s'il se force à dire tout haut de vieilles formules apprises : « Je baignerai bientôt dans la lumière, mon Dieu, de Votre présence », « Vous soutiendrez mon âme bientôt comme une mère tient l'enfant sur ses genoux ». Une voix en lui répète : dernière fois, dernière fois chaque minute de cette nuit, dernière fois chaque minute du jour prochain. Tout à l'avenant, c'est fini ton histoire, ton séjour, ces yeux-là, les miens bientôt éteints, et ceux de Maddalena. Le mot « dernier » surgit soudain comme un grand coup d'inéluctable qui lui perce et lui fouaille le ventre. De l'insupportable à l'état radical, pur : comprendre enfin « jamais ». Ce que c'est aussi quand les mots prennent leur sens immense, réalisent leur sens dur. Et si cette terre, cet ici-bas était la source de toute joie et de toute présence ? Alors jamais, lui disparu à jamais, ce risque, l'éternité des étoiles sans lui, sans lui à jamais, ne jamais rouvrir les yeux, ne rien sentir, même pas ça : rien, vide, blanc. Pas même noir : blanc, ou plutôt : transparence totale, rien. Ce qu'il va bientôt quitter. Pour les siècles des siècles, absent à lui, aux autres, ne jamais revenir. Disparu, rien à faire, impossible, impossible, inéluctable, fatal. C'est écrit, définitif : demain je meurs. Pas demain : tout à l'heure, aussitôt. Je meurs.

Tentation du désespoir. Il hurle seul dans ce cachot désormais vide, chien d'angoisse il frappe les murs de ses bras, insultant son passé, reniant ses amis, détestant sa famille, et Maddalena même haïe comme la dernière des traînées. Alors vraiment, personne ne va venir, pas de prodiges, pas de miracles lui qui les avait récités du haut de sa chaire, décrits dans leur splendeur ? Rien pour lui, rien ? Pour lui qui ne demandait pas grand-chose, juste une pauvre porte en bois qui céderait sous ses coups. Rien n'y fait : elle tient. Criant de rage, se griffant le visage, cognant sa tête contre ses poings, et ce noir autour de lui, épais, ce feu d'enfer en lui qui hurle, et sentir qu'on dort, que les autres dorment, mais pour dormir il faut avoir la certitude idiote du réveil, et des jours, des mois, des années, des siècles à venir ! Il faut pour dormir se croire immortel. Il crie : « Non ce n'est pas possible, quelque chose va bien se passer ! » Qu'est-ce que cela veut dire que tous dorment autour de lui alors que lui va peut-être mourir, non, va certainement mourir, va mourir, oui mourir tout à l'heure. Sa dernière nuit, ses ténèbres à lui, il entend les rieurs. Lui le prêtre, et croit-il à cela qui survient après la mort du corps ?

Et puis ce fut... La lassitude, fatigue, ennui de la

colère, ou bien autre chose encore, quoi il tombe à genoux sur le plancher qui fait un bruit sourd et mat, là joint les mains mais est-ce qu'il pouvait faire autrement ou bien par habitude, automatisme, inertie. Et les lèvres lentement commencent une prière, il en enchaîne une autre. Elles viennent à sa bouche comme une rivière tranquille, se frayant un chemin à travers les cailloux de ses lèvres. Cela dure longtemps.

Impossible de savoir quand elle arriva, se dessina, s'incrusta cette image. Il demeure à prier toutes ces heures, les dernières de la nuit, douceur plus apaisante que le sommeil. C'est ainsi qu'on le trouva au petit matin, quand il sourit à l'affreux geôlier ouvrant la porte avec brutalité – le père Bontemps avec une expression mauvaise, ses yeux lourds, ses mains sales, le cheveu huileux – et Grandier lui sourit comme un enfant légèrement rêveur, qui lève des yeux confiants, un sourire d'abandon, sans peur, un sourire d'innocence. Et Bontemps en est troublé au point qu'il fait tomber ses clés. Elles font sur le sol un claquement épouvantable, il les ramasse en jurant.

Image d'un vitrail – mais où l'avait-il aperçu, c'était enfant sans doute, dans une église sans doute il avait dû rester longtemps écarquillé. Un vitrail, pourquoi celui-là pas un autre, surtout bleu et beige mais cette profondeur du bleu, cette douceur du beige. Le bleu c'était le bleu de la mer et du ciel confondus. Il y avait là debout Noé, curieusement Noé sans barbe mais aux cheveux bouclés et longs, vêtu de rouge et indiquant souriant du doigt une barque petite à ses pieds beige, et beiges aussi se tenant derrière lui un cheval, un chameau, un lion, une licorne. Et c'était un prodige la mine sérieuse des animaux et leur mouvement pour descendre, leur expression naïve et pleine. Ces couleurs, mais quelle heure était-il ce devait être un soleil d'hiver, jaune pâle, mais qui donnait aux vitraux un éclat net. Il s'accroche à cette image, elle est sa barque, son refuge.

B ONTEMPS commence à hurler, c'était son habitude, et de sa voix mauvaise, puante.

– Levez-vous, qu'est-ce que vous croyez si c'est le moment de faire vos simagrées.

Et avec un sourire mauvais :

– La journée n'est pas finie.

Grandier se lève lentement.

Deuxième sourire mauvais :

– Et avant de manger, au cas où vous avez faim ça va sans dire, avant de manger il faudra peut-être bien faire un peu de toilette. C'est qu'il y aura du monde.

Il se colle contre le côté, un geste vague, pour laisser entrer un pauvre homme, qui se fraye difficilement un passage entre le ventre et le chambranle. C'est Fourneau, le barbier Fourneau, brave homme, catholique, petites passions, au cœur un peu sensible. Ses bons gros yeux bleus pouvaient facilement se remplir de larmes, de tristesse ou de joie, mais jamais ses mains ne tremblaient, des mains épaisses où brillait sa lame affilée dont il vérifiait souvent avec satisfaction le parfait tranchant. Urbain lui demande étonné, presque amusé :

– Fourneau, mais que faites-vous donc là ?

Bontemps éclata de rire :

– La toilette, j'avais bien dit la toilette. Il faut être bien rasé pour son public, hein ?

Fourneau, gêné, explique qu'il vient là en remplaçant, remplaçant de Mannoury le chirurgien, qui s'était retrouvé ce matin paralysé, inexplicablement bloqué, hurlant de douleur dès qu'il tentait de se lever. Alors il a fallu trouver une autre solution. Laubardemont avait tout fait, menacé, tempêté, mais enfin Mannoury était sincère, vraiment désolé, furieux contre lui-même aussi, contre ce dos qui lui interdisait tout mouvement. Inexplicable. Il avait fallu trouver une autre solution et on était allé chercher Fourneau, le bon barbier, « un cœur de jeune fille » avait grommelé le commissaire qui n'avait pas apprécié sa première attitude. Mais enfin, il savait son métier. Et maintenant ? « La procédure », murmure Fourneau, à nouveau raser Grandier, et cette fois lui couper les cheveux, lui arracher la barbe et les sourcils.

Pour la première fois de sa vie, ses mains tremblent.

– Eh bien Fourneau, demande doucement Grandier, ne craignez-vous pas qu'avec vos tremblements vous me fassiez mourir trop tôt ?

– Mon père, bénissez-moi. Je vous demande de me bénir. Ce n'est pas moi qui ai voulu, vous savez comme ils sont. C'était des ordres, des menaces. Ils m'ont obligé.

Ses yeux mouillés. Grandier l'avait souvent reçu en confession. Il se souvenait du barbier qui avouait en sanglotant quand il venait ses péchés de misère, ses fautes de rien : réactions vives, insultes, ses gros poings qui partaient quand il avait trop bu, minuscules recels, tout ce qu'il regrettait aussitôt qu'il l'avait accompli. Et il se trouvait bien méchant, prompt même à se bourrer de coups pour se punir. Et c'est lui aujourd'hui. Grandier répond :

– Mais à côté de Mannoury, vous serez pour moi j'en suis sûr un ange de douceur. Il me faut donc bénir un ange.

Fourneau sourit faiblement, se met à genoux et Grandier le bénit lentement, avec application. Et le prêtre se met lui-même à genoux devant son barbier. On fait monter un petit baquet d'eau chaude, et Fourneau commença à raser la tête, faire tomber les cheveux, ôter la barbe et les sourcils. Il examine un peu le crâne lisse en poussant un léger soupir. Il demande avec gêne et en baissant la tête que Grandier veuille bien retirer la chemise car il fallait lui raser tout le corps. Le père Lactance avait expliqué qu'un démon pouvait se dissimuler derrière chaque poil.

Grandier contemple à terre ses cheveux épars, et les paquets ici et là de poils. Il devient bientôt imberbe de la tête aux pieds, un enfant. Fourneau a même reçu l'ordre de lui arracher les ongles et les cils, mais il ne peut s'y résoudre. Il y a ce moment où Fourneau examine les mains du prêtre. Et puis il fait des mouvements de tête un peu désespérés. Bontemps revient, jette à terre une longue chemise blanche et dit : « Tenez, ce sera votre habit d'apparat. »

BEAUCOUP plus tôt encore, la petite procession des juges, sur les cinq heures, s'était donné rendez-vous sur la place Saint-Pierre. Beaucoup de monde dormait dans la rue, des corps en sommeil sur les trottoirs, contre les murs. La ville est remplie de curieux accourus au spectacle. Les rues pleines, les chambres pleines aussi. Les habitants avaient loué à prix d'or.

Ils sont douze les juges bientôt, à se diriger en silence vers le couvent des Carmes, marchant au milieu des rues silencieuses. Ils se sentaient l'esprit bien tranquille. La veille on avait fait ordonner des prières un peu partout dans la ville. Eux-mêmes avaient assisté à une messe où des moines plus ou moins fervents, des prêtres plus ou moins zélés avaient demandé à Dieu d'illuminer de Sa justice éternelle l'esprit des juges, qu'ils puissent rendre, ce matin du 18 août, éclairés de Son inspiration supérieure, leur sentence définitive et sachant parfaitement suivre la loi dictée par leur conscience et la volonté du roi, eux qui avaient lu tout au long du mois de juillet et la première quinzaine d'août les épais dossiers transmis par le commissaire. Alors ils marchaient bien tranquilles, en bonne sécurité. Oh ils avaient eu le temps de se former un jugement, ces matins de consultation. Ils s'étaient bien appliqués à tout compulser. Cinq heures, c'était l'heure de la petite aube d'été. La nuit se fait doucement plus légère, les nappes de ténèbres une à une se dissipent, s'évanouissent. Il fait encore un peu sombre, mais la nuit tressaille comme une fille nue, une brise fraîche envoie les baisers pénétrants du matin. Les juges marchent marmonnant, escortés par quelques gardes. Autour d'eux, il n'y a que du sommeil. Les juges avancent, l'air très grave, la tête absorbée dans leur fonction, leur rôle, leur personnage, leur costume, se forçant à la mine pénétrée, se faisant des têtes de composition. Pour une fois qu'on leur accorde quelque considération. C'est vrai qu'on avait été chercher les magistrats les moins connus mais les plus catholiques pour sûr, les plus dociles.

Ils parviennent au couvent des Carmes. Le commissaire attend, accompagné de capucins matinaux, dans la salle où les dossiers d'instruction ont été rassemblés. Les courbes douces des voûtes s'inclinent au-dessus d'une table immense, couverte de papiers rigoureusement classés. Laubardemont n'avait dormi cette nuit-là que trois heures, tout au bonheur de goûter son triomphe bientôt. L'excitation l'avait fait coucher tard, lever tôt, et d'excellente humeur. Aujourd'hui il jouira de sa gloire. Il demeure, là, devant eux, sérieux, prévenant comme il se doit, mais on sent une exagération dans cette gravité qui est de la jouissance dissimulée. On commence par des prières, par louer Dieu d'avoir fait lever ce jour où le triomphe du Bien sur le Mal sera tonitruant, la supériorité de la religion catholique éclatante, le règne de Sa justice sur terre confirmé.

Le commissaire prend la parole :

– Nous sommes réunis aujourd'hui, messieurs, réunis de par la volonté supérieure du roi, pour juger un homme, le curé de Loudun. Les capucins du père Joseph, leur vigilance est si précieuse, avaient assez tôt repéré chez lui un comportement scandaleux, dénoncé des frasques insupportables pendant les premières années de son ministère. L'évêque même en avait été averti. Les faits, quels sont-ils ? Des jeunes filles naïves, perdues à jamais, des veuves abusées, des libertinages avérés. Je ne vous expose pas ces détails qui répugnent, vous en avez pris connaissance et savez ce qui fut commis dans nos églises, consommé sur le pavé de Saint-Pierre.

Là-dessus, Laubardemont marque une pause, souffle profondément comme traversé par des représentations douloureuses, ferme les yeux quelques secondes, fait mine de prier, reprend alors d'une voix outrée, saccadée :

– À l'époque, notre évêque, dont la sainteté se trouvait insultée par son ministre, avait condamné Grandier à quitter la ville de Loudun pour toujours. Mais, et voyez déjà là la marque du diable, Grandier faisait bientôt appel auprès de l'archevêque. Il profite de l'appel pour revenir, il terrorise, soudoie, fascine, menace de mort les témoins qui avaient eu le courage, une première fois, de déposer contre leur propre curé. M. de Sourdis, comme il était loin, sa sainteté même l'a aveuglé, ne pouvait imaginer que les horreurs décrites puissent être réelles tant elles étaient démesurées. Il trouva raisonnable de conclure à des rumeurs. C'est ainsi que Grandier, en usant de ruses atroces, reprend pied dans Loudun.

POSSÉDÉES

Deuxième pause. Laubardemont fait quelques pas, concentré.

– C'est à cette époque sans doute qu'il pactise avec Satan. Il ne fréquente plus que des huguenots. Une fois ses sermons expédiés, on sait qu'il se précipitait vers les temples, et là avec ses nouveaux amis il moquait la religion vraie et l'insultait. Et comment voulez-vous que les huguenots aient eu seulement envie, besoin, idée de se convertir au moment où notre curé les couvrait de compliments et les rassurait dans leurs erreurs ? Non seulement il ne les tançait pas, mais il les justifiait, ruinant le travail de conversion des capucins. Ne faut-il pas avoir pactisé avec Satan pour, quand on est prêtre catholique, conforter la foi de ses ennemis ? Avait-il oublié à ce point que les réformés figurent notre malheur ? Mais souvenez-vous : la peste frappe la ville au mois de mai 1632. Elle fait des milliers de morts, dont presque tous étaient des catholiques. Est-ce qu'on en a bien pris la mesure ? On a raconté que Grandier avait été d'un incroyable dévouement. Mais sait-on de quoi on parle ? Les familles frappées l'appelaient pour donner l'ultime onction à un mourant, il s'y précipitait car il savait qu'en faisant mine de consoler, il propageait le mal. Plus tard enfin il s'opposa à notre cardinal quand ce dernier persuada notre roi d'abattre les murs de la ville. Le château de Loudun, parlons de ces vieilleries, parlons de ces antiquités, ou plutôt non parce que l'Antiquité a trop de vertu. Parlons de ces témoignages d'une époque barbare, où il fallait ces épaisseurs de pierres hideuses et massives pour protéger un seigneur. Mais enfin aujourd'hui, aujourd'hui à quoi bon ? À quoi bon aujourd'hui que la France existe, la fille aînée de l'Église catholique, la France

indivisible comme une rose unique dans la main du roi ?
J'ai été désigné moi pour surveiller la destruction des
murs. Vous me direz, rien de plus innocent que de faire
tomber des pierres. Des chantiers à visiter, pour voir si la
hauteur régulièrement s'abaisse. Mais ce furent des tracas-
series sans cesse : Grandier contestait chaque bloc tombé
pour savoir à qui le remettre, il défendit d'abattre le donjon dont la destruction était décidée depuis longtemps, il
gênait sans cesse les mouvements, provoquait des réunions
publiques. Ah si je n'avais été si constant et si dur, si vigi-
lant, je crois que les forteresses boucheraient toujours la
vue de cette ville.

Laubardemont marque une pause.

– Et je vous assure que certains matins, nous fûmes
éberlués : des pans de mur entiers paraissaient avoir été
remontés dans la nuit. On s'en écarquillait les yeux. Chacun se demandait s'il ne devenait pas fou. C'était la main
du diable ! Mais comme il ne peut avancer que dans
l'ombre, on fit prendre des mesures exactes chaque soir
des murs, et le prodige cessa.

Là encore, le commissaire s'arrête et prend de longues
respirations ainsi que l'air contrit, comme si à cet instant
respirer lui était devenu difficile.

– Mais le pire était à venir. Le prêtre avait demandé à
Satan des dons extraordinaires. Il les obtint, comme il
s'était montré absolument docile. Satan lui permit d'aller
visiter la nuit les ursulines, de passer à travers les murs, de
pénétrer dans leurs chambres et d'abuser d'elles en leur
imposant des pensées impures et des caresses atroces. Les
pauvres petites, comment auraient-elles pu se défendre ?
Leur ventre cédait sous les voluptés du diable et leur âme

saignait au moment où leur corps s'abandonnait à la luxure. Tout un couvent possédé, et Grandier, qui leur fourrait chaque nuit trois ou quatre diables sous la chair. Les diables pullulaient, ils secouaient et tiraient dans tous les sens les corps de ces jeunes pieuses.

Il en a les larmes aux yeux.

– Vous avez pu consulter les preuves, parfaitement établies, établies dans une lutte pied à pied contre le démon, de ces méfaits. Il nous fallut toute l'aide de Dieu pour les amasser. Cent fois, mille fois le diable nous a tendu des pièges qu'il fallait déjouer sans cesse. Messieurs, vous qui avez parcouru ce monument d'horreur, je vous demande de bien vouloir prononcer une sentence.

Et puis le silence. On n'entend bientôt plus que des soupirs d'attente.

Le commissaire se retire de longues minutes. Il reparaît pour s'adresser au doyen des juges, lui demander ce qu'avait été la décision commune. Le vieillard répond :

– Nous avons trouvé le prêtre de Loudun coupable, et devant subir les châtiments les plus extrêmes. Nous le condamnons à faire trois fois amende honorable, devant Saint-Pierre, Sainte-Croix et le couvent des Ursulines, portant un cierge d'une livre, et à être brûlé vif.

– Nous le ferons paraître, conclut le commissaire, dans quelques heures en salle de justice pour lui signifier publiquement sa condamnation.

L A SALLE du palais de justice est comble, pleine de femmes en couleurs. Il avait fallu réserver sa place, on avait refusé du monde. Les notables sont présents, accompagnés de leur femme, de leurs sœurs, de leurs nièces. Elles ont toutes insisté pour venir et se sont habillées comme on va au spectacle. Il y a là un tourbillon de bleus vifs et de rouges carmin, de jaunes éclatants et de verts pâles. On est en été. Elles sont plus nombreuses que les hommes, ravies de voir la chute d'une icône, ce beau prêtre pensez donc, un serviteur du diable – un simple contact, une main posée sur le bras, ou pas même : un regard – et vous étiez folle de lui, c'est incroyable. L'imaginer pénétrant une à une les chambres des nonnes endormies, se glissant dans leur lit, les possédant toutes, ça devait faire un joli vacarme vous pensez. Moi-même au confessionnal, une fois un frisson, mais j'étais bien armée de ma vertu vous pensez, plus aguerrie que ces jeunes religieuses trop pures et trop naïves, qui ne pouvaient penser à mal, et de toute façon obligées de s'abandonner à lui, absolument contraintes au plaisir. La douceur comme abîme, le vertige de ces vierges.

Le clan Trincant est présent, affichant des sourires de vainqueurs : Hervé qui se venge de sa cousine, Menuau de Maddalena, Thibault de sa bêtise, le vieux Barot satisfait parce qu'il avait encore raison, Mesmin de Silly enfin pense à Richelieu. Et même Estelle semble heureuse, se pendant au bras de son gros homme Moussaut qui sourit benoîtement. Quelques huguenots ont réussi à se glisser dans la place, ils font des taches sombres au milieu des couleurs, moins en voyeurs que pour soutenir discrètement un ami respecté, et prendre à l'occasion des leçons sur la veulerie humaine. La salle résonne d'un bourdonnement d'insectes bavards. Le pépiement léger des femmes, les voix grasses des hommes.

Et puis ce sont des « chut », « chut », « mais chut ! » qui parcourent la salle et se répandent en étoile aux quatre coins. Quelques secondes et tous se sont tus. On entend derrière la porte les pas lourds d'une petite colonne d'archers, le cliquètement d'acier de leurs lances. La porte s'ouvre lentement. C'est d'abord une petite flopée de carmes, agitant des crucifix, balançant des encensoirs. Les robes brunes volent ici et là frénétiquement, et les formules d'exorcisme résonnent bientôt dans la salle. Les huguenots secouent la tête de dépit et de résignation, au grand scandale des bons croyants qui leur jettent des regards d'indignation vertueuse. Après quelques minutes, jugeant sans doute que c'était assez, qu'ils avaient expulsé les présences malignes, purifié l'auditoire, les carmes se rangent sur le côté, gardant néanmoins le crucifix bien en main et prêts à le brandir au plus petit frémissement démoniaque. Puis c'est au tour des juges d'entrer, passant en file indienne, hochant consciencieusement la tête. Le commissaire ferme la marche. Les juges vont prendre place lentement. L'atmosphère soudain est tendue. Pas solennelle, mais tendue : anxiété, trouble, excitation. On attend dans un silence électrique.

Il y a à nouveau les pas cadencés d'une seconde colonne d'archers, toujours les mêmes cliquetis. C'est alors qu'il paraît. Urbain Grandier, le curé de Loudun, le magicien, flétrisseur des âmes pures, corrupteur des vierges dévouées à Dieu.

Voilà : la stupéfaction est immense. Et l'excitation tourne en angoisse. On était resté sur des images anciennes : le jeune prêtre, toujours impeccablement vêtu, le noir éclatant de sa soutane, la barrette parfaitement mise, le regard envoûtant, mince, séduisant, la barbe coupée à la perfection. Il glissait autrefois sur le pavé de Saint-Pierre, les mains souvent jointes, et ce beau regard qui ravissait les femmes, son beau parler, voix de velours et phrases charmeuses. Bouche d'or. Stupéfaction, car celui qui entre ce n'est pas le même. Une chemise de toile, chemise de pénitent, blanche et longue, une corde passée au cou, les pieds nus. Et surtout ce corps, ce corps imberbe : les bras et les jambes totalement lisses, le crâne rasé.

Laubardemont a cette exclamation aussitôt qu'il ne peut réprimer :

– Fourneau, j'avais pourtant commandé d'enlever les cils et les ongles.

Le barbier fait partie de la délégation, il demeure la tête basse, mais sa voix sent la colère sourde :

– Vous aviez demandé de les arracher, monsieur le commissaire ; pas « enlever », arracher. Je suis barbier, monsieur le commissaire, je ne suis pas bourreau.

Laubardemont sent aussitôt, au murmure qui se sou-
lève, qu'il ne gagnera pas à persister dans la réclamation.
– Eh bien, vous en répondrez, monsieur.
Fourneau lève pourtant la tête cette fois pour dire d'une
voix claire :
– J'ai bien examiné le prisonnier de la tête aux pieds.
Comme demandé. Je n'ai pas trouvé d'autres marques que
naturelles. Pas de traces malignes. Rien, rien.
– Allons donc, mais est-ce que vous savez seulement
regarder, reprend le commissaire, avec un grand mépris.
Pensez, le démon est plus rusé que vous. Ah si seulement
Mannoury...
Il y a eu cette apparition pourtant. Grandier, vous savez
notre beau prêtre, si soigné, tellement élégant, charmeur,
la barbe en pointe, l'ondulation souple de ses cheveux. Et
là, à la place : ce corps d'enfant, des jambes lisses, des bras
pâles et fins, et juste deux grands yeux noirs dans un
visage blême, la douceur de ce regard, mais comment est-
ce seulement possible ?
Du coup la scène change de sens, par cette exposition.
Fragile, sans défense, presque nu. *Agnus dei.* Non, c'était
impossible, mais en même temps, confronté à ce dénue-
ment, on ne pouvait haïr. Chacun s'était promis d'assister
à la chute de l'icône, la défenestration de l'ange supposé
arrogant, la défaite du prince noir, l'effondrement. Elles
étaient venues voir le séducteur, elles étaient venues voir
l'amant terrible, celui qui se glissait dans le lit des jeunes
filles et leur faisait diaboliquement l'amour sans qu'elles
puissent opposer résistance, blessure de l'âme et jouissance
du corps, elles séparées en deux, divisées : le corps criait
d'amour, l'âme pleurait de honte. Toutes étaient venues

voir l'homme, l'homme du plaisir défendu, des immenses jouissances.

Alors quoi ? Un enfant trop grand, de grands yeux de biche calme, lac immobile, des bras menus, poitrine blanche et sans défense. Alors quoi, il y a comme une hésitation grandiose. Déconcertés un peu, les juges ne savent plus qui regarder et se raclent la gorge en allant prendre leur place tandis qu'une vague de compassion lentement se soulève, emportant les cœurs. Belzébuth, Lucifer, Astaroth, Zébulon, par où les voir ?

Le commissaire tâche de reprendre la main en ordonnant au greffier Nozay de mettre le condamné à genoux. L'exécution de l'ordre, c'est un coup fort porté dans les reins, qui renverse le prêtre. Il tombe en avant : on ne lui avait pas ôté les liens qui lui nouaient les mains derrière le dos. Le claquement douloureux des genoux arrache à Grandier un gémissement sourd.

– Et maintenant, recevez dignement votre sentence !

La sentence est lue par le greffier dans un silence de glace. Sentence de mort : les stations et le bûcher final.

On propose au condamné le droit de dire un mot, comme de coutume. C'était désagréable à Laubardemont, mais enfin comment faire autrement. Impossible : tout ce public, il y a les formes à respecter. Mais il sent un peu que tout n'ira pas correctement, déjà flotte dans l'air une pitié étrange, une lumière flotte autour du prêtre, mais pourquoi donc avaient-ils été lui mettre une chemise aussi blanche, il aurait fallu le vêtir de sale, du blanc sale, taché, presque jaune.

Grandier prend alors la parole, le silence autour est épais. Jusqu'aux exorcistes qui ne bougent plus, ils ont suspendu leur agitation. Grandier prend la parole, on l'y avait invité après tout, il ne s'agissait même plus de jouer une carte, les dés jetés depuis longtemps, rien que la vérité calme des choses et de la fin des mondes. Or c'était toujours la même douceur de voix, avec là une intensité supérieure, une sincérité qui ne cherchait plus des effets de charme. Non, de l'or brut. La voix remplit la salle, l'émotion est à son comble, personne ne bouge. Laubardemont regarde un point là-bas, au-dessus de la tête du condamné, les juges essayent bien un peu de ne regarder nulle part.

– J'ai aimé autrefois, c'est vrai, les femmes. Mon habit me l'interdisait pourtant. Mes vœux m'empêchaient. Je les ai aimées, j'aimais leur compagnie, leur conversation, leur charme, leur gentillesse. Demeurer avec elles. Au-delà je l'avoue, j'ai aimé souvent la douceur de leur peau, la fraîcheur de leur bouche. Parfois, oui, quelques consolations à de jeunes veuves, les recommandations aux jeunes filles, des conseils à de jeunes femmes ont pris des tournures condamnables. Quoique rarement pourtant, et sans jamais brusquer, sans brutalité, par un commun élancement. Je ne parvenais pas à trouver mon désir tellement impur, mais seulement un hommage, et dans la douceur des caresses je sentais comme une confirmation. Faut-il donc croire que le péché ait entaché la Création à ce point que plus rien ne soit indemne ? Quand je les embrassais, j'embrassais Ses créatures, et la beauté adorée, c'était Sa perfection aussi que j'adorais. Comment dire, et la joie qui pouvait nous remplir, elle nous illuminait. C'était un jeu dangereux, je veux bien croire. Et une fois au moins...

Grandier ici s'arrête pour respirer un peu, regarde du côté de Trincant qui tressaille.

– Une fois les choses… Et je regrette, et je veux bien payer, et j'ai payé déjà beaucoup. Mais c'est trop cher payer la mort d'un homme pour la naissance d'un enfant. Je regrette le mal que j'ai pu faire, mon arrogance d'autrefois, mon orgueil, je regrette ma légèreté. J'aimais la vie. La confiance qu'elle me donnait, je l'ai prise pour un cadeau de Dieu. Je n'ai jamais pensé à mal. Trop d'orgueil, trop de vie, mais je n'étais pas méchant. J'aimais parler, prêcher, j'ai aimé mes paroissiens et ma ville. J'ai tant aimé ses collines et ses rues, et vous tous ici je vous aimais. Pour le reste, j'atteste Dieu le Père, le Fils et le Saint-Esprit, et la Vierge qui est mon unique avocate, j'atteste que je n'ai jamais été magicien ni commis de sacrilège, ni connu d'autre magie que celle de la Sainte Écriture que j'ai toujours prêchée. Je prie aujourd'hui mon Sauveur que le sang de Sa passion me soit méritoire. Mais je n'ai jamais été magicien. Vous le savez, vous le savez, vous le savez.

C'est au premier « vous le savez » qu'on entendit le premier sanglot, et puis ce fut comme une débâcle de compassion. Ruisseaux de larmes irrépressibles, les cœurs sont à vif, les gorges serrées comme des étaux. Laubardemont par-dessus tout craignait ce déferlement, et l'inversion des rôles : lui l'ange de blancheur, les juges et les commissaires en noir.

– Frères prêcheurs, hurle-t-il, carmes et capucins, faut-il que vous soyez possédés aussi pour ne pas sentir que les démons sont agissants à cette heure, et ce sont eux qui tirent les larmes. Leur poison opère. Sauvez-nous, exorcisez, exorcisez ! Gardes, faites au plus vite évacuer la salle !

Il y a un peu de confusion quand même. On ouvre grand les portes, et le soleil du matin baigne la pièce d'une lumière neuve. Cela se fait dans le vacarme. Les gardes grondent, poussent dehors, menacent. On crie, on pleure, on s'indigne. Les moines se remettent à exorciser furieusement. Grandier reste debout, tête levée, mains jointes, les yeux fermés, ses lèvres récitent des prières.

La salle bientôt est vide. Seuls demeurent les douze juges, le commissaire et quelques exorcistes.

Laubardemont, blême de colère, regarde le prêtre froidement pour lui dire :

– La procédure exige maintenant qu'on vous soumette à la question, pour vous faire avouer vos complices. Rassurez-vous, la chambre de torture n'est pas loin.

– Monsieur le commissaire, demande Grandier, parlons entre chrétiens. Vous avez obtenu mon exécution. Mon corps mort, brûlé vif, vous l'aurez dans quelques heures. Je vous supplie, entre chrétiens je vous conjure, d'adoucir les tourments que vous me réservez, car j'ai peur, j'ai peur dans l'extrême souffrance de blâmer mon Dieu ou d'insulter mon Église.

Laubardemont sourit et répond :

– Je vous comprends et d'expérience je peux vous dire que sous la torture un condamné ne peut tenir ses lèvres. J'ai le moyen de vous fournir cette sécurité que vous cherchez.

Il sort alors un papier de sa poche qu'il déplie. Les juges se sont approchés, et semblent attendris, hochant la tête avec conviction et douceur. Le commissaire continue :

– Signez ce papier, signez-le, et nous mettrons de la

douceur à vous comprimer les jambes. Juste quelques petits coups de maillet, pour la forme.

– Et qu'est-ce donc qu'ici vous me demandez de signer ?

– Que vous vous reconnaissez magicien.

Grandier soupire longuement, et reprend :

– Mais si je vous conjure de ne pas mettre de rage à me supplicier, c'est précisément parce que j'ai peur d'offenser mon Dieu par des mensonges, et ce serait mentir que de confesser que j'ai été sorcier. Vous avez remporté la guerre contre mon corps. Il sera bientôt réduit en cendres. Voudriez-vous aussi m'amener à ce que je trahisse mon âme ? Je vous parle en cette heure comme à un vrai chrétien.

Le doyen des juges ici croit bon d'intervenir :

– Mais enfin, réfléchissez, réfléchissez, nous sommes douze ici à avoir authentifié votre crime. Quel entêtement mettez-vous à risquer d'être durement torturé ?

– Messieurs les juges, répond Grandier, il m'est impossible d'alourdir mon âme d'un crime que je n'ai pas commis alors même que je serai bientôt confronté à mon Sauveur. Pas plus que je n'ai signé de pacte avec le diable, je ne veux signer ce déni de moi-même qui insulte ma religion. Dieu sera juge de ma constance. Il saura, si je trouve dans Sa confiance assez de force, Il saura m'en récompenser justement.

Ce discours fait un peu trembler les juges. Ils se regardent, inquiets : Laubardemont leur avait juré que Grandier signerait un aveu de culpabilité, et ils s'étaient promis, de cette reconnaissance, l'apaisement définitif de leur conscience. « D'expérience je vous l'assure, même les plus

endurcis des sorciers à l'approche du supplice tremblent.
Et ils signent, ils signent. » Et cette constance qu'ils lui
voient là, à se dire innocent, même s'ils se répètent que
c'est un entêtement diabolique, leur inspire une sourde
angoisse quand même : d'où lui vient cette patience ?
Le commissaire dit d'une voix sourde :
– Allons-y.
– Puis-je au moins vous demander, reprit Grandier, de
me donner le temps d'une prière, la moitié d'une heure.
Est-il seulement possible d'opposer un refus ? Il reste
encore là quelques frères prêcheurs, et ces juges inquiets.
Le commissaire répond : « La moitié de la moitié d'une
heure. » Grandier se met à genoux et adresse, à voix haute
et sans hésitation, à Dieu une prière si douce, si tranquille
et si pieuse qu'elle fait frémir les juges.
On monte jusqu'à la chambre de torture. Les pères
Tranquille et Lactance les avaient précédés. Ils exorci-
saient des cordes, des planches de bois et de lourds
maillets. Le bourreau, un colosse aux yeux doux, portait
des coins en bois. On étend le prêtre sur le carrelage, en
ne lui laissant qu'une chemise. Il tremble un peu. Laubardemont, sa feuille à la main, lui dit :
– Vous risquez bien de passer les minutes les plus
longues de votre existence. La douleur étire le temps. Si
vous signez, nous n'en ferons qu'une formalité. »
Grandier répond :
– Ce n'est pas maintenant que j'ai demandé à mon Dieu
de me soutenir au milieu de vos cruautés que je vais perdre
lâchement mon âme. Votre jugement encore une fois me
prive de mon corps. Que ce que vous allez me faire subir

bientôt soit pour moi pénitence, et pour vous une écharde dans l'âme aussi cuisante que le remords.

Le bourreau lui entrave les bras, puis dispose quatre planches le long des jambes, deux à l'extérieur, les autres à l'intérieur. Il les lie fortement par des cordes au niveau des genoux et des chevilles, fait passer la corde entre les deux planches du milieu de telle sorte qu'il reste un espace où enfoncer les coins.

Pendant tout ce temps Grandier demeure les yeux fermés, récitant des prières.

Une fois les préparations achevées, le bourreau se relève et croise les bras. Laubardemont ordonne d'un ton sec : « Commencez. »

Le bourreau prend deux coins de bois qu'il place au niveau des genoux et des pieds, ajuste son maillet et commence à les enfoncer. Grandier hurle de douleur. « Continuons », commande sèchement le commissaire. On entend le bruit effroyable des os qui craquent. Le prêtre n'a plus la force de crier, il gémit comme un agneau blessé. Au quatrième coin, il s'évanouit de douleur. On lui fait boire du vin pour le faire revenir à lui. Ses jambes sont déjà dans un état atroce.

Le commissaire prend alors une voix plus douce et pénétrante. Il chuchote presque en disant :

– Voyez à quelles extrémités votre obstination nous contraint. Signez, je vous en conjure, ne soyez pas cruel, ni avec nous ni avec vous-même. Regardez ces quatre coins qui restent, je peux les faire disparaître.

– Monsieur de Laubardemont, répond Grandier, vous pouvez faire apporter un fagot. Je ne perdrai pas mon âme pour sauver ce qui me reste de corps. Je prie Dieu pour qu'Il vous pardonne ce que vous m'infligez.

– Bourreau, continuez votre travail, hurle le commissaire.

Et pendant que le colosse se saisit de quatre autres coins, Grandier trouve la force pour murmurer :

– Ne m'abandonnez pas, mon Dieu, ne permettez pas que les souffrances que j'endure me fassent oublier Votre saint nom.

Ce fut l'instant terrible. Des glapissements inhumains de douleur, des gémissements sans fin. La moelle sort des jambes, mêlée au sang, tout est d'une horrible couleur. Au huitième coin, Grandier s'évanouit à nouveau. Furieux, le père Lactance va chercher une cruche d'eau qu'il lui jette au visage. Grandier lentement recouvre ses esprits, et son frère en religion, enragé, lui hurle : « Mais ne vas-tu pas reconnaître enfin ta faute ? » Le prêtre, qui n'a plus la force de parler, lui fait signe de la tête pour que Lactance approche, et, quand ce dernier, qui s'était précipité, s'est agenouillé espérant l'aveu de sorcellerie, il murmure quelques mots à l'oreille. Lactance se relève rouge de colère. Le père Tranquille lui demande : « Mais qu'a-t-il dit, qu'a-t-il dit ? », et l'autre répond en rage : « Il m'a demandé un baiser de paix ! Bourreau, allez chercher d'autres coins. »

– Mais enfin, s'exclame le bourreau, nous en avons enfoncé huit. Huit, c'est la procédure.

– De quoi vous mêlez-vous ! rétorque Laubardemont. Allez nous chercher d'autres coins, c'est un ordre !

Le colosse sort un moment. Le commissaire tourne en rond, les deux moines se consultent, et les juges se répètent

l'un à l'autre : « Il n'a rien dit, il n'a rien dit », angoissés.
Grandier gémit. Quand le colosse revient avec deux coins,
le commissaire blêmit : « Vous n'avez trouvé que ça ! Ils
sont trop minces ! », à quoi il lui est répondu : « Non, je
n'ai rien trouvé d'autre. Et puis, selon la procédure... »
 – Mais quelle procédure ? hurle Lactance. Vous n'avez
donc rien compris ? Cet homme est magicien, c'est le
diable qui le fait tenir. Mais nous le ferons céder, Satan ne
nous résistera pas !
 Alors le frère prêcheur se précipite sur le bourreau
pour lui prendre ses coins, empoigne le maillet et frappe
à coups redoublés en hurlant : « Reconnais ton crime, dis-
le, *dicas, dicas* ! » Grandier a les yeux écarquillés de douleur. Le bourreau fait valoir simplement que le moine va
de la sorte faire mourir le prêtre, et le commissaire lance
un bref et dur : « C'est terminé. »
 On retire les planches et les cordes. Les jambes de Grandier ne sont plus qu'un amas de chair difforme, sanguino-
lente, affreuse. Lactance reste debout, en sueur. Le père
Tranquille regarde le plafond, murmurant des prières, le
visage tordu par l'inquiétude. Les juges se regardent,
effrayés. On transporte Grandier jusqu'à une salle haute,
pour qu'il reprenne des forces. On le fait manger et boire.
La mise à mort est prévue pour cinq heures. C'était le mois
d'août, la chaleur était étouffante. Le palais de justice
demeura silencieux ce long après-midi d'été.

DEUX ARCHERS ont été désignés pour escorter Grandier sur la charrette qui attend dehors, dans la cour du palais de justice, face à l'immense porte qui demeure encore fermée. Le soleil est éclatant, et la foule se presse dehors, foule immense de curieux, d'exaltés, postée au coin des rues, par grappes, et tout le long du chemin qui doit conduire le prêtre du palais de justice jusqu'à l'église Saint-Pierre (*son* église), puis la place Sainte-Croix, en passant par le couvent des Ursulines. Les deux archers sont résidents de Loudun, ils se soutiennent dans l'accomplissement de leur tâche, se persuadant que leur curé est un atroce suppôt de Satan après tout. Ils se promettent d'être rudes, intraitables, tout en tremblant un peu car ils avaient bien autrefois appris, et depuis trop longtemps, à voir en lui le porteur des clés de leur salut.

En pénétrant la petite pièce, dans laquelle Grandier, dos plaqué au mur, murmure doucement des prières, au-delà même de la fatigue, les mains jointes, grelottant, tandis que tournent lentement dans ses yeux ceux de sa mère et de Maddalena (oh ses yeux verts, ses yeux d'eau de rivière, ses yeux d'amande et d'eau douce), en arrivant les deux hommes sont pris d'horreur en voyant les jambes brisées étalées devant eux, os broyés, nerfs à vif, chair verte, ce teint couleur de terre et surtout, surtout peut-être dans le regard de leur prêtre cette expression de calme immense. Pas même de la résignation, un apaisement supérieur. Le premier s'exclame horrifié : « Mais que vous ont-ils fait, mon Dieu à quelle extrémité... ? » D'un air digne, Grandier répond qu'il faudrait bien pardonner aussi la cruauté et la haine. Le second s'attache à rester dans son rôle. Il prononce d'un ton rude : « Monsieur, veuillez nous suivre. » « Et comment le pourrais-je ? » Alors on voit les deux archers saisir, les yeux mouillés de larmes, leur prêtre par les épaules, avec ces gestes de précaution douce qu'on a pour les enfants. « Vous serez remerciés pour votre compassion. »

Ils descendent lentement les escaliers, et parviennent dans la cour baignée d'une lumière d'août. La chaleur est étouffante et Grandier frissonne de froid. Les juges se sont disposés bien en ordre derrière la charrette, quelques moines s'affairent à exorciser les roues et les mulets. Grandier est hissé sur le tombereau. Il ne sent plus ses jambes, la lumière lui blesse bien les yeux, mais est-ce qu'il a mal ? On l'installe comme on peut, et les deux archers, sanglotants, doivent demeurer à ses côtés pour le faire tenir. Les juges prennent un air de circonstance, les frères prêcheurs agitent leur crucifix dans tous les sens.

On fait signe pour ouvrir la porte. Le tombereau s'ébranle doucement. Grandier paraît absorbé dans la contemplation d'un point fixe. Il avait vu, il avait vu, ou était-ce l'effet des rayons violents sur la rétine, il avait vu, il voyait à nouveau ce vitrail devant lequel enfant il avait versé ses premières larmes de ferveur. Mon Dieu, se répète-t-il – mais s'adresse-t-il à cette icône dessinée dans le ciel, ce vitrail d'un bleu plus sombre et qui approfondissait l'azur, ou autrement est-ce un point de compassion qu'il sent s'élargir dans son cœur comme un abîme –, mon Dieu mais donnez-moi la force de tenir jusqu'au bout, donnez-moi la force de ne pas Vous renier, donnez-moi jusqu'au bout la force de dire qui je suis, grand pécheur certes, mais je ne fus jamais sorcier, Vous savez à quel point, mon Dieu, j'ai aimé Votre amour, combien j'ai aimé la vie, Votre vie, la mienne, celle des autres, combien j'ai aimé notre monde. Que la fatigue ne me fasse pas blasphémer, que l'épuisement ne me fasse pas jurer, insulter Votre Église.

Dehors, la foule est préparée à autre chose. Elle a aux lèvres des imprécations de haine, la foule atroce prête à jeter des pierres, à lancer de la poussière et de la boue, à rire férocement. Ils attendent, quand la grande porte s'ouvre, le signal pour hurler. Au même moment, on entend les cloches de Loudun sonner. Il est cinq heures exactement, c'était convenu, il fallait faire entendre dans la ville que le spectacle allait commencer. Le greffier Nozay lit dehors à haute voix la sentence de mort. La foule s'est amassée autour de la charrette quand elle franchit la porte, tous ces visages curieux qui se sont préparés à cracher. Ils vont se donner le signal, oui, et bientôt hurler ensemble, glapir, insulter.

Mais il y a cette hésitation, cette stupéfaction, cette hébétude. La charrette est empêchée d'avancer, les hallebardiers devant tentent de faire le passage. Était-ce de voir les archers en pleurs qui soutenaient de chaque côté leur prêtre, ou bien alors d'avoir entendu Grandier dire, après la lecture du greffier : « Pardonnez-leur, oui, pardonnez à mes ennemis, et priez pour ceux qui m'ont aimé, je serai bientôt près de Dieu. » Ou de voir leur curé méconnaissable, entièrement rasé, sans sourcils, en chemise grossière mais si blanche, presque nu seulement deux grands yeux noirs pleins d'une tendresse nouvelle. Ou ce contraste même entre ce visage que la souffrance avait lissé de toute expression d'égoïsme et d'attente, et les récollets furieux autour, vociférant : « Défense de prier pour le condamné, défense de prier pour le sorcier, défense de prier... » L'explosion de haine, les rires féroces tardent à venir, Laubardemont est inquiet.

Une femme tombe à genoux et crie : « Notre prêtre, notre curé, notre bon prêtre », elle est secouée de sanglots lourds. Comment cela se fait-il, quel phénomène... mais c'est un frisson qui traverse la foule. On entend murmurer partout : « Notre curé », « Notre prêtre », et la haine s'effondre, s'envole, s'évapore en gouttelettes d'ombre. Chacun demande au curé de Loudun sa bénédiction, « Bénissez-nous, mon père, bénissez-nous » en pleurant, et Grandier serrant du bras gauche un cierge de deux livres contre son corps tremblant, de la main droite fait des gestes saints en récitant les formules apprises, mais il continue à regarder son petit vitrail au coin du ciel, qui le suit comme une étoile fidèle. La charrette lentement avance, elle se dirige vers la première station, conformément à l'arrêt de mort.

À l'intérieur de l'église Saint-Pierre, depuis le début de l'après-midi, deux femmes priaient : Jeanne d'Estièvre et Maddalena. Maddalena a son beau visage creusé par les sillons des larmes, elle tente de s'évanouir dans les prières.

Jeanne a le visage dur des mères sans espoir. Elle marche lentement le long des travées, tête baissée et mains jointes. Régulièrement, elle va enlacer Maddalena en l'appelant « ma fille ».

Et puis, qui fait les cent pas en criant : « Je suis un misérable, je suis un misérable », Gervais Meschin le regard fou, le cheveu en bataille. Gervais Meschin, le vicaire de l'église Saint-Pierre, qui avait déclaré devant Trincant avoir vu Grandier dans des poses impudiques, qui s'était récusé, et puis avait réitéré devant Laubardemont ses atroces mensonges. Meschin le pleutre, prêt à tout pour avoir la paix des lâches, Meschin pleure dans Saint-Pierre, et maintenant que Grandier va mourir, il craint la punition de Dieu. Il hurle que tout est sa faute et qu'il est coupable, il implore le pardon. Il ne dort plus depuis bientôt trois nuits. Il a accepté, sur leur demande, de porter un dernier baiser à son prêtre, l'adieu ultime de Jeanne et Maddalena, et en attendant la procession il se cogne la tête de ses deux grosses mains et contre les piliers. Dans l'église il n'y a que ce fou hurlant son désespoir, Maddalena en pleurs et la mère qui marche lentement.

Le cortège a rejoint bientôt le portail de l'église Saint-Pierre. Le greffier à nouveau lit la sentence des juges. Les archers descendent le prêtre du tombereau, et le mettent à genoux tout en continuant à le soutenir pour qu'il ne tombe pas face contre terre. Grandier prononce la formule rituelle. On entend sa voix douce, apaisée : « Je demande pardon à mon Dieu, au roi, à la justice », ajoutant : « Je me reconnais grand pécheur devant Dieu, mais innocent du crime de sorcellerie dont on m'accuse. » À ce moment la porte de l'église s'entrebâille et on voit Gervais Meschin se précipiter vers son prêtre, se prosterner, s'accrocher à son bras, l'embrasser et lui dire en pleurant : « Par ma bouche recevez l'adieu de votre mère et de Maddalena, elles sont unies à vous par le Christ et la prière depuis l'aube. » À ces mots, un sourire d'enfant éclaire le visage exsangue de Grandier, un sourire de ses lèvres maintenant bleues, un sourire comme il n'avait jamais su en adresser à Maddalena, de bonté pure, un sourire comme ceux de Maddalena qui lui donnaient envie de pleurer, un sourire doux comme l'envol de l'oiseau. Gervais Meschin se relevant hurle : « Mon frère, mon frère, pardonnez-moi, pardonnez mes mensonges, pardonnez mes faiblesses. Je jure ici que vous êtes innocent », puis s'effondre à nouveau. Grandier lui caresse les cheveux en disant : « Je vous pardonne, et je vous demande d'aller porter à ma mère, à Maddalena mes adieux. Consolez-les, inspirez-vous de leur bonté, de leur patience. Priez pour moi. Dites que je les aime comme je n'ai jamais aimé personne. »

Laubardemont, blême de colère, ordonne brusquement aux archers de faire rentrer Meschin dans l'église. Le moine crie : « Maddalena attend de vous un enfant, elle est enceinte, Maddalena », sous les hurlements des archers. Grandier souffre trop pour entendre. On le fait remonter sur la charrette et le convoi reprend, les juges suivent toujours, tête davantage baissée et osant mal se regarder, les frères prêcheurs ont moins d'exaltation déjà, exorcisant plus mollement les pavés et les murs. La foule commence à gronder sourdement.

La deuxième station est devant le couvent des Ursulines. Jeanne des Anges a fait ouvrir la porte. Elle avait promis à ses sœurs que ce serait le jour immense. Le maître des

POSSÉDÉES

démons allait s'agenouiller, s'humilier devant elles, elles
étaient le triomphe de l'Église. Mais comme elle est tremblante ! Un peu en deçà du seuil et autour d'elle se tiennent
les sœurs, vaguement curieuses, vaguement inquiètes,
vaguement impatientes. De loin elles entendent le martèle-
ment des hallebardes sur le pavé, le brouhaha, et les
grappes humaines postées près du couvent qui tendent le
cou et crient : « Les voilà, les voilà ! » Les récollets s'étaient
précipités en avant pour exorciser le trottoir, et à nouveau
Grandier est descendu, tenant son cierge à peine, mis à
genoux.

Qu'avaient-elles donc imaginé, mais de voir cet homme
sans barbe, sans cheveux, sans sourcils, cette peau à nu et
cette lassitude sans lendemain, mais où était-il le libertin
fringant ? Ce visage livide d'enfant mort, les deux archers
leurs yeux rougis de larmes qui le tenaient et lui tête penchée, Christ improbable. Les ursulines l'ont devant elles à
genoux, les bras grelottants, les yeux mi-clos, les lèvres
murmurantes, s'appuyant sur son cierge qu'il presse contre
sa joue, laquelle paraît encore plus blanche. Le greffier,
debout, l'air fier, répète pour la troisième fois la sentence.
Grandier d'une voix éteinte demande pardon, redit qu'il
n'est pas coupable du crime de sorcellerie. Les ursulines
frissonnent devant leur œuvre, et le greffier exige davantage. Pensant être à la hauteur de la situation, d'une voix
rude il exhorte le prêtre à demander directement pardon
aux moniales. Grandier lentement tourne la tête et répond
d'une voix douce : « Je ne les ai pas offensées, mais je leur
pardonne le mal qu'elles m'ont fait. Je meurs pécheur
certes, mais je ne suis pas criminel. » Jeanne des Anges, les
yeux fous, fait un signe à la sœur tourière, la porte du

couvent se referme avec fracas, abandonnant les sœurs à la nuit de leurs promesses, de leurs délires usés.

Et puis c'est le trajet du couvent à la place Sainte-Croix. Les moines ont pris les devants comme ils voulaient exorciser les fagots et les bûches, expliquant qu'autrement le feu ne prendrait pas, car jusqu'au bout les démons allaient tenter de délivrer leur maître de la mort promise. La foule est de plus en plus compacte, le convoi avance lentement sous les cris des exempts de la garde qui tentent de frayer un passage. Les femmes à genoux demandent la bénédiction du martyr, les hommes insultent les carmes, capucins, récollets, eux semblables à une nuée de frelons qui tâchent inutilement d'exciter à la haine en agitant leurs crucifix. Grandier ne cesse de répéter qu'il pardonne à ses ennemis, qu'on veuille bien prier pour lui, et qu'il sera bientôt dans les bras de son Dieu. Il lève parfois la tête pour vérifier que son vitrail bleu le suit bien toujours au coin du ciel. Il est là, étoile bien fidèle, étoile bleu sombre dans un ciel d'été. Grandier s'abîme doucement dans cette vision. Les juges derrière se donnent bon courage, prennent l'air ferme, mais chacun sent bien que cela ne va pas comme il faut. Le spectacle a changé de nature.

Ils parviennent enfin à Sainte-Croix. Quand le convoi débouche sur la place, quatre ou cinq pigeons blancs quittent d'un seul mouvement le toit de l'église où ils étaient perchés pour aller voler quelques instants au-dessus de la tête du prêtre condamné. Les capucins les chassent en criant au démon, mais la foule y voit un signe, pousse un cri immense de ferveur. Laubardemont enrage, impuissant. Le bûcher a été dressé dans un coin de la place un peu éloigné du portail de la collégiale. La charrette est conduite d'abord jusqu'au bord de l'église. Devant se tiennent trois capucins qui paraissent l'attendre. On fait descendre le condamné pour l'amende honorable. La même scène qu'à Saint-Pierre se répète. Ils se précipitent sur le prêtre, implorant son pardon pour leurs exorcismes trompeurs, s'accrochant au blanc de sa chemise. Laubardemont qui n'en peut plus ordonne aux exempts de la garde de chasser les intrus, qui sont sévèrement bousculés, au point que la foule en est indignée. Le renversement cette fois est complet, les rôles redistribués : le sorcier est devenu martyr parfait.

Il est impossible de ramener la charrette vers le bûcher, tant il y a de monde. Les archers portent à pied le prêtre de Loudun jusqu'au bourreau, et ce dernier le reçoit dans ses bras, le console, l'assied sur un tabouret qui a été placé au pied du bûcher. Et là, tout en bredouillant d'impossibles excuses, Duchesne lui ajuste une corde autour du cou, plaçant soigneusement un nœud sur la gorge. Les bourreaux avaient en effet l'habitude, afin d'épargner aux condamnés d'horribles, d'inutiles souffrances de les étrangler avant de mettre le feu aux fagots.

Grandier remercie, il craint toujours que l'atrocité des souffrances ne le fasse délirer, blasphémer, renier. Cela le rassure presque : un coup sec bientôt, dans quelques instants et tout sera fini, ce monde, cette poussière. Juste le vitrail bleu, la barque beige de Noé, le sourire de Maddalena, son regard d'eau douce, fini le brouhaha, seulement des yeux ouverts sans corps et sans souffrance. Bientôt, bientôt, quelques minutes à vivre encore, il n'y aura pas pour lui de nuit du 18 août 1634, rien d'autre que cet ailleurs auquel il tend maintenant.

Laubardemont s'approche avec les pères Tranquille et Lactance, demandant au garde d'éloigner un peu la foule. Le bourreau continue à se tenir près du bûcher, les bras croisés. Le commissaire s'adresse à Grandier d'une voix neutre, qu'il veut calme :

— C'est votre dernière chance pour le salut. Ce sera bientôt trop tard. Signez ces aveux et vous serez totalement délivré.

— Que me proposez-vous, monsieur de Laubardemont ? J'ai déjà dit que de ce crime dont vous m'accusez, je n'étais pas coupable.

— Vous insultez Dieu encore à cette heure. Réconciliez-vous avec Lui.

— Je L'insulterais encore davantage si je me reconnaissais par lâcheté coupable d'un crime contre Lui que je n'ai pas commis.

— C'est Satan qui parle par ta bouche ! Si tu n'avoues pas, je défends au bourreau de t'étrangler, je te fais brûler vif !

— Mais où allez-vous donc puiser cette cruauté ? Combien vous devez être malheureux. J'ai bien pitié de vous.

Les deux moines à côté sont pâles de colère et d'effroi. La terreur a changé de camp. Car jusqu'au bout le commissaire, mais les frères mineurs surtout demeuraient persuadés que Grandier allait signer, reconnaître, capituler. Jusqu'au bout, et la torture n'était pas parvenue à le faire avouer sorcier, mais le commissaire l'avait assuré d'expérience : la menace d'être brûlé vif brise toutes les résistances. Et les ruses employées, leurs mauvaises manigances, ces pièges atroces, cette méchanceté, tout cela serait justifié dès qu'il aurait signé, reconnu, capitulé.

Ils ne se sentiraient plus coupables de rien dès que Grandier aura avoué l'être. Ils avaient beau clamer que le démon le rendait plus fort, que c'est par Satan qu'il ne cédait pas devant la douleur, ils avaient beau se répéter que le diable le rendait insensible, la constance du prêtre les effrayait. Ils ne pouvaient s'empêcher d'entrevoir que ce courage, cette paix, il les puisait ailleurs que dans un pacte satanique. Laubardemont s'adresse au bourreau pour lui défendre d'étrangler le prêtre et lui ordonne de l'attacher sur son poteau de mort. Le bourreau soulève son prêtre tout en lui murmurant à l'oreille : « Je vous étranglerai, mon père, dussé-je en mourir après, je ne vous laisserai pas brûler vif, avant de mettre le feu aux fagots je tirerai la corde. » « Vous en serez récompensé, je ne voudrais pas que la folie des flammes me fît hurler un parjure. Mon Dieu m'attend, je serai bientôt devant Lui. »

Il règne sur la place un grand silence d'effroi, mais quand le prêtre est attaché on entend quelques rires, des applaudissements et des hourras cruels. Cela vient d'un balcon situé face au bûcher : la maison de Trincant. Ils étaient là, le clan des assassins, bien postés pour jouir du spectacle. Il y avait là l'ancien procureur du roi, et bien sûr Hervé, Menuau, Thibault, Moussaut. Ils étaient accompagnés de leurs femmes toutes parées de leurs robes de fête. Grandier détourne lentement la tête, il préfère s'abîmer dans son vitrail bleu qui lui semble s'agrandir démesurément soudain et prendre presque les dimensions du ciel. Il reconnaît le vert des yeux de Maddalena.

Laubardemont s'adresse à la foule solennellement : « Regardez tous comment meurt un sorcier, comment l'Église triomphe de ses ennemis. » Et on entend ici distinctement, mais où avait-il puisé la force, dans quel recoin du corps cette force de parler distinctement, ou quel appel soudain qui lui donne ce souffle, on entend Grandier, rien de crié, une voix *présente* qui traverse la place comme une vague : « Je meurs innocent, j'ai expié en un seul jour toutes mes fautes. Mais pardonnez-leur, pardonnez à mes ennemis. Pour eux hélas l'enfer commence, je serai bientôt près de Dieu. » À ces mots, fou de rage, le père Lactance brandit son crucifix en hurlant : « Suppôt de Lucifer, esclave du Serpent, tu n'as pas encore assez souffert ! » Et Grandier : « Mon frère, où est la charité de saint François ? Je vous demande devant tous, je vous demande le baiser de paix. » Le récollet demeure un moment interdit, le crucifix en l'air, sentant le regard, le jugement soudain de tout un peuple. Il s'approche de Grandier, lui donne un baiser, tout en lui murmurant : « Dis-le, dis-le, reconnais que tu étais sorcier, avoue, avoue-le, je t'en prie avoue ! » Le prêtre répond : « C'est moi qui meurs, mais c'est vous qui avez peur. »

Alors il y a cette scène incroyable. Le récollet fou de rage descend du bûcher et arrache des mains du bourreau la torche que ce dernier avait préparée et met lui-même le feu au fagot en hurlant fort : « Meurs, meurs, meurs ! », comme un damné, et son cri est repris par l'ensemble des carmes et des capucins. Le feu prend rapidement. Duchesne se précipite, tente d'atteindre la corde, mais les flammes sont déjà trop hautes. Il s'agenouille et demande pardon, Grandier a eu le temps de dire à voix audible : *Deus meus, ad te de luce vigilo miserere mei Deus.*

Puis le feu déchire les liens du prêtre et son corps

s'effondre dans le brasier. On entend alors, en même temps que le craquement terrible, la clameur de la foule. Ils crient : « Notre prêtre, notre prêtre ! Mort à ceux qui l'ont assassiné, mort aux Judas ! » Les exempts aussitôt forment une garde rapprochée autour des juges, des carmes et autres récollets. Ils parviennent à les faire entrer dans la collégiale, sous les insultes, les menaces, les poings levés, les yeux emplis de fureur et de larmes. Les femmes à genoux se sont délié les cheveux et tendent les bras au ciel. Ceux qui étaient du côté de la maison de Trincant jettent des pierres sur le balcon, menacent de monter tout briser, on doit barricader la porte.

Le bourreau reste droit, il attend en pleurant doucement. Plus tard, il dispersera aux quatre coins les cendres du prêtre comme cela avait été prescrit. On raconte que dès que le feu fut éteint, on s'arracha les morceaux calcinés de peau, des fragments d'os ou de chemise afin de s'en faire des reliques.

Dans l'église Saint-Pierre, Maddalena prie toujours, Jeanne d'Estièvre s'est arrêtée de marcher, Gervais Meschin pense à ce qu'il va manger le soir.

Urbain Grandier est mort le 18 août 1634 à six heures de l'après-midi. Il avait quarante-quatre ans. Le lendemain, le père Lactance présentera des signes de folie et de fièvre. On l'entendra dire dans son délire : « Grandier, ce n'est pas moi qui t'ai fait mourir ! » Il expirera le 18 septembre. Le 18 octobre, alors qu'il rentre avec son frère le soir d'une visite à un malade, le chirurgien Mannoury sera pris dans la rue du Grand-Pavé d'une vision qui lui fera trembler tout le corps. Il s'écriera : « Ah, voilà Grandier !

Que me veux-tu ? » Il mourra après trois jours de fièvre. Le père Tranquille finira sa vie, hébété, dans une chambre minuscule. Il se dira possédé, refusant de sortir, bougeant le moins possible parce que persuadé qu'au moindre mouvement tous les diables dans son corps se réveillent.

MADDALENA sort de l'église Saint-Pierre. Il est presque neuf heures du soir, ce 18 août 1634. Elle marche dans les rues encore pleines du brouhaha du monde. Personne ne la remarque, personne ne la voit. Mais est-ce qu'elle existe encore ? Maddalena d'Essieux, Urbain Grandier, est-ce qu'ils peuvent exister l'un sans l'autre ? Elle n'avait pas voulu sortir le voir brûler vif, la mère Grandier de toutes les manières s'y serait opposée, disant qu'en son état elle ne devait pas aller dehors, avec ce monde, ces chocs, ces cris, cela ferait mal à l'enfant. En son état. Maddalena avait son ventre volumineux et ce n'était même plus une question de semaines. Un enfant silencieusement lui remplissait le ventre. Pendant tout le temps des interrogatoires iniques, des exorcismes farcesques, des mises en scène immondes, un enfant avait silencieusement grandi. Et maintenant ? se disait-elle. Maintenant comment dormir, comment accepter de dormir en sachant que jamais il ne pourrait se retrouver contre elle, elle ne pourrait être en lui ? Elle avait espéré jusqu'au bout, jusqu'au bout elle avait attendu Son secours, un coup de théâtre du ciel, quelque chose, pendant ces neuf mois depuis l'arrestation. Elle croyait en son Dieu, elle

L'avait imploré si souvent. Que peut valoir la méchanceté des hommes auprès de Sa puissance ? Jusqu'au matin du 18 août, jusqu'à la sentence. Après, elle n'avait plus prié dans Saint-Pierre que pour que ses souffrances soient moins fortes, moins longues. Hébétée. Pourquoi leur avait-Il refusé Son secours, ce Dieu qu'ils avaient aimé ensemble, dont Grandier lui avait appris la démultiplication dans les étreintes ? Est-ce qu'elle peut vivre après le 18 août 1634 ? Maddalena marche lentement, elle va au promontoire, juste derrière la porte des Martyrs, cette déclinaison rocheuse, à pic, depuis laquelle se découvrait la ville. On l'appelait le pic des sans-espoir, tant on avait trouvé de corps en bas, fracassés sur une plaque rocheuse. Elle se souvient, enfant son père l'emmenait souvent en lui tenant fort la main et racontant, depuis ce point de vue élevé sur la ville, l'histoire du château, faisant voir la petite église, comptant avec elle les tourelles, admirant la pierre blanche, tout ce qui aujourd'hui n'existait plus. Maddalena marche en se tenant le ventre, les larmes coulent seules sans qu'elle ait même à sangloter. Elle ne sentirait plus son corps, le corps de Grandier s'était dispersé en cendres, son corps aimé, tendre, rieur, tout était devenu de la poussière grise. Poussière ses grandes mains qui la nuit se fermaient sur chacun de ses seins, poussière ses épaules, son sexe, son cher visage. Sa voix seule résonnait absurdement en elle, son timbre, son image seule restait, fantôme fragile. Et que voulait dire à ce point d'avoir le cœur vide et ce ventre rempli d'un enfant qu'elle sentait bouger en montant le sentier ?

Au fond, combien de temps cela avait-il duré entre eux ces nuits de chaleur et d'amour ? Quelques mois, mais cela s'était greffé en elle, cette présence, comme celle de cet enfant qui lui gonflait le ventre. Elle aimait sentir la nuit qu'elle ne dormait pas seule, elle voulait pouvoir encore l'entourer de ses bras, sentir son ventre sur elle, son sexe en elle, ses cheveux qu'elle caressait après l'amour quand il restait en elle, fiché en elle, collé à elle, et elle sentait le poids de son corps sur elle comme une voûte qui la protégeait du monde. Mais ce corps n'existait plus, où était-il son amour désormais ? Elle ne le verrait plus sur terre, plus jamais. Qu'était-elle sans lui, à qui parler, comment savoir, comment penser demain sans lui ? Et son ventre à présent pour son enfant était la voûte. Maddalena marche, elle sort par la porte des Martyrs où moins de trois ans avant Grandier était passé, une branche de laurier à la main, à cheval, pour glorieusement reprendre son église. Maddalena était là, dans la foule joyeuse, elle l'avait trouvé beau, elle avait ri avec les autres, applaudi comme les autres, chanté en chœur. Le soir même ils s'étaient retrouvés, ils avaient parlé, elle aimait sa présence, rien de plus que ça : sa présence, qu'il soit là seulement, lui parler et lui prendre le bras. Trois petites années seulement.

Maddalena est parvenue en haut de la butte. Le soir commence à tomber, elle a pu dans une pénombre légère retrouver le sentier. Loudun devant elle n'est plus qu'une masse noire. Loudun sans son prêtre et sans ses forteresses, elle sans son homme, et comme ils s'étaient aimés tous les deux : la joie simple des mains enlacées, la joie simple des corps renversés. Ses larmes ne coulent plus, elle pose ses mains sur son ventre. Il n'y a plus dans la nuit que Maddalena, les joues sèches, face au vide, et, un peu loin devant, Loudun très lentement s'endort.

DU MÊME AUTEUR

LE PRINCIPE SÉCURITÉ, Gallimard, 2012.

MARCHER, UNE PHILOSOPHIE, Carnets Nord, 2008 ; Flammarion, 2011.

ÉTATS DE VIOLENCE : ESSAI SUR LA FIN DE LA GUERRE, Gallimard, 2006.

ET CE SERA JUSTICE. PUNIR EN DÉMOCRATIE, avec Antoine Garapon et Thierry Pech, Odile Jacob, 2001.

FOUCAULT ET LA FOLIE, Presses universitaires de France, coll. « Philosophies ».

MICHEL FOUCAULT, Presses universitaires de France, coll. « Que sais-je ? », 1996.